講談社文庫

誰かがこの町で

佐野広実

講談社

目次

誰かがこの町で

あるいは、あなたの町でも……

第一章　それはどこにあるか

……わたしには生まれたときから家族がいません。お父さんもお母さんも、きょうだいがいたかもわかりません。小さいころはしせつの先生たちに「みんな天国にいます」といわれました。でも、しんじられません。小さいころ、家族をさがしに行こうとしたら、おまわりさんにつれもどされました。わたしはもう小学校三年です。

これはないしょですが、すぐにしせつを出て、家族をさがしだして、いっしょにくらしたいと思っています。

一

階段をあがりかかると誰かが降りてくる気配がして、真崎雄一《まさきゆういち》は一歩退いて待った。すれ違えるほどの幅はない。しかも安普請で急勾配ときている。

用心深そうに一歩一歩降りてきたのは若い女で、こわばった横顔をしていた。待っている真崎に気づくと、ちょっと恐縮したように会釈し、そのまま商店街へ出て行った。

つんとした鼻先、薄い唇がわずかに受け口で、黒目がちの目が思いつめた気配を感じさせた。

一瞬でそれだけ見て取り、誰かに似ている、と頭をかすめる。が同時に、別人に決まっているのは理解していた。

ただ、そのせいか、真崎は会釈を返すのも忘れ、買い物客にまぎれて遠ざかる女に目を奪われていた。普段着らしくジーンズにパーカー。二十歳前後。髪は肩のあたりで切り揃えている。

むろん、似ていると感じただけで、娘のはずがない。

頭をひと振りし、真崎はさっさと階段をあがり始めた。

狭い敷地に三階建てのビルを作れば、おのずと階段のスペースは限られ、急勾配になってしまう。手摺りもないから、ここの階段ばかりは片手を壁につきながらあがるのが癖になっている。五十五歳にもなれば運動神経が衰えるのは仕方がない。

一階に八百屋、三階に気功マッサージの店があり、二階が「岩田《いわた》喜久子《きくこ》法律事務所」だった。

人がふたりも立てばいっぱいの踊り場にあるドアにはプレートがついているが、ほかに看板はない。

息を整えてからドアをノックして、いつものように返事を待たず押し開いた。

真正面に据えられたデスクで爪をいじっていた小久保由紀《こくぼゆき》が立ち上がった。岩田の親戚筋にあたるとかで、以前から事務を任されている。もう三十をひとつふたつ越しているはずだが、大学を卒業したてくらいにしか見えないのは、商売柄、毎度白のブラウスに黒のジャケットだからだろう。おまけに髪型も真崎が出入りし始めた五年前からまったく変わらず、ひっつめだ。

入ってきたのが真崎だと認めると、かしこまっていた顔に苦笑が浮かび、小久保は軽くうなずいてみせた。

「早かったですね」

「新横浜から直接来たんだ」

「どうでした、名古屋は」

「探すのに苦労したよ。名古屋駅近くかと見当つけてたが、栄《さかえ》の飲み屋にいたもんでね。見つかってびびってたが、技能実習生の身分での入国だから、よほどのことがないかぎり逮捕や強制送還はされないと説得して、いつものように時効援用と自己破産の話はしてきた」

バッグから報告書の入った茶封筒を取り出して手渡した。

「おつかれさまです」

「必要経費の領収書も入ってる」

「はい」

「それから、これ」

化粧っ気のない顔がゆるんだ。「なごや嬢」という名前が面白くて買ったが、小久保が甘い物に目がないのを見込んだ上だ。

「お茶、淹れますね」

急にきびきびした小久保を置いて、コートを脱いで手に持つと奥のドアをノックした。

返事がなかったが、さっさとドアをひらいた。

「いま帰りました」

ソファで前かがみに座っていた岩田喜久子に声をかけた。短めに切った髪の毛を黒く染め、きょうはベージュのジャケットに黒のスラックス。隙のない身なりは、いつものことだ。

考え事でもしていたのか、はっと正気に戻ったような表情になった。

「ああ、御苦労さま」

ルージュをしっかり引いた唇と切れ長の目が向けられた。ふだんと違ってぼんやりとした気配があった。

仕事の首尾はどうだったと訊かれるかと思ったが、そのまま視線を正面のソファに向けてしまった。テーブルには茶碗がふたつ。

「客が来てたみたいですね」

岩田はちらりと視線を上げてきた。

「階段の下ですれ違ったもんで」

それで納得が行ったのか、うなずいてみせた。

「また借金で首が回らなくなった口ですか」

その問いにはこたえず、岩田喜久子は頭をひと振りした。

「赤ん坊のころに会ったきりで、十九年ぶりに会ったら、本人だって、わかるかしらね」

「は」

ソファに座り直すと、真崎に腰をおろすよう促し、それからつづけた。

「わかるわけ、ないわよね」

「まあ、そりゃちょっと難しいかな」

バッグとコートを横に置き、座りながらこたえた。

「昔の友人の娘だって、いうわけよ」

あらためてさきほど目にした女の顔を思い浮かべた。二十歳前後という見当は当たっていたようだ。

昨夜突然電話があり、時間を取ってほしいと言われ、面会したという。そのときには仕事の依頼と偽っていたらしく、やってきて顔を合わせたとたんに打ち明けられたのだそうだ。

「友人の娘だというなら、証拠になるようなものを持ってこなかったんですか。写真とか」

ため息が岩田の口から洩れる。ジャケットのポケットからバージニア・エスの箱を取り出し、一本咥《くわ》えると火をつけた。

いつになく口元の皺《しわ》が目立つ。もうすぐ五十三になるはずだが、十歳は老けて見えた。疲れた吐息と一緒に煙を吐き出した。

「大学の友人でね。法律関係の出版社に勤めたあと結婚してこどもふたり生んで、新居を買って。ま、幸せな家庭っていうやつね」

嫌味めかしたつもりはないだろうが、そこでちょっと言いよどんだ。煙草を一服し、肩をすくめた。

「ところが、それからすぐ、一家で失踪しちゃったのよ」

「失踪ですか。穏やかじゃないな」

「旦那の仕事がうまく行っていなかったとか、借金とか、そういう失踪する理由なんてぜんぜんなかった」

「警察は」

「調べたけれど、けっきょく行方はわからなかったみたいね」

「調べなかったんですか」

友人なら岩田自身が調べに乗り出してもおかしくないというつもりで尋ねた。

「わたしはアメリカにいたのよ。ミシシッピー。二年の研修で。戻ってくるわけに行かなかった。研修のあとは三年、アトランタの法律事務所に勤めてたし。もちろん帰ってきてから、探してみた。でも、手がかりはまったくなかった。そのうち仕事に追われて、けっきょくね」

顔をしかめてみせる。

過去の亡霊が現れたといったところだろうか。岩田自身、後悔めいた思いをいだいているのは感じられた。個人的な事情に立ち入るのは控えるとしても、その娘がなぜいまごろになって現れたのか、興味が湧いた。

「関係者は当時、探さなかったんでしょうか。たとえば親戚とか会社の同僚なら、探すでしょう」

「やったけれど、手がかりはなかったみたいね」

口調がそっけなかった。

「で、あの女がその赤ん坊だったとして、いまになって何だというんですか」

「自分が本当は何者なのか、それをはっきりさせたいって」

「ほう、哲学的だ」

「笑いごとじゃないわ。ようするに家族がどうなったのか知りたいというのよ」

「というと」

「一家で失踪したはずなんだけど、さっきの話を信じれば、失踪したとき、ひとりだけ捨てられたらしいの。施設で育てられたっていうわけ。だから両親やお兄さんがいることを知ったのは、最近らしい」

「信じるんですか」

岩田は灰皿に吸殻を押しつけた。

「どうやって調べたのかわからないけど、少なくともわたしの友人のことをよく知っていた」

考えをまとめかねているらしく、視線がさまよった。

返答のしようがないまま腕組みをしていると、ノックの音がして小久保が茶を持ってきた。

「あ、すみません。さっきの下げてませんでしたね」

あわてて ふたつの茶碗をテーブルから取り上げ、あらためて新しい茶と受け皿にのせた「なごや嬢」を置いた。

「これ、真崎さんのおみやげです」

チョコレートをはさんだ焼き菓子のようだ。新幹線が発車する間際に中身も見ずに買ったから、小久保が気に入ったかどうかわからないが、昼前で小腹が減っているせいか、うまかった。

岩田は菓子に目もくれず、新しい茶をひと口すすり、小久保が下がるとまた切り出した。

「少し、調べてくれないかしら」

思わず口にしかけた二本目の「なごや嬢」が口元で止まった。

「連絡先置いていったから、どういう素性なのか、ざっとでいいから」

「怪しい点でもあるんですか」

「それすらわからないわけ。急に来て友人の娘だって主張されてもね。また来るとは言っていたけれど、それまで黙って待っているわけにもいかないし」

「もし偽者《にせもの》だったら」

「本当だとしても嘘だとしても、なにかしら対処したいの」

十九年前に失踪した友人の手がかりが、もしかするとつかめるかもしれない。

岩田の顔はそう言っていた。

「しかしなあ」

真崎が「なごや嬢」をひと口かじってつぶやくと、くっきりと描いたアイラインが、睨《にら》みつけた。

「なによ」

「いや、なんというか、先生の知り合いにかかわることですからね。ちょっとやりにくいな」

「そんなこと、気にしなくていいわよ。突然現れた謎の女が何者なのか」

「そういう仕事、引き受けてましたっけ」

「そういう仕事も、引き受けることにしたの。とにかく正規の依頼ということで頼むわ」

四年間岩田の下働きをしてきたが、岩田本人の依頼など初めてのことだ。そこまで言われれば、行き場のなかった自分を拾ってくれた岩田の頼みを断るわけにはいかない。

岩田は女の名前と連絡先を書いたメモを渡してくれた。

名前は望月麻希《もちづきまき》。岩田の友人の結婚後の姓と同じで、名前もかつて聞いた娘のものと一致しているという。旗の台《はただい》にあるキリスト教系の施設で去年の三月まで育ち、ここ一年ほどアパレルの店に勤めていると言っていたそうだ。

就職や進学時に戸籍を提出させるところもあるから、望月麻希も何度かそれを目にしたことがあるのだろう。社会人になるのをきっかけにして自分の出自をはっきりさせたいという思いが起きたとしても、不思議ではない。

旧友の名は望月良子《りょうこ》。岩田と同じとすれば、五十三歳になる。

法学部の同期で、ゼミも一緒だったそうだ。旧姓飯島《いいじま》。ただ岩田は司法試験に一発で合格したが、良子の方は二度落ちたあと、試験はあきらめ、法律関係の出版社に仕事を見つけたらしい。そのうち大手商社に勤める男と知り合い、あっさり結婚して仕事はやめてしまったという。

「こどもが生まれてからもつき合いはあったわけですか」

「もちろんよ。わたしのぶんも頑張ってって、励ましてくれたわ」

じっさい何度か赤ん坊だったころの麻希とは顔を合わせていたらしい。ただ、そのときの赤ん坊が訪ねてきた女と同一人か判断できるはずもなかった。

結婚当初は自由が丘あたりに住んでいたが、岩田が渡米したあとすぐ埼玉に新居を買ったという。

「失踪したときの住所は、わかりますか」

「アメリカに手紙が来て、そのとき住所を控えておいたはずだけど。探しておくわ。たしか埼玉の奥の方だったと思う。写真もあるはず」

「さっきの女は、知らなかったんですか」

うっかりしたという顔色になった。

「そこまでは訊くの忘れてたわ。とにかく突然だったから」

岩田はもう一本バージニア・エスに火をつけた。

「で、素性がはっきりしたら、どうしましょう」

しばし岩田は目を落として考えていたが、やがて顔をあげた。

「偽者なら、なぜいまになってこんなことをするのか、それが知りたいわね」

「では、本物なら」

「もちろん、彼女同様に良子たちがいまどうしているのか知りたい。それに失踪の理由も」

ためらいがちに答え、そこでひと息の間を置いて、岩田は膝を少し乗り出した。

「彼女はいままでひとりで調べ回っていたみたいなの。だから場合によっては、彼女の手助けをしてもらうことになるかもしれないわ」

「なるほど。身元が確かめられたら、彼女をサポートせよ、と」

たしかに岩田本人の仕事は立て込んでいるが、真崎に任される債務者相手の仕事はいなかった。

月に三件、多くても五件といったところだ。岩田の代わりに動けるのは真崎しかいないだろう。

望月麻希の出現で、なにやら岩田は過去を急に掘り返したくなったようだ。それだけ気にかかっていた一件ということなのだろう。ただ一方で、忘れたままにしておきたかったが、こうなっては向き合うしかないと覚悟を決めたらしい気配もあった。

真崎はメモをポケットにしまい、明日から二、三日調べてみるとこたえて、立ち上がった。

部屋を出るときちらりと目を走らせると、岩田はさきほどと同じ格好で、煙草を手にしているのも忘れたように目を正面のソファに向けていた。

「帰るよ」

受付のデスクで「なごや嬢」を頬張っている小久保に声をかけ、コートを着込んだ。

おつかれさまですとこたえたあと、にっこりした顔でつけ加えてきた。

「ナナちゃん、見てきましたか」

「なんだ、それ」

「名古屋のアイドルですよ。大きなマネキン。知らなかったんですか」

口をとがらせた。

「残念ながら見かけなかったな。テレビ塔くらい大きいなら嫌でも気づいたはずだが」

そんな大きいわけないじゃないですかという抗議の声を聞き捨てて、階段に出た。降りるときも片手をつきながらだ。

あがるときよりもたついて、やっと伊勢佐木町《いせざきちょう》商店街に出た。

関内《かんない》駅からつづく商店街も、五丁目のこの付近になるとぐっとくだけた印象で、一本裏手には風俗店が並び、お高くとまっている街とは違う。

優秀な弁護士が事務所を構えるには場違いと思えるが、岩田喜久子はあえてここに事務所を開いたようだ。おもに外国人を相手に債務相談を受けており、夜逃げした者を探し出しては自己破産を勧めるという、さほど金にはならない仕事が多い。この十年ほどは外国籍の依頼者が増え、英語とタガログ語ができる真崎は重宝されていた。

けっして儲かる仕事とはいえないが、亡くなった父親は参議院議員を三期務めた人物で、かなりの土地と資産をひとり娘の岩田に残し、金には困らないらしい。

五年前に真崎のかかえた問題を引き受けてくれたのも金や名声を得るためではなく、言ってみれば正義感からだろう。天秤を持った女神に自分をなぞらえているわけではないだろうが、いまだに独身で、法に身を捧げたといったおもむきもないではない。

真崎は京急黄金町《こがねちょう》駅に向かって歩き出した。

二月中旬にしては春めいており、昼近くのせいもあってコートなどいらないくらいの気候だ。

高架のホームにあがると、陽射しで汗ばむほどになった。通過する特急の巻き上げる風すら心地よい。

弘明寺《ぐみようじ》駅まで揺られていると、ひとりでにさっきすれ違った望月麻希の顔が浮かんできた。

言い分がどれほど正しいのかはともかく、施設で育てられた孤児の思いがどういったものか、真崎にはわかるような気がした。

世界とのつながりがないという心細さ。

それは五年前に真崎がいだいた思いに似ているように感じられる。いや、そう感じるのは傲慢かもしれない。真崎の場合は孤児ではなかった。まったく同じわけではないだろう。

とはいえ、その表情になにかしら似たものを見て取った気がした。困っているなら、なにはともあれ手をさしのべてやりたくなる、そんな気持ちが起きていた。

十分ほどで弘明寺駅に着き、県道に向かって商店街を進んでいく。

その途中にある二階建てのアパートが真崎のねぐらだった。裏手を京浜急行が走り抜けるたびに震度2ほどは揺れる。五年前までは戸塚《とつか》に一戸建てを構えていたが、それを売り払い、ここに越してきた。一階二階ともに二部屋で、築三十年はたっている木造だ。一人で住むには、ちょうどよかった。隣には大学生、二階のふたつの部屋にはキャバクラに勤めているシングルマザーと警備員の男が入居している。

十日ぶんの新聞をポストから取り、部屋の鍵を開けた。

ひんやりとした空気が足元にまといつくが、暖房を入れるほどでもない。一日じゅう陽の当たらない部屋で服を脱ぎ、バッグから出した汚れ物を洗濯機にぶち込む。そうするあいだにも部屋は何度か揺れた。

冷蔵庫から缶ビール、買い置きしてある缶詰の山から秋刀魚《さんま》のかば焼きを取り出しておいてから、万年床の敷いてある部屋の仏壇の前に座った。「ＥＲＩ」と書かれたラベルの貼ってある赤ワインのボトルを脇に寄せ、もうひとつ買って来てあった「なごや嬢」の箱を置く。

ボトルは十九年前に山梨へ家族でドライブに行ったときのものだ。ワイン蔵で、客が絵や文字を書き込んだラベルを、その年にできたワインのボトルに貼れるサービスをしていた。多少気障《きざ》な気もしたが、絵里《えり》の生まれた記念だったし、娘が成人したとき一緒に呑めるという淡い期待もあって買い込んだ。もはや無意味だとわかっていても、手放す気になれない。

そのワインの横には、額に入れた写真が一枚。

真崎に残されたのは、ボトルとこの写真一枚だけだった。

小さな額に入れた写真の絵里は制服を着て、いつものように微笑んでいる。中学に入学した時のものだ。春の陽射しが右手からあたって、三つ編みの絵里はまぶしそうに目を細め、それでも微笑んでいる。希望に満ちている。

通過する電車の振動で額がかたかたと音をたて、ふいに絵里の顔に望月麻希の顔がダブった。

後悔、というべきなのだろう。

家庭をかえりみなかった罰ともいえる。

真崎はこの五年、その罰を受けているのだと思いつつ生きてきた。

家のこまごましたことはすべて妻まかせだった。娘がなにを考え、悩んでいるのか考えもしなかった。

いや、娘の絵里が十歳前後のころまでは、そうでもなかったのだ。良き父親であろうとしていたはずだと、振り返って、思う。こどもの成長を日々目にし、それ自体が真崎の倖せでもあったのだ。

だが、真崎は変わった。変わらざるを得なかった。そして、それまでの生活ががらりと一変した。

大手自動車会社の品質保証部に勤めていた真崎が海外出張先のフィリピンから戻ってきたのが、そもそものきっかけだった。アジア圏に販売拠点の多い会社で、年に二度ほどの出張は普通のことだったが、今回は違った。

顧客からブレーキの故障が頻繁《ひんぱん》に起きるという苦情が東南アジア各国でいくつも上がっているという連絡を受け、その調査に出向いたのだ。それが原因の事故も起きており、死者も何人か出ていた。

調査の結果、それが致命的な欠陥であり、リコール対象になる事案だということが判明した。

ところが、部長はそれを二重管理するよう部署の者に命じた。つまりはリコール隠しだ。誰も反対しなかった。むろん真崎もだ。

海外向けに作られた車種のため、国内で同様の故障発生が起きていないこともあった。さらに、リコール対象の数が膨大であり、対処すれば社に与える損害も大きくなる。東南アジアの各製造工場には、今後同様の事案が発生した場合、「欠陥でなく整備ミスが原因」と丸め込むように通達した。

アメリカの株式市場で株価が低迷し、そのあおりで日本の市場も冷え切っていた。町には失業者があふれた。その中で企業が生き抜いていくためのやむを得ない手立てだったのかもしれない。

それまで不正に手を染めたことなどなかった。逆に不正をチェックすべき立場にあるのが品質保証部だと思っていた。それがリコール隠しをしなくてはならないことで、真崎は悩んだ。誰かに相談できる話でもない。

しかし結果的に従った。

おのずと家でも無口になり、家族のことを気にかける余裕もなくなっていった。そんな真崎の変化を察したのか、それまでは無邪気に甘えてきた絵里も、よそよそしくなった。単に成長したから親がうとましいのだと、真崎は勝手に解釈していたが、それは言い訳にすぎなかった。

悪いこととわかっていながらリコール隠しをしているのは、家族を守るためだ。自分がやらなければ、誰かが代わりにやったはずだし、断ったら真崎は解雇されるか、よくて閑職に回される。

それもまた言い訳だったが、それこそが唯一の正しい道だと、信じていた。

振り返ってみれば言い訳にすぎないとよくわかるが、当時はわからなかった。

絵里がみずから命を絶ったことと直接のかかわりはないにしても、もし真崎が心ならずもリコール隠しなどしていなければ、絵里の変化に気づく機会はもっとあっただろう。

不正を持ちかけられたとき、どうしても断ることはできなかったのだ。だが、大きな力に抗さなくてはならないときもある。たとえその結果自分の立場が悪くなっても、だ。

いまならはっきりそう言える。たかが会社の中で汲々と生きていて、なにが家族の倖せだ。

もう二度と、周囲の圧力などに流されはしない。

真崎は写真を前にするたび、そんなことを口の中でつぶやいた。

すると、いつも額の中の絵里は問いかけてくるのだ。

このままでいいの、と。

その問いに答えられないまま、真崎はこの五年を酒でまぎらわせて生きてきた。

また額が小さく揺れ、真崎は軽くかぶりを振った。

二

そろそろ五時半か。

夕飯の支度をしながら、振り返って居間の時計を見つつ、そう思った。

二月に入って日が延びたとはいえ、あたりはすでに暗くなり始めていた。でも、まだ貴之《たかゆき》は帰ってきていない。いつもなら暗くなる前には玄関から舌足らずの「ただいま」が聞こえ、ちゃんと手洗いうがいをするようにと声をかける。ぱたぱたとキッチンに駆け込んできて、「きょうのご飯なに」と後ろから足に抱きついてくる。

あててごらん。

鼻をひくひくさせて、ぱっと顔を明るくする。ハンバーグだ。当たり。ハンバーグとサラダ。ハンバーグには隠し味の蜂蜜が入っている。もう少しだから、テレビ見てなさい。もうすぐパパも帰ってくるから。

そう言って、フライパンのハンバーグをひっくり返すと、貴之は居間へ行っておとなしくテレビを見ている。

おかずは違っても、毎日同じようなやりとりが繰り返される。

特別な日ではなかったけれどハンバーグにしたのは、貴之の好物だからだ。一度に二つはたいらげる。小学校にあがってすぐ、貴之は学校で母の日のカードを作ってきた。開いてみると、ほんの短い文章だったけれど、ハンバーグが大好きだと書いていた。それからは二週間に一回はハンバーグになった。

もう一度振り返り、時計に目をやる。

たぶん南公園で遊んでいるのだろうが、夢中になって時間を忘れているのかもしれなかった。敏照《としてる》くんと紀彦《のりひこ》くん、それに滋《しげる》くんか。四人はいつも小学校から帰ってくると、一緒に遊びに行く仲良しだった。

幼稚園に通っているときはひとりで出歩くのも尻込みしていたくせに、小学校に入ったとたん親の手を離れて遊ぶようになっていた。最近は砂場に秘密基地を作るのが流行っているらしい。洗濯しようとしてズボンを見ると、ポケットの中から砂が落ちてくることもしばしばだった。もっとも、家の中で漫画を読んでいるよりよほど健康的だとは思う。

でも。

火を止めてハンバーグを皿に移したあと、エプロンを外した。

玄関を出るとき、門灯をつけ忘れていたのでスイッチを入れ、鍵をかけずに玄関を出た。この町で空き巣などあるはずもない。

昼間は春の陽気だったが、日が落ちて急に寒くなってきていた。

カーディガンの前を合わせながら、南公園へ向かう。五分ほどの距離だ。こどもなら十分。それ以上はかからない。

車道に出ると、ちょうど駅からのバスが横切って行った。終点の「南公園」に向かっていく。乗客はほぼ満員。町には終点ひとつ前の「東公園」とふたつの停留所があって、駅からここまで乗ってくるのは町の住人ばかりだ。

そのバスの後を追うように小走りになった。

南公園に近づくと、先に到着していたバスから降りた客たちが四方に散らばって行くのが見え、何人かとすれ違った。バスは駅行きに表示を変えて、出発までそこに停まっている。その横をすり抜け、南公園の中に入って行った。

水銀灯が照らし出すジャングルジムや滑り台、シーソー、ブランコ。どこにも人影はない。むろん砂場にも。山のように砂を盛り上げ、横にいくつも穴をあけた塊が残っているだけだ。周辺の植え込みのあたりもたしかめたが、誰もいなかった。

少し坂をあがったところにある集会所と診療所に目を向けたが、診療所にはまだ明かりがついている。

怪我をして誰かに連れて行ってもらい、手当をされているのかも。

そう思って診療所まであがっていき受付で尋ねたが、いなかった。

つぎに思い浮かんだのは、誰かの家に一緒に行って、そこで遊んでいるということだった。誰の家がいちばん近いか頭の中で思い出しつつ、まずは紀彦くんの家に向かった。

「すみません。うちの貴之がおじゃましてませんか」

まだ帰らないのだと伝えると、奥さんが息子に訊いているらしい間があってから、返事があった。

「三十分くらい前にみんなとバイバイしたそうですけど」

礼を言って滋くんと敏照くんの家も回ったが、やはり同じ返事だった。また明日ねと互いに声をかけ、公園の入り口で四人は別れたらしい。

いったいどこで道草をくっているのか。こんなことはいままでなかった。夫が帰ってきたらきつく叱ってもらわなくては。

そう思う一方で、ほかに貴之の行くような場所がないか、頭はめまぐるしく働く。つっかけてきたサンダルの音が、人通りのない道にやたらと響き、家々から漏《も》れてくる料理の匂いがうとましかった。

ふとそのときになって、寒さが背筋を這い上ってきた。

とたんに、まさかと思い直す。「安全で安心な町」を目標にしているこの地区で、そんなことが起こるはずがない。

町の外に行ったのでは。

つぎに思ったのは、それだった。おととい駅へ買い物に行ったとき、ブロックのおもちゃをほしいとねだられたが、誕生日まで待つように言い聞かせた。買うほどのお小遣いを持っているとは思えないが、お年玉がまだ残っていただろうか。

小学校へ通うためにバスを利用してはいるが、定期券はランドセルにくりつけているから、持っていないはずだ。バスを使わずに歩いて駅まで行けると思い込んでいる可能性はある。車やバスならすぐ着くから、錯覚していないとは言い切れない。

町への入り口はひとつだけだ。すぐさま足をそちらへ向けた。家に戻って車を出そうかとも考えたけれど、それでは歩道を歩いている姿を見落としてしまうかもしれない。

町は丘の上に広がっているので、入り口へ向かう道は下り坂になっている。坂にさしかかるとき、さきほどのバスが乗客を乗せないまま通り過ぎて行った。

風が吹きつけ、つと足を止めた。遠くに駅周辺の明かりがちらちらときらめいていて、思い直した。

ここを通ったなら、あんなに遠いのかと理解し、あきらめるのではないか。まだ六歳なのだ。

交番へ駆け込むという選択肢は、それでも出てこなかった。この地区でそんなことは起きるはずがないし、交番はバスで行っても十分以上かかるところにしかない。

案外家に戻ってみたら、帰ってきているのかも。「きょうのご飯なに」と屈託なく抱きついてきて、不安は解消するのかも。

自分に言い聞かせて、引き返した。

家の前に戻り、かじかんだ両手をこすり合わせ、祈るような思いで玄関のドアを開いた。靴はなかった。

帰っていないとわかったとたん、力が抜けた。いや、そう思ったのだが、膝が震えて立っていられなくなったのだった。

どうしたらいいのか。

そう思うと同時に、夫の顔が浮かんだ。貴之の顔ではなかった。

夫はなじるだろう。ちゃんと注意していないからだと責めるに違いない。もちろん、責任がないなどとは思っていないが、それでも夫の怒る顔が思い浮かび、責任を追及されるのが苦痛だった。

やっとのことで立ち上がり、居間にある電話の受話器を取った。握る手が震えている。

一一〇番。

押しかけた手が止まった。

なにかあったときには、まず地区の防犯係に連絡を。

町の住人は、つねにそう言われていた。この町で犯罪など起きないが、もしなにかあったときには防犯係にまず一報を入れる。警察に通報すべきかどうかは、そのあと決められる。

いったい誰がそんな回りくどいことを言いだしたのか。いらつきを抑え、あらためて一一〇を押す。

「はい、事件ですか、事故ですか」

呼び出し音一回で、冷静な男の声が応じた。

「こどもが、いなくなったんです」

「あなたのお子さんですか」

「はい」

「わかりました。住所と名前を教えてください」

名乗ってから住所を口にすると、すぐに派出所の警官を向かわせると言った。

「お願いします」

電話に向かって頭を下げていた。

今度こそ力が抜け、ひとりでに身体がソファに倒れ込んだ。だが、すぐに上体を起こした。ほかにやらねばならないことはないかと気がせく。混乱しかかっているせいか、冷めたハンバーグの匂いがやたらと鼻についた。

玄関のチャイムが鳴ったのは、そのすぐ後だった。

あまりにも早いといぶかしんだが、玄関から聞こえてきたのは「ただいま」というのんびりした夫の声だった。

ソファから立って玄関に出ていこうとすると、居間に入ってきた夫と鉢合わせした。

た。

「どうかしたのか」

あまりにも切羽詰《せっぱつま》った顔つきだったのか、夫の俊樹《としき》は不審そうな視線を向けてきた。

「貴之が」

答えかけて、そこでためらった。

「貴之が、どうした」

異変に気づいた夫の顔がこわばるのがわかった。

「帰ってこないの」

夫が腕時計に目を落とした。

「七時過ぎてるじゃないか。友達には訊いてみたのか」

「どこにもいないのよ」

そのとたん、手にした鞄で押しのけられた。俊樹は鞄を投げ出すようにして電話に飛びつき、そこで気づいたのか、振り返ってきた。

「連絡はしたんだよな」

「警察に」

「なんだって」

「警察に電話したわ」

「松尾《まつお》さんには」

黙って首を振ってみせた。

それが夫も加わっている防犯係の長だということは知っていた。同じ防犯係のこどもがいなくなったと連絡するのがはばかられたわけではなく、まず警察だと頭をよぎっただけだったが、俊樹は顔をしかめ、怒鳴った。

「馬鹿。防犯係が先だ」

思っていた以上の剣幕だった。俊樹は受話器を取り上げ、防犯係の松尾へ電話を入れようとした。

そのとき玄関でまたチャイムが鳴り、ドアが勝手に開かれたようだった。

「いますか」

息せき切った声が奥に届いた。夫が先に立ち、つづいて出て行くと、そこに立っていたのは防犯係の松尾和夫《かずお》だった。土建業の社長で、カーキ色の作業服のままだった。

「いま仕事場から戻ってきたら警察から電話があったって聞いて。お子さん、いないんだって」

眉をひそめた顔はあきらかに非難していた。夫が頭を下げる。

「すみません。いま連絡しようとしてたところです。先にそちらに知らせないといけなかったんですが」

「いいんだ、そんなこと。それより、あたりを探してみたんですか」

夫が振り返り、わたしに返事を求めた。

「探しました。公園や診療所や友達の家も」

駅まで行ったのではないかというのは、ありえない話だと思ったので口にはしなかった。

「まずいな」

松尾は腕を組んでうなった。

「どうすればいいでしょうか」

夫の問いに、松尾は俊樹だけを玄関の外に連れて行った。ドアの陰でひそひそと何事かを話しているうち、今度はバイクが門の前に停まったのが見えた。制服警官がひとり、住所を確認しつつ庭を横目に入ってきた。

松尾が警官に事情を告げているらしく、また三人で話が再開された。

なぜ自分だけのけ者にされるのか、よくわからなかったが、それでも三人が真剣に貴之の行方を心配してくれているのはわかった。

途中、携帯がかかってきたらしく、松尾の声がひときわ大きく聞こえていたが、誰かに呼び出されたのか、それを機に話が終わったようだ。すると、夫とともに、年配の警官が玄関の中に入ってきてわたしに向き合った。

「通報したのは、奥さんですか」

「はい」

「ええと。木本《きもと》、千春《ちはる》さん」

警官はメモに目を落として名前を確認した。わたしはうなずいた。

「奥さんからも事情をお聴きしたいのですが、大丈夫ですか」

「あの、貴之は」

「全力でお探しします。町の防犯係のかたも手伝ってくれるということですので」

「無事なんでしょうか」

その問いには答えず、警官は別のことを口にした。

「捜索願は受けますが、単なる行方不明ではない可能性も考えておいてください」

どういう意味かわからなかった。警官はそれを見て取り、はっきりと口にした。

「誘拐事件の可能性もある、ということです」

三

望月麻希と名乗った女の残した住所は蒲田《かまた》だった。

携帯の番号もわかっていたが、直接あたるより、まず周辺から調べてみることにして、真崎は翌日蒲田へ向かった。

人探しや身元調査のノウハウは、この四年でおのずと身についていた。債務者は逃げ回るから転々と居所を変えたりする。その点では今回は住んでいる場所も特定できているので、探し回る必要はない。問題なのは身元の方だった。

突然岩田の前に現れ、かつての友人の娘だと名乗り、失踪した家族がどうなったのか知りたいのだと切り出した。

ただし、本当に友人の娘なのかというと、その証拠はなにもない。娘を騙《かた》って岩田を罠《わな》に陥れようとする何者かがいる、などとは思えないが、まずは身元をはっきり確認する必要があった。失踪した家族のことは、そのあとで考えればいい。

京急蒲田駅は駅舎がビルになっており、商業施設もある。ホームは二階と三階にあった。羽田空港への路線が本線に加わっているので、ホームじたいも複雑になっている。中二階の改札を抜け、ＪＲ蒲田駅方面に向かった。

商店街の一本裏手にある通りを進むと、そこが記された住所のマンションだった。四階建ての壁はもとは白かったようだが、建てられてからかなり経っているらしく、灰色にくすんでいる。エレベータもない。

手動の引き開け式ドアから中に入った。

埃《ほこり》っぽいポストの列に名前があるかざっと目を通してみる。二十部屋あったが、名前のないものが大半で、なかにはアルファベットで外国人名が記されているものも見受けられた。埃まみれのダイレクトメールがたまり、使われていないらしいポストも五つほどあった。

　教えられていた部屋番号は二〇二号室だったが、そこには「松原《まつばら》」とあり、ほかの部屋をたしかめてみたが「望月麻希」の名前はなかった。

　管理人室の窓口はカーテンがかかっていて、呼びかけても無駄だった。いったん狭いエントランスから出て、マンション名とメモを交互に確かめた。間違いではない。見上げてみると、洗濯物が干してあるベランダもあるが、ひっそりとして住人などいないようにも感じられた。あるいは周辺の飲み屋に勤めている者が多く、昼間は寝ているのだろうか。

　あらためて狭い階段をあがる。

　二階の通路は右側に隣のビルの壁が迫って、左側に部屋がならんでいた。通路をたどっていくまでもなく、手前から二つ目が二〇二号室だった。

　ドアの横にも「松原」と名前がプレートに入っていた。

　チャイムを鳴らしてみたが、反応はない。本人の話を信じれば、昼間はアパレル販売店で働いているはずで、留守なのは当然だった。

しかし、女が偽《にせ》の住所を教えた可能性もある。あたりの店舗はコンビニや大手系列の喫茶店ばかりで、個人商店はほとんどない。顔を見知っていたり、懇意《こんい》にしている相手がいるとも思えない。

この付近で聞き回るのはむずかしいかもしれなかった。

真崎はもうひとつ心当たりの場所に行ってみることにした。住所までは聞いていないが、おそらく行けばわかるはずだ。もっとも、そちらも嘘の可能性はあるのだが。

迷わず蒲田駅へ足を向けた。

飲み屋街を抜け、駅ビルの中にある池上線と東急多摩川線のホームにたどり着く。旗の台には池上線で一本だった。

しばらく電車に揺られ、旗の台駅に着いたときは昼をだいぶ過ぎていた。

駅前の蕎麦屋でカレーライスを掻き込んだあと、商店街で施設の場所を尋ねると、すぐにわかった。環七方向に進んで、小学校の近く。そこに児童養護施設「清心園《せいしんえん》」はあった。こぢんまりしたものを想像していたが、思ったより敷地は広く、建物も新しい。

中央には尖塔《せんとう》があり、その天辺《てっぺん》に十字架が載っている。

バスケットゴールのある庭を横切り、施設に入った。昼間だからか、ひっそりとしていた。入所しているこどもたちは学校や幼稚園に行っているのだろう。

受付で応対してくれたのはまだ若いマ・スールで、真崎が名刺を差し出して事情を話すと、しばらく待たされたあと、園長室に導かれた。

園長はやはりマ・スールで、受付の女性とは微妙に違う服を身に着けている。役職によって服装が違うのだろうが、真崎には判別がつけられない。歳は六十過ぎか。ソファにうながされ、向き合って座ると、銀縁の眼鏡の奥から用心深そうな視線が真崎をまっすぐに見てきた。

「園長の深堀《ふかぼり》です。横浜の法律事務所のかたが、どういったご用でしょう」

真崎はちょっと気後れしつつ、こたえた。

「こちらに入所していた人のことをお聞きしたいと思いまして」

「なにか、問題でも」

深堀の声がひそめられた。

「そういう話ではありません。望月麻希さんというかたが以前ここにいらっしゃったのかどうか、それを確かめたいのです」

真崎は昨日の一件を簡単に説明した。

すると、深堀は苦笑した。

「それはたぶん、松原宏子《ひろこ》さんですね」

マンションの名札にあった苗字だった。

「その人と望月さんとは、どういう関係ですか」

深堀はしばし視線を下に向けて考え込み、どう説明したものか考えている様子だった。そして、立ち上がって壁にしつらえてある書棚に向かい、書類を取り出してきてテーブルにひろげた。

入所者の経歴を記した書類だった。「松原宏子」のものだ。

「この子じゃありませんでしたか」

深堀の言葉に添付されている写真を見たが、真崎には確信が持てなかった。長い髪の毛が顔を隠すように写っている。名簿は二年前の日付で、昨日すれ違ったときの顔とくらべるが、どうもうまく重ならない。

首をかしげていると、深堀が言葉を区切りつつ、こたえた。

「自分だけが捨てられて家族はどこかへ行ってしまった。ここに来る子はみんなそう思っています。でも、成長するにつれ、そういう思いは表に出さず、自分ひとりで生きて行かなくてはならないのだと、言い方はふさわしいかどうかわかりませんが、覚悟を決めるんです。じっさい、そうしなくてはなりません。ここの施設は十八になると、出て行かなければなりませんから」

しかし、松原宏子は違っていたという。

どうしても家族を探し出したい、どうして自分を捨てたのか、理由が知りたい。そう口にし、じっさい職員に隠れて調べていた節があったという。そして、それは施設を出て行くときもまだつづいていた。

「施設にいるころには具体的な名前は口にしていなかったんですけれど」

「とすると、自分が望月麻希なのだと勝手に思い込んでいるということですか」

困ったような色を一瞬浮かべた深堀が、慎重に口を開いた。

「じつは、松原宏子というのは本名ではなく、この施設でつけられた名前なんです」

「どういうことですか」

「彼女は施設の玄関に置き去りにされていたそうです」

「ここに来たとき、すでに本当の名前はわからなかった、と」

「わたしも話に聞いただけですけれど、当時の園長が朝起きて玄関に出てみたら、そこにあの子が」

「身元を示すものは」

深堀は首を振った。

「それで園長が名前をつけたそうです」

真崎は納得した。つまり、松原宏子というのは彼女の本当の名前ではないのだ。かといって、ほんものの望月麻希であるかどうかは、まだ判然としない。

「この施設が新しく建てなおされる前の話ですし、わたしが園長になる前に四人も代わっていますから、詳しいことはほとんど。あら」

書類のページを繰ると同時に、そこに目を落とし、深堀は一瞬目をうろつかせた。

「どうしたのかしら、ここに挟んだはずだけれど」

「なにか」

真崎の声に戸惑い、取り繕うように、書類に挟まれていた色あせた一枚の原稿用紙を手渡してきた。

「いえ。これが小学校三年のとき、彼女が書いた作文です」

答えつつ、さらに書類のページを繰っていき、首をかしげている。

真崎はマ・スールの様子に目を留めたあと、渡された原稿用紙に視線を移した。

「わたしの家族　三年二組　松原宏子」とあった。

「学校は両親がいないことは知っていたんですけれど、担任があたらしい人だったらしくて」

うっかり作文を書かせたようだ。小学校の三年になったから、施設を出て家族を探しに行きたいと書いていた。

ふと思い出した。絵里が小学四年のとき、父の日に書いた作文があった。遺品はすべて妻が持ち去ったが、いまでも一部分はよく覚えている。

「なるほど。小三のころと今で、気持ちに変わりはないということですか」

「おそらく。この作文のあと、彼女が自分の気持ちを口にすることもなくなりましたけれど。それから、これ」

マ・スールが開かれたページにびっしり書き込まれた欄を指差した。賞罰とある。松原宏子が何度も施設を脱走した旨が紙を付け足して記されていた。最初は五歳のとき、最後は十七歳。そのあいだに都合七回。

「一度はこういうことをするのが普通とも言えます。彼女のように、繰り返す子は繰り返します。警察に捜索を頼み、わたしたちでも心当たりに問い合わせたりしてなんとか連れ戻すんですが、また忘れた頃にやってしまう。いろいろな事情でここに来ている子ばかりですが、たぶん彼女はここが嫌いだったんでしょう」

力なく首を振った。

施設で暮らしていれば、さまざまな事情をかかえた年齢もまちまちな「仲間」ができ、それなりの親密さや信頼関係が職員たちとも生まれるだろう。自分の「故郷」とみなして、社会に出て行ってからも訪問し、近況を伝える者もいるという。

だが、松原宏子はそういったつながりを作れないまま施設を卒業していったようだ。

「昨年の三月にここを出てから、訪ねてきたことはありましたか」

また深堀は首を振った。

「音信不通になってしまう子も多いですから、特にあの子だけが特別というわけではありません」

ふと、深堀が徐々に松原宏子をかばうような口調になってきていることに気づいた。そこに自己保身の気配がないとはいえない。施設で育ったというだけで、社会には偏見を持つ者もいる。口にはできないような嫌な目に、入所者も職員も遭ってきたのかもしれない。

「もし連絡先をご存じなら、教えていただければ助かります」

反対に園長から請《こ》われてしまった。

この施設にいた松原宏子と自分が探っている女が同一人だとしても、この目で確かめてからのほうがいいと思えた。そこで、連絡先がわかったら教えると告げ、ソファを立った。園長はドアのところまで見送ってきて、両手を胸のあたりにあてた格好で頭をさげた。

通路を通ってさきほどの受付まで戻り、スリッパを戻して靴を履いた。受付窓口にいるマ・スールにも挨拶しようと思って身体を起こしたら、意外にも窓口から出てきてすぐ近くに立っていた。

「松原さんの件で、いらしたんですよね」

声をひそめて尋ねてきた。

「そうですが、なにか」

マ・スールは誰もいないのに左右に目をやってから、わずかに唇をなめた。

「じつは園長先生には内緒にしてあるんですけれど」

そう前置きしてから、松原宏子が昨年の秋に連絡してきたのだと打ち明けた。ほぼ四ヵ月前になる。

「あの子がここにやってきた当時に園長先生だったかたの住所を知りたいって」

「理由を言いましたか」

「どうしても訊きたいことがあるって」

「ここに彼女が来た前後の様子を知りたがっていた、ということでしょうか」

「そうです」

「それで、どうしました」

「本当は教えてはいけないのですが、当時の園長のご住所を教えました」

一種の懺悔《ざんげ》のつもりらしく、苦しげな表情が浮かんだ。

「なるほど。そのあと連絡は」

「いえ。ですから、どうしたのか心配だったんですが」

「こちらから連絡してみなかったんですか」

「携帯に非通知でかかってきたもので」

いない。

わずかに首をすくめた。

松原宏子がこのマ・スールは信頼できると感じていたからこそ、連絡を入れたに違いない。

真崎は元園長の住所を念のため教えてもらい、メモに書き留めた。島根県の松江《まつえ》。かなり遠い。住所は「松江清心園」だった。

「わたしどもの施設は全国にあって、元園長はそちらに」

マ・スールは住所を教えたあと、少し迷いを見せつつ言い添えた。

「でも、そのかた、昨年の十一月に亡くなったんです。癌《がん》で」

メモを取る手を止め、真崎は顔をあげた。

「会えたんでしょうか」

「わかりません。それも気にかかっていて。あちらの施設に、それらしき女性が訪ねたという連絡は受けたのですが、会えたのかどうか。亡くなったことも知らないのかもしれません」

「なるほど。もし彼女と連絡がついたら、そのこともお伝えします。ほかになにか知っておくべきことがあれば教えておいてもらえると助かりますが」

「彼女、ここでは表面的には反抗的に見えましたが、本当は真面目な子なんです。ですから、思いつめてしまうとなにをするか」

具体的な話というより、なにやら嫌な予感があるといった程度のことらしかったが、真崎は記憶にとどめた。

園長と同じ格好で一礼するマ・スールに頭を下げ、真崎は施設を出た。

望月麻希と名乗った女が普段は別の名前を使っているとは思ってもみなかった。というより、いまの正式な名前が松原宏子なのだ。本当は望月麻希であるのかもしれないが、社会で通用する名前ではない、ということだ。

真崎はふたたび蒲田へ戻るつもりになっていた。マンションのポストに「松原」という名札があったのだから、偽の住所を教えたわけではなかったらしい。

さっきまでは周辺からあたってみようと考えていたが、一度しっかりと顔を見ておきたいという思いが起きていた。本当にそこに住んでいるのかどうか確認の意味もあるし、自分の家族を必死になって探し出そうとしているのが、園長や受付のマ・スールの話からわかったせいでもある。

きのう一瞬だけ目にした女の顔を思い出しながら、池上線に揺られ、旗の台から蒲田へ戻った。

岩田から電話が入ったのは、そろそろ店が開きはじめる飲み屋街を歩いている途中で、真崎はまだシャッターが降りている店の前に立ち止まって携帯を取り出した。

「はがき見つけて、引っ越した先の住所がわかったわ。やっぱり埼玉の奥の方だった。北名市《きたな》よ」

「群馬に近いですね」

真崎はメモを取り出し、住所を書き記した。

「ヨクナ町、ハトハ地区、ですか」

与久那《よくな》町の鳩羽《はとは》地区。それだけでは具体的な位置はつかめないが、岩田が送られてきたはがきを見ながらつづけた話で、少し様子がわかった。

「四十年近く前に新しく分譲地を開発して、ひとつの地区をつくったのね。高級新興住宅街ってところ。都心への通勤圏内というのが売りだったみたい。良子たちが引っ越した時点で五百戸くらいの分譲だったっていうから、いわばニュータウンよ。当時はバブルの後で空きがかなりあったらしいけど、駅までちょっとあって不便だ、なんて書いてある」

住所を書きとってから、今度は真崎が調べ上げた内容を説明した。岩田は押し黙って聞いていたが、やがて低くつぶやいた。

「やっぱり本人のような気がするけれど」

「しかし、先生と母親が友人だということを、どうやって知ったんでしょうかね」

ほかのことはともかく、母親と岩田の接点を知るには、誰かから聞いたか、つながりを証明する品物がなければならない。その点を口にすると、岩田はそっけなく応じた。

「いますぐ思いつかないけれど、考えてみる」

真崎はよろしくと告げて電話を切った。

ぐっと気温が下がり始めた通りをふたたび歩き出し、さほどかからず昼間一度やってきたマンションの前にたどり着いた。見上げると、薄暗くなりはじめたせいでいくつかの部屋の窓に明かりがついている。

狭いドアを引き開けると、そこにもぼんやりと蛍光灯が灯《とも》っていた。ポストの名前を確認すると、やはり二〇二号室は「松原」となっている。

そのとき、階段の上から耳慣れない言葉をけたたましく話し、笑いあう声が下りてきた。出入り口の脇に一歩下がって待つと、派手な化粧に毛皮のコートで身をかためたふたりの女が姿を現した。

ふたりは真崎に気づくとすっとおしゃべりをやめ、片言の日本語で「こんにちは」と挨拶し、軽く頭を下げて玄関を出て行った。冷たい空気に香水の匂いが残る。これから仕事というわけだ。

真崎は足音を消して階段をあがり、二〇二号室の様子をうかがった。人の気配があるのを確かめたとたん、中から鍵が外される音がした。

とっさに行き過ぎ、部屋を探している風を装う。

女がひとり、出てきた。

さきほどマンションを出て行ったふたりの女と違い、着飾ってはいない。ジーンズにダウンジャケット姿は、そのあたりに買い物にでも行こうとしているようだった。手には財布。女は真崎に気づかず部屋に鍵をかけ、そのまま階段を降りて行った。

横顔は見覚えのある望月麻希に間違いない。マンションの玄関を出て行くのを見計らって、真崎は階段を急いで降り、女のあとについた。

女は一本向こうの商店街に出るとコンビニに入り雑誌を買い、それから隣の焼き鳥屋で何本か串焼きを求めたあと、マンションに戻ってきた。

やはり直接会って話を聞くか。

少し迷いつつも、真崎はそう思い決め、マンションの階段をあがっていった。どういう行動パターンを取っているのかわからないから、明日出直しても捕まえられるとはかぎらない。

玄関のチャイムを鳴らすとすぐに返事があり、ドアチェーンをかけたまま扉が開いた。

部屋の照明で逆光になった望月麻希が、もの問いたげな顔をのぞかせた。と同時に、炊飯器で米が炊ける匂いが真崎の顔をおおい、ふいに懐かしさを感じた。

四

誘拐なら、身代金を要求する電話が入るはずだ。

それがないのなら、誘拐と決めつけるわけにはいかない。もっとも、いたずら目的で連れ去ったのであれば、身代金の要求などしてはこないだろう。

いったいどちらなのか、あるいはそれとは別の原因でいなくなったのか、まるで判断のつかないまま夜が明けた。

駆けつけた警官は所轄に連絡を入れ、夜のうちにやってきた刑事と捜査員たちが家の電話と携帯に逆探知と録音の装置らしいものを設置してはくれた。だが、電話は一度も鳴らず、まんじりともせず夜が明けた。

深夜前に、警察関係者は捜査員をふたりだけ残して帰って行った。町の防犯係だった松尾となにか話し合っていたから、あとはこちらでやるとでも言ったのだろう。

もし誘拐なら、犯人の常套《じょうとう》的な動きとして、警察には知らせるなと釘をさす電話が入る。それすらないのだから、誘拐ではないのかもしれない。

そう思ったけれど、夫の俊樹や町の防犯係の松尾は、そうは受け取らなかった。

警察に一報を入れたせいで、犯人は連絡をしてこないのだ。

それは暗にわたしの行動への非難でもあった。防犯係にまず連絡しなければならないところを警察に電話したのがまずかったということなのだ。

責任はわたしにあると言いたげでもあった。

貴之の身の上を案じているときに、こうなってしまった責任を追及されるような言い方が、こたえた。身体は疲労していても、一睡もできなかった。

松尾も警察関係者とともにいったん帰り、朝になったら防犯係総出で捜索すると言っていた。

朝になって警察から交代の捜査員たちがやってきて、あと一日だけ様子を見ることになったと告げ、夫は会社を休んで捜索に加わると言った。

「おまえは家にいろ。いつ電話がかかってくるかわからないからな」

そう言い置いて、俊樹は昨日帰ってきたときのままの服で出て行った。

居ても立ってもいられなかったけれど、言う通りにした。

延川《のぶかわ》の奥さんがやってきたのは、八時を過ぎたころだった。たしか美千代《みちよ》さんという名前だった。夫が町の副地区長をやっていて、わたしをひとりにしておくのもまずいから一緒にいてあげるように言われたという。それまで涙も出なかったのに、その顔を見たとたん涙があふれた。

この町はふだんから住民が助け合って生活している。安全で安心な町作りは住民ひとりひとりの助け合いから生まれるのだという地区長の言葉が、そのときほど身に染みてわかったことはなかった。

「寝てないんでしょ。少し休んで。あとはわたしがやっておくから」

電話の前にじっと座っている捜査員たちの方にちらりと目をやってから、延川の奥さんはわたしの肩に手を置いてうなずいた。

「すみません」

涙を拭って、わたしは二階の寝室にあがった。

いったん横になったけれど、眠れるはずもない。昨日からのことが頭をめぐって、こんなことをしている場合ではないと思ったとたん、跳ね起きた。

そこへノックの音がして、延川の奥さんが顔を出した。

「ココア作ったから」

手にしたカップを渡してきて、ベッドの縁に腰をかけた。

「あなたがしっかりしてなくちゃ。疲労で倒れたりしたら、大変よ」

ココアを啜《すす》るわたしに目を向け、励ましてくれた。

「いい寝室ね」

珍しそうに部屋を見回し、奥さんはつぶやいた。

「いえ、そんな」

「うちもダブルベッドじゃなく、シングルをふたつにしようかしら」

気を紛《まぎ》らわせるつもりか、そんなことを口にし、肩をすくめて短く笑ってみせた。

「いびきがうるさいし、べたべたする歳でもないしね」

奥さんはわたしより少し年上で、四十五、六のはずだ。十七歳の女の子がいる。この町ができたときから住んでいて、夫は地区の運営にも携わっている。妻としても、気苦労が絶えないのだろう。こうして困っているわたしの面倒をみるために、とるものもとりあえず駆けつけてくれる。

「ありがとうございます」

つい口からもれた。

「いいのよ、とにかく休んで」

そう言い置いて、部屋を出て行った。

ココアを飲み干すと、身体が温まったせいか、急に眠気が襲ってきた。ベッドに横になると、引き込まれるように眠ってしまっていた。

身体を揺すられているのに気づいて目が覚めたのは、かなりたってからだった。

とっさに癖で枕元にある時計を見ると、昼の十二時を回っていた。

「見つかったわ」

厳しい顔の延川の奥さんが、起き上がったわたしに告げた。

「見つかったんですか」

あわてて訊き返し、同時になにか悪いことが起きているらしいと悟った。

「とにかく、行きましょう」

促されてベッドから出て階下に降りて行く。

録音装置の片づけをしていた捜査員たちが立ち上がり、全員が直立して頭を下げた。

無事だったんですか。

そのひとことを尋ねるのが怖かった。

両肩を延川の奥さんに抱えられ、玄関を出た。

近所の人が何人か門の外からこちらに視線を向けていたけれど、わたしだと認めると、すぐに目を伏せた。

「さ、早く」

一瞬足がすくんでいたわたしを延川の奥さんが励まし、横づけされていたパトカーに導いた。

押し込まれるように後部座席に乗り込むと、サイレンを鳴らしながら、パトカーが走り出す。

なにやら悪いことをして連行される気がした。

パトカーは町を出て坂を下っていったが、途中の人だかりがしている場所で止まった。右も左も耕作地だ。何台か車が乱雑に停められ、刑事らしい男や制服警官が走り廻っていた。

なぜこんな場所に貴之がいるのか。家はすぐそこなのだから、帰ってくればいいものを。

不安を打ち消すように、そんなことを思った。

「お母さんですね。こちらへ」

外からパトカーのドアが開かれ、刑事らしい男がせかした。

「無事なんですか」

質問を無視し、刑事らしい男は人をかきわけ、黄色いテープを持ち上げた。

「こちらです」

刑事の言葉に耕作地へ一歩足を踏み込んだ。

すると少し先に青いシートが広げられ、その周囲に何人もの人が立って見下ろしているのがわかった。その中にぐったりと肩を落とした夫の姿を見つけた。夫も気づいて、走り寄ってきた。

「貴之は」

目の前の夫の顔は、ぼうっとして蒼ざめていた。その顔がゆっくりと首を振った。弾かれたようにシートへ走っていた。周囲にいた人が左右にわかれ、横たわっている貴之の姿が見えた。そばにかがんでいた白衣の男がすっと立ち上がって脇によけた。

ボーダーのシャツに半ズボン。上着も昨日遊びに出かけたときと同じだった。ただ、両耳が白いガーゼでおおわれている。どうしたのだろう。

ひざまずいていた。服は変わらないのに、泥にまみれて顔や手や足の色が青白かった。寒いのだ。

そう思って頰を両手で覆《おお》い、何度かさすってやった。だが、目は開かない。

「貴之、どうしたの。起きなさい」

声が上ずっているのが、自分でもわかった。

「貴之」

抱きつこうとしたとき、後ろから羽交《はが》い締《じ》めにされた。夫が声を絞り出した。

「やめるんだ」

そこからあとは、記憶が途切れてしまった。

半狂乱で泣き喚《わめ》いたらしい。当然だった。つい昨日まで元気だった貴之が、ぐったりした姿に変わってしまったのだ。でも、死んだとはどうしても受け入れられない。

早く温めてやって起こさないと。そんなことを口にしていた気がする。

意識がはっきり戻ったのは、家に運ばれて眠りつづけたあと、その夜のことだった。

明かりはついていたが、誰もいない寝室で目を開いたとき、ハンバーグを作っている途中だった気がした。早く貴之を呼ばないと冷めてしまう。まだ帰ってきていないから、探しに行かなくては。

そこまで思って、頭がはっきりした。

いや、貴之の青白い顔が目の前に迫ってきて、現実に引き戻されたのだ。

それでもまだ信じられなかった。

ゆっくりと身体を起こし、周囲を見回した。いつもと変わりのない寝室だった。幼稚園のころまで添い寝していた貴之のぬくもりまで感じた。しかし、いつも身体を縮こまらせて眠っているべきところに、貴之はいない。小学一年になったのだ、それからもう一年近くが過ぎて。

また青白い顔が横切り、頭を何度か振った。

枕元の時計は九時を回っていた。

まだ階下で夫の俊樹と遊んでいるのかもしれないという考えが頭をかすめた。でも、かすめただけだ。すぐに現実が戻ってくる。もはや手遅れなのだ。

だとしても、貴之がまだ耕作地にいるなら、せめて一緒にいてやりたい。そうせずにいられなかった。

ベッドから出て階下に降りて行くと、何人かの声が話をしている気配があった。

「とにかく、犯人はわれわれの手で捕まえる。あってはならないことが町で起きたんだ。警察にまかせておくわけには行かない」

聞いたことのない男の声が居間から聞こえてきた。

「たしかに、このままでは町の名折れだ」

別の男が応じる声がする。

いつもは開けっ放しにしてあるキッチンと居間のあいだのカーテン扉を開いた。ソファに座っていたいくつかの顔がいっせいに向けられた。

「起きたか」

その中から夫が立ち上がり、寄ってきた。まだ昨日の服のままだ。

「貴之は、どこ」

尋ねると、まだ理解していないと思ったのか、首を振ってみせた。

「いま、どこにいるの」

言いにくそうに夫は顔をゆがめた。

「まだ警察だ。いろいろ調べないとならない」

それが司法解剖を意味するとは、あとで知った。

「いいから寝ていろ。明日も会社は休む」

そう言って居間から押し出そうとする夫に、奥から声がかかった。

「奥さんにも話を聞いてもらいましょう」

夫はその言葉に、わたしを居間に入れ、自分の横に座らせた。

「地区会で何度かお会いしてますね。副地区長の延川です」

いちばん上席にあたるソファに座っていた四十代と見える男が頭を下げた。たしかに見覚えがあった。その横にいた延川の奥さんが、微笑んだ。

「今朝はいろいろ奥様にご迷惑おかけしました」

「いいのよ。お互いさまだもの。松尾さんはご存じよね」

ちょうど向かいに座っていたのは、昨夜駆けつけてくれた松尾だった。

「本当は地区長の菅井《すがい》さんにも来てもらわなければならないんですが、風邪ぎみで出られないというものでね。夜にお邪魔して申し訳ない」

首を振ってみせると、延川の夫がつづけた。

「今度のことでは、お辛《つら》い思いをされたと思います。それは、町の住人も同じです。この地区ができてからいままで、安全で安心な町を作るというのが菅井さんやわたしばかりでなく、ここに住むみなさんの思いでした。それが今回の一件でひっくり返ってしまった。空き巣ひとつ起きなかったのは、住人ひとりひとりが防犯に力を入れていたからです」

「申し訳ありませんでした」

なぜか、そんな言葉が口をついていた。

「いや、べつに責めているわけじゃない。責められるべきは犯人ですよ。この町に入り込んで、とんでもないことをしでかした。われわれはぜったいに犯人を許すつもりはない。きっとわれわれの手で犯人を捕まえてみせますから」

「じっさい、リンチにでもしてやりたいくらいだ」

松尾が鼻息を荒くした。

その言葉を否定するでもなく、延川が話題を変えた。

「それで、奥さんにもいろいろと聞いておきたいんです。ここ最近で気になったこととか、きのうお子さんがいなくなった前後のこととか。まあ、警察も明日かあさってにはいろいろ聞きたいといって奥さんも呼ばれると思うんですが、そのときのリハーサルとでもいえばいいかな」

「リハーサル」というのが奇妙に聞こえたが、防犯係が頑張っているこの町としては、自分たちの手で犯人を見つけたいと意気込むのは無理もないと思えた。

だが、気になったことなど思い当たらなかった。貴之のいなくなった前後についても、変わったことなどなかった。一通り話したところで、夫が助け船を出してくれた。

「まだ落ち着いていないので、時間が経てばなにか思い出すかもしれません。今夜はこのあたりで」

延川の夫もそれで納得したらしく、わたしは二階の寝室へ延川の奥さんに連れられて戻った。

「なにか食べたほうがいいわ」

そう奥さんに言われたけれど、食欲などありはしない。そのままベッドに倒れ込み、背中を向けた。一人にしておいてほしかった。奥さんも察してくれたのか、そのまま部屋を出て行った。

布団になかば顔を埋め、知らぬ間に貴之の名前を口の中で繰り返していた。呪文のように呼びつづければいつか帰ってくるはずだ。縋《すが》りつくような思いが、そんな気を起こさせていた。

そしてそのまま眠り込んでしまった。

悲しみの度が過ぎると、眠っていても涙を流し続けるのだということを、わたしはそのとき初めて知った。

遺体が警察から戻されたのが三日後のことで、通夜、告別式と、貴之とともに過ごせる時間の終わりが迫ってくる。

できるかぎり一緒にいてやりたい。

そう思う一方で、死に化粧をほどこされた貴之の顔を見るのがつらくもあった。貴之の両耳には新しいガーゼが当てられていて、そのまま棺《ひつぎ》に入れられた。なぜずっとガーゼを両耳に当てられていたのか知ったのは、葬儀のあとだ。

テレビ局が葬儀場に押しかけ、遺族のインタビューを取ろうとしたが、松尾や延川たちがしっかりガードしてくれた。

義理の父母と自分の父母は、わたしに過失があったわけではないのを承知していたから、責められはしなかった。ただ、無言のうちに「たったひとりの孫だったのに」という失望と悲しみが伝わってきた。

三十半ばを過ぎてやっとできた息子だった。四十を過ぎた今、もうこどもを授かることはないかもしれない。いや、そうじゃない。そういう問題ではなかった。

あなただけがわたしのこどもよ、ずっとあなただけが。

最後のお別れのとき、貴之の顔を見つめながら、そう誓った。

火葬場で火葬炉の扉が閉じたとき貴之の身体は消え失せてしまったけれど、その存在はわたしの中に何ひとつ変わらず、生きていた。

五

商店街にある大手チェーンの喫茶店で望月麻希と向き合い、真崎はあらためて名乗った。

照明がやたらに明るく、周囲にいる客たちも楽しげに笑い声をあげたり、高校生が勉強をしていたりする。なにやら場違いな気になったが、やむをえない。マンションの部屋で顔を突き合わせるよりはましだろう。

ドアの前で名刺を差し出したとき、事務所の階段下ですれ違ったのは覚えていなかったようだ。ただ、岩田喜久子から調査を手伝うように命じられた、ついては少し訊きたいことがあると告げると、望月麻希はあっさり警戒を解いたらしい。

どこかで時間をつぶしてから来てもいいと告げたが、麻希はかまわないとこたえ、近くの喫茶店へ同行するのに応じた。

債務者探しをしていると、先に喫茶店に行っていてくれと言ってそのまま姿をくらます者もいるが、麻希はいったん部屋の奥に戻ってダウンジャケットを着ると、そのまま一緒に喫茶店まで来た。

カウンターでコーヒーをふたつ買って奥まった席に戻ると、やっと思い出したらしい。

「あ、あのときの」

望月麻希は事務所の階段下ですれ違ったのが真崎だと気づいたらしく、そう声をあげた。

「岩田先生から大体のことは聞いたんだが、調査を手伝うことになるなら、本人に直接話を聞こうと思ってね」

「真崎さんも弁護士なんですか」

「まさか。そう見えるか」

わざとらしくじっと目を注いできた。

「見えないけど。だったら」

いったい何をやっているのかと尋ねたいようだった。

「岩田先生の弁護に必要な調査や、借金かかえたやつを探し出したり、ようするに雑用だな」

「へえ。そういう仕事あるんですね」

「ところで本題だ。じつは、昼のうちに施設に行って話を聞いてきた」

それまで微笑んでいた顔に険《けわ》しさが浮かび、視線がそれた。真崎はできるだけ正確に施設で聞いた話を繰り返した。

「受付にいた先生とは、仲が良かったようだが」

「川島《かわしま》先生」

「名前は聞き忘れたが、施設を出たあと、四ヵ月前に電話をもらったと」

「そう。川島先生。あそこで信頼できたのは、あの人だけ」

真崎はうなずき、背筋を伸ばした。

「率直に言って、まず本当に望月良子さんの娘の麻希さんなのかどうか、それをたしかめたかった」

伏せられていた視線が向けられた。不服そうな色だ。

「信じていないんですか」

「岩田先生は信じたと思う。しかし、じっさいに調査を手伝うのはわたしだ。あくまで確認ということだ」

「それで、確認できたんですか」

「まだよくわからない。岩田先生に住所は教えたが、いま使っている松原宏子という名前のことは言っていなかったしね。だから、直接訊きに来た」

「それは」

口を開きかけたが、そこでためらった。

「なにか軽く食べようか」

「いえ、いいです」

真崎の提案をあっさり拒否し、望月麻希は顔を向けた。

「なんでも訊いてもらっていいです。質問してください」

問い詰められたことが何度もあるのか、こういう場には慣れているようだ。

真崎はメモを上着のポケットから取りだした。

「松原宏子というのが施設でつけられた名前だということは確認したが、なぜ自分が望月麻希なのだと考えるようになったのか、そのあたりがよくわからない」

「だって、わたしは望月麻希だから」

「それじゃ答えになっていない。たぶん、誰かから聞かされたんだろうし、その人が誰なのか見当もついている」

望月麻希の顔がうつむいた。

「もっと早く行くべきだった」

「それは、島根の松江まで行って、元の園長に会ったということかな」

大きく何度かうなずいた。

「どうしても本当の親のことが知りたかった。どうしてわたしを捨てたのか、いまどうしているのか」

涙をこらえるように、歯を喰いしばりながらこたえた。そして、説教するような口振りになった。

「知って、どうなるわけでもない。これからのことを考えなさい」

しらけた視線が向けられ、鼻を鳴らした。

「施設で何度もそう言われた。でも、本当の自分が誰なのか、どんな親だったのか、それを知らないまま先には進めない。べつに親に会って恨みごとを言いたいわけじゃない」

おそらく、社会に放り出され、いっそうその思いがつのったのだろう。

「で、わかったわけか」

尋ねると望月麻希はうなずき、椅子に背中をあずけて話をつづけた。

それによると、川島というマ・スールから当時の園長の居場所を聞き出し、昨年の秋にはるばる松江まで出かけて行ったらしい。

だが、元園長はすでに八十を過ぎた老齢であり、肺癌に冒されていた。

「最初教えられた松江の施設に行ったんだけれど、入院しているって。だから会えないって」

「身内の者でないとな」

「だから親戚だって言って」

「なるほど」

必要なら嘘も辞さないようだ。

「だって当時を知っている人は、園長しかいなかったし」

「たしか最初に見つけたのは当時の園長だったと、いまの園長も言っていたな」

「わたしもずっとそう聞いてた。園の前に捨てられていたのを園長が見つけたって」

薄く笑いを浮かべた。

「そういうことにしたわけね。でも園長は、わたしの本当の名前を知っていた」

黒目がちの目が、じっと真崎に向けられた。

「園長が、本当の名前は望月麻希だと教えてくれたのか」

「最初、わたしの顔を見ても、誰だかわからなかった。でも、松原宏子だっていうと、驚いたみたい」

すでに痛み止めの麻酔で意識が朦朧としていた元園長は、それでも松原宏子の名前だけは記憶にとどめていたらしい。

「わたしはもう十八になった。三月には施設も出た。もし知っているなら、わたしの本当の名前を教えてほしい。そう言ったら、泣き出して」

そして、望月麻希を預かった経緯を話し始めたという。

元園長の話によれば、じっさいには捨てられていたのを救ったわけではないらしい。

「知らない人が連れてきたって」

「名前は訊かなかったのかな」

「知っているって言ったけれど、どうしても名前を教えてくれなかった。あなたのためを思って拾ったことにしておいた。それ以上は自分の口からは言えないって」

悔しそうに顔をゆがめた。

「冗談じゃない。どこからか連れてこられて、本当の名前も内緒にして預かったなんて。わたしはモノじゃない。れっきとした人間なの」

真崎はうなずくしかなかった。怒るのも無理はない。

「なぜそんなことをしたのか、理由は聞かなかったのか」

「あなたのためだった、許してほしいって、泣きながら答えただけ。でも、とにかく本当の名前を教えてほしいってねばったら、やっとね」

「しかし、それだけじゃ岩田先生のところにたどり着けないはずだが」

「預けに来た人の名前は言わなかったけれど、両親と兄のことは教えてくれたの。連れてきた人から聞いたみたい。やっぱりどういう身の上の赤ん坊なのか、知っておきたかったんだと思う」

未婚の母親から生まれた子なのか、虐待を受けた子なのか、あるいは犯罪者の子なのか。いまでも、親がなにかしでかせば、その子や親戚にまでその責任を負わせようとする風潮はある。元園長も、おそらくその発想から逃れられなかったに違いない。

もちろん、そういったことを知っても、それをもとに預かったこどもに対して態度を変えたわけではないだろう。

「わたしを連れてきた人は、母から頼まれたんだって。施設に望月麻希という子がいないか問い合わせてきた人がいたら、すぐに岩田喜久子という人に連絡してわたしを保護してもらいたいと言ってたみたい」

真崎は話半分で聞いていた。麻酔で朦朧とした者がはるか昔の記憶をそこまで詳しく話せるだろうか。

「信じていないって顔してる」

なじるように声を高めた。

図星を指されて戸惑っていると、望月麻希は立ち上がった。

「ちょっと待っててください」

むっとした表情で店を出て行った。

怒ってはいたが、会話を拒否したわけではなさそうだったから素直に待つことにした。

冷めたコーヒーを口にしつつ、真崎は麻希の第一印象を確認していた。

社会では無愛想であれば相手にされず、場合によっては痛めつけられる。そうならないための方策を、おのずから身につけたというところか。自分を出し過ぎれば叩かれることを知っているのだ。

ただ、やはり譲れない部分があるのだろう。自分を信じてもらえないとなると、むきになる。もっとも、それは相手に信じてもらいたいからで、真崎にはわかってもらいたいと考えているようだ。

その印象が、ふいに娘の絵里を思い出させた。

たしかに顔つきは似ているが、娘の絵里と望月麻希が決定的に違うのは、そんなところかもしれなかった。言ってみれば、絵里は自分の譲れないものを守るしたたかさに欠けていた。むろん、それは欠点などではなく、見方を変えれば相手を重んじる絵里の長所に違いなかった。

「父さん、変わったね」

リコール隠しを開始して三年ほど経ったころだった。

絵里は何気ない風を装って、そう言葉をかけてきた。秋口の日曜日だったと記憶している。小さな庭に作ったガレージで洗車していた真崎に、リビングのサッシにもたれかかってそれを見ていた絵里が、言ったのだった。中学に入って大人びてきた絵里の目が、じっと真崎に注がれていた。

「なんだ、どうした」

変わったと言われて戸惑った真崎は、ごまかし笑いを作って尋ねた。

「前は天気いいからドライブにでも行くかって、よく言ってたじゃない。最近、ぜんぜん出かけないから」

「どこか行きたいのか」

「そうじゃないけど」

「もう中学なんだ。ドライブもいいが、勉強ついていけてるのか」

「なんとか」

真崎は洗車の手を休めずに受け答えをしていた。

そして、しばし間を置いて、絵里がまた口を開いた。

「誰かがやっちゃいけないことしてるのを知ったとき、父さんならどうする」

思い返せば、そのとき絵里は絵里自身の抱えた問題を投げかけていたのだ。級友のいじめに心ならずも加担し、友人の誘いでカツアゲまでやっていた絵里は、どう対処すればいいのかを真崎に尋ねたのだ。

だが、リコール隠しのことが頭にあった真崎は、絵里が知るはずもないのに、それを指摘されたと感じた。

なんだそんなことかと言いたげに、真崎は苦笑してみせた。

「いろいろな事情ってものがあるしな。いけないことでも、しなければならないことがある」

見当はずれな答えだったのは、いまになってみれば明らかだ。真崎の言葉を聞いた絵里は寂しげな笑みを浮かべ、そのままリビングから自分の部屋に戻って行ってしまった。

あのとき、真崎は絵里を裏切ったのだろう。

もはや頼りにはならないと思ったかもしれない。そして、たったひとりで悩み続けた。

むろん、どう考えてもやってはならないことを、そうと知りつつやらざるを得ないというのは、おかしな話だ。あとで知ったが、そもそもの原因はクラスの中でいじめやカツアゲをしている中心人物がいたことだった。絵里はその生徒の標的になるのを避けようとして、ついには自分もその生徒と一緒になっていじめやカツアゲをしてしまった。

絵里とのやりとりがあったのは、ちょうどそのころになる。

絵里はいじめに遭う前から屈していた。自分が標的になるのを恐れるあまり、見て見ぬふりをするだけではなく、加担をしてしまったのだ。しかし、いじめを受けていたひとりが自殺未遂を起こしたことで一連の行為が発覚すると、グループの中心になっていた生徒は言い逃れ、すべては絵里が中心になってやったことにされた。担任教師は鬼の首を取ったように、絵里の責任を追及した。

級友の何人かは、絵里が「トカゲのしっぽ切り」にされたと知ってはいた。だが、絵里もいじめやカツアゲに加わっていたという事実が、周囲の口を閉ざした。もはや行き場がない。

絵里にも非はあった。ありすぎるほどだ。ただ、真崎はそれを責める立場にはなかった。当時もし打ち明けられていたら、どうこたえていたか、自分のことながらわからない。

絵里は、真崎や妻に、そういったことを毛ほども気づかせなかった。

三人揃って食卓を囲むことは減ったが、それでも食事をとりに部屋から出てきてにこやかな笑みを見せていたのは、真崎や妻に心配をかけまいとする思いからだったろう。あるいはもう一度助けを求めるきっかけを探っていたのかもしれない。

どちらにしても、なぜそれに気づけなかったのか。いまだに真崎の悔いは、胃のあたりにとどまっている。

いじめによって自殺未遂が起きたという一件は、その一週間ほど前に聞いており、保護者説明会に妻も出た。ただ、そのときは絵里の名前などいっさい出なかった。

それが一転して、いじめの首謀者だったのだと担任が突然連絡してきた。きのう本人から事情を聞いたのですが、まだ少し聞きたいことがある。きょうはまだ登校していないので連絡してみたと担任は言ったそうだ。

それは絵里が学校近くのマンションから飛び降りた時間とほぼ同じだった。対処する余裕もなかった。

棺の中に横たわった顔は、思い出せない。

額に入った絵里の笑顔は、毎日朝と晩の食事で正面の席に着いた顔ばかりを思い出させる。

そして、このままでいいの、と問いかける声が届く。

「どうかしたんですか」

気づくと、目の前に戻ってきた麻希の顔があった。

「いや、なんでもない」

頭をひと振りして真崎が答えると、腰をおろす前に手にした封筒を突き出してきた。

「わざわざ松江に行ったけれど、全部書いてある書類が施設にあったんです」

封筒を受け取って開くと、さきほど聞いた話がほとんど同じ程度の詳しさとあいまいさで記されていた。署名は松田光代《まつだみつよ》となっている。元園長の名前だろう。つまり、代々の園長に申し送りのつもりで記録をしたためてあったというわけだ。

昼間、深堀園長が松原宏子の書類を持ってきてページを繰ったとき、作文と一緒になにか挟まっていたはずだとつぶやいたのを思い出した。むろん、作文を読んだなどと口にはしない。

「これは、川島という人に頼んで持ち出したわけか」

席に座った麻希が睨んできた。

「わたしはわたしの身の上が書いてあるものを手に入れただけ。当然の権利だと思います」

悪びれもせずこたえた。

「一度電話がかかってきただけだって言ってたが」

「なにかあったら、そういうことにしてってわたしが頼んだの。書類持ち出してもらったりして、あとでバレたら川島先生に迷惑がかかるもの」

「松江にいた元園長は、この書類のことを教えてくれたわけだな」

「そう。もっと詳しく知りたかったら、あなたの書類の中に書き留めた文書を入れてあるって。わたしの口からは、これ以上言えない。そうつぶやいたきり、翌日また行ったときには、もう」

首を振った。

真崎はあらためて封筒の中にあった書類に目を落とした。

家族は父望月新太郎《しんたろう》と母良子、それに四つ上の兄幸太郎《こうたろう》とある。父の職業は単に「商社勤務」とだけあり、具体的な社名はなかった。良子の方も「主婦」とだけ書かれていた。

麻希を施設に連れてきた人物の名前も母親の良子とのかかわりも記されてはいない。ただ、万が一何者かが麻希を訪ねてきたら、すぐさまアメリカにいる岩田喜久子に連絡を取り、麻希を引き渡してほしいと、その人物に頼まれたとあった。

アメリカの連絡先は書類にテープで留められ、元園長が書いたものではないようだ。もしかすると良子が書いたものか。

さらに、最後に「本人の身に危険が及ぶ可能性があるため、取り扱いに注意すること」という一文が添えられていた。

アメリカにいたはずの岩田に連絡がなかったのだから、いままで誰も施設に望月麻希がいるかどうか問い合わせた者はいないということになるが、それよりもその一文の意味が問題だった。望月一家が、なにか危険なことに巻き込まれたとも読める。

具体的なことはまったく書かれていない。「身に危険が及ぶ可能性」とあるだけでは、まるでわからない。だが、それだけ危険だということにも取れる。具体的な事情を書いてしまえば、どこから秘密が漏れるかわからないと考えたのだろう。

深堀園長も川島も、この書類のことを知っていた。だから岩田の事務所から来た真崎にある程度のことを話してくれたのだろう。だが、肝心な「危険」についてはひとことも触れなかった。そんなことはないと高をくっていたのか。

「で、信じてもらえたんですか」

じっと見据えている望月麻希の視線に気づき、うなずいた。

「ああ、偽者ではないようだ」

「それがわかればじゅうぶんだと思うけど」

「しかし、こんなものがあるなら、なぜ岩田先生のところへ来たとき、持ってこなかったんだ」

書類を望月麻希に返すと、肩をすくめた。

「初対面なわけだし、信用できるかどうか、わからなかったし」

「ということは、いまは信用してるってことか」

今度は苦笑が漏れた。

「岩田さんを信用できたから、真崎さんも信用した」

口ほどには信用されていないような気配だったが、ひとまず納得しておいた。

「調べる手伝い、してくれるんでしょ」

「そのつもりだ」

「よかった」

安堵の笑みが浮かんだ。

しかし、望月麻希本人だと確信できても、まだ確認しておくべきことはいくつかあった。真崎はカウンターに行ってもう一杯コーヒーを買って戻り、何気ない風を装って尋ねた。

「ところで、住んでるマンション、月いくらだ」

「なぜ」

「いま住んでるアパートがボロなんだが、同じくらいだとしたらこっちのほうがいいようだし」

「月六万」

「蒲田あたりだと、それくらいか。アパレル販売店で働いてるそうだが、やっていけてるのか」

「まあ、そこそこ」

にっこり微笑んだ。どうも隠し事をしているように思えた。身元調査をされているのに薄々気づいたらしい。

「ひとりで住んでるんだろう」

「彼氏なんか作る余裕ないもの」

つまらなそうに答えた。これはよくわからなかった。だが、背後関係があるとも思えない。

「でもね、ハムスター飼ってる」

「それが恋人ってとこか」

「そんなところ。寂しい青春よ」

「青春は寂しいんだ。寂しくない青春なんて、ありゃしない」

なにを気取ったことを口にしているんだという顔つきをみせた。

「おやじになると、そう思えるんだ」

言い訳がましくつけ加えていた。

「それで、まずどうするの」

くだらない話はどうでもいいと言いたげにテーブルに身を乗り出してきた。そのしぐさも絵里に似ているような気がした。

真崎は姿勢を正し、尋ね返した。

「こっちが訊きたいな。このあと、どうするつもりだったんだ」

「この書類からわかるのは、なにかまずいことがあって失踪したってことだけ。当時どこに住んでたのかも書いてないし」

封筒を持ち上げてひらひらさせた。

「おそらく危険だと思って書き残さなかったんだろう」

「岩田さんのとこに行けば住んでたところくらいはわかると思ってたんだけど」

「住んでたところがわかったら、どうするつもりだったんだ」

「決まってる。そこへ行って、なにか手がかりを見つけるつもり。だから、きのう岩田さんにも頼んでおいたの」

「じつはさっき連絡があった」

望月麻希の目が見開かれた。

「早かったのね」

「以前良子さんからもらったはがきに書いてあったらしい」

「どこなの」

「言っておくが、一緒に連れていくつもりはない。その書類を見れば、身の危険があるらしいしな」

手にしている封筒を目で示すと、呆れたように笑った。

「まさか。いまだに危険だなんて」

言った本人が信じていない口振りだった。

「ともかく、こちらにまかせてもらう」

「でも」

「なんだ」

「でも、どこへ行くかくらい聞く権利はあると思う」

望月麻希を伴わずにひとりで出向くにしても、大体の場所は告げておくべきだし、確かに聞く権利はあるだろう。

「埼玉だ。北名市に与久那町というところがあるらしい。そこの鳩羽地区だそうだ」

「へえ」

望月麻希の視線が泳いだ。どのあたりなのか見当をつけている素振りを見せたあと、首をかしげた。

「ちょっと、遠いかな」

「行って帰ってくるだけなら、遠くはない。ただ、調べに行くとしたら、泊まりがけになるだろうな」

「だったら、まずは真崎さんに調べに行ってもらう方がいいかも。仕事もあるし。それで、いつ行ってもらえるの」

「明日、岩田先生に事情を説明してからになる。なにかあったら、名刺にある携帯に連絡をくれればいい」

だが、望月麻希からの連絡は、そこで途絶えてしまったのだった。

六

一ヵ月ほどして、犯人らしき者がいると住民が言い出したのは噂がきっかけだった。

貴之は殺されるときに抵抗したらしく、爪のあいだから犯人のものと思われる皮膚片が見つかっていて、それを手がかりに捜査が進められているという話を警察から聞かされていたけれど、なかなか進展しないでいた時期のことだった。

怪しい男がいる。

最初はたったそれだけの噂だったが、事件があったあとの町や近隣では、それだけでも大きな出来事だった。

どんな男だったのか。どんな風に怪しいのか。どこに住んでいて、何をやっているのか。新しい情報がつぎつぎに付け加えられ、「怪しい男」は具体的になっていった。

やがてそれが貴之の件にかかわりがあるらしいという新たな噂に発展したのは、電話が何度かかかってきたからでもあった。どこで電話番号を知ったのかわからないが、夫の俊樹が電話に出ると、舌足らずな日本語で「かね、かね。こども」と言って切れた。わたしが出たときにも、同じようなことを口にした。

防犯係はすぐに警察に連絡したけれど、誘拐犯人につながる可能性は低いといって逆探知などはされなかった。貴之が亡くなっているのに身代金を要求してくるはずもない。いたずらに決まっていた。

ただ、そのことがさらに「怪しい外国人」がいて、貴之の誘拐にかかわっていたらしいという話になっていくまで、さほど時間はかからなかった。

そして、怪しいとされた「外国人」が誰なのか、ついに特定された。

町から幹線道路に出て、駅とは反対方向にしばらく進んだところに、建てられて四十年以上にもなる団地があった。行ったことはなかったが、かなり老朽化して、家賃を下げても入居希望者はほとんどいないような団地だった。

ところが、五年ほど前から日本人の代わりに東南アジアから出稼ぎにきた労働者たちが家賃の安さに目をつけて入居し、いつの間にか大半の住人が外国人になっていた。

樽町《たるまち》団地という名称で、四階建て二十室の棟が三棟あり、そのうち三十室ほどが中国、インド、フィリピン、ベトナムといった国籍の者で占められていた。残りは行き場のない老人がとどまっているか、空室だったらしい。

留学生や出稼ぎ、それになにやら訳の分からない者まで入り込んで、かなりすさんだ場所だというのが鳩羽地区住人の理解で、そこに住んでいる者のひとりが当の「怪しい男」とされた。

では、その男は団地の誰なのか。

すぐさま疑わしい男が浮かんだ。独り暮らしで日本語もほとんどできず、樽町にあるおしぼり製造工場で技能実習生をしていた男。グエン・タン・ミン。ベトナム人。二十二歳。

貴之がいなくなった日に町の入り口あたりをうろついていたという証言も出てきたし、噂を聞いた物好きが隠し撮りをしてきた顔写真まで見せられた。

それらを突き止めたのは警察ではなく町の防犯係で、あの晩延川の夫が言ったように、町の威信をかけて探し出したというわけだった。

犯人がわかったと聞かされたとき、力がすっと抜けた。知らぬ間に身体に力が入っていて、それが事件からずっと続いていたのだと気づいた。まだ四十九日になる前で、貴之の遺骨は家にあったから、小ぶりな桐箱の前に座って報告もした。

そのことを教えに来てくれた松尾は、興奮ぎみだった。

「警察にも通報したんだけれど、なかなか動いてくれないんだ。で、ご主人やほかの防犯係の者と相談して、抗議に行くつもりなんです」

よく意味のわからなかったわたしが、どういうことなのか尋ねると、横にいた夫が説明した。

「防犯係で団地に押しかけ、自首するように説得する」

当然だと言いたげだった。

「そしたら、一緒に行くっていう人がかなりいてね」

松尾の口ぶりも、そうするのが当たり前だという感じを受けた。

「そんなことして大丈夫なんですか」

わたしの問いは、松尾の不満げな声にかき消された。

「大丈夫もなにも、町のみんなが抗議しようと言ってるんだ。そういう善意を大事にしないと。明日は日曜だし、抗議するなら多ければ多いほどいい。ただ、なにより当事者のあんたたちに一緒に行ってもらわないとね」

「もちろんです。貴之の遺影も持っていこう」

あとのほうは横にいたわたしに顔を向けながらそう言った。

「でも」

口ごもると、ふたりの顔がしらけたように感じた。

「でも、なんだ」

「そこまでわかってるなら、やっぱり警察に通報するほうが」

松尾がそこでさえぎった。

「だから、警察がなかなか動かないって言ったでしょう。警察にばかり頼っていたら、犯人なんか逃げてしまう。いいですか、奥さん。あんたがそんなことじゃ駄目ですよ。これは町の安全を守るためでもある。警察を動かすためにも、われわれが抗議くらいしてみせなくちゃ。それくらいの意気込みがあるんだってことを示さないと」

もどかしげに身体を揺すった。

「その人が犯人だっていう、証拠とか見つかったんですか」

「え」

不意をつかれた松尾が声をもらし、夫と顔を見合わせた。

「おい、貴之を殺した犯人を捕まえたくないのか」

夫があわてて睨みつけてきた。

犯人は憎い。この手で恨みをはらしたいと思う。でも、それで貴之が戻ってくるわけではない。正直なところ、どうしたいのか、わからなかった。

「犯人だという根拠はいろいろある。あの日このあたりをうろうろしていたのを見たっていう人もいるし、わたしもあの日町の入り口から出ていく怪しい人影を見てるし。前にその男が日本語もろくに話せないのに近所の女の子に声をかけていたとか、酒を飲んで暴れたとか。ともかく追い詰めて行けば確実な証拠は出てくるはずですよ。少なくとも、このまま放っておけば、危険な男なのは間違いないんだ」

議論の余地などないといった調子で、松尾が声を高めた。

「わかりました」

話をおさめるつもりで、そうこたえておいた。

松尾は夫にだけ話があると言い、その場から俊樹を玄関の外に連れ出して話していたが、妻を従わせるのは夫の役割なんだから、もっとしっかりしてくれないと、などと聞こえよがしに諭《さと》していた。

茨城の牛久《うしく》からここへ越してきて三年。

この町では、成人ならなにかしらの役割分担をいくつか割り当てられる。町の防犯、風紀、生活、健康、催事、広報などなど。夫は防犯係に加わり、わたしは催事係だった。餅つき、花見、夏の旅行、紅葉狩り、クリスマス。ことあるごとに町では行事をおこなっていた。住民の親睦を深めるためだ。

そういった係に参加するうち、この町では「良妻賢母」がもてはやされているということに、なんとなく気づいていた。じっさい近所では働きに出る妻はいない。働く必要がないからでもあるが、夫を支えることこそが妻の役割なのだと考えられている。それが当たり前なのであり、毎朝仕事に出る夫のために弁当を作るのも当然だった。

事件が起きるまでは、わたしもそういうものだと思い、あらためて深く考えずにいた。

でも、貴之を亡くしたあと、じわじわと夫との関係が息苦しくなってきていたのは本当だった。貴之がいてこその家族だったのだと、あらためて実感もしていた。

　以前は夫も弁当など必要ないと言っていたのに、この町へ来て防犯係になってから、弁当を作ってくれと言い出したし、意見めいたことを口にすると、でしゃばるんじゃない、などと見下すような態度を取るようにもなっていた。

　この町で暮らしていくのならそうするべきだとでも言いたげで、わたしも知らぬ間に染まっていたかもしれない。

「防犯係は名誉な仕事なんだ」

　あるとき、そう自慢げに話したことがあった。

　どこが「名誉」なのかといえば、町を取り仕切り、ルールに従わない者を見つけて責任を取らせる立場にあるからなのだという。

「誰もが一目置くしな」

　得々と、そうも言った。防犯係が住民の上に立ち、従わない者を許さない。それが俊樹の優越感を満足させているような気がした。だからこの一ヵ月、悲しみに打ちひしがれていたわたしに引き比べ、夫は貴之の死よりも防犯係という自分の立場のために怒りを抱えているように思えたものだった。

翌日、午後一時に東公園に集まった住人は、五十人を超えていた。路上に停められた車もかなりの数だった。

戸数五百ほどの町だから、十家庭から一人は参加したことになる。男と女の比率は、半々。若い者から年配者まで、当然だが顔見知りも多かった。さすがにあからさまな武器を持っている者はいなかったが、異様な熱気におおわれていると感じた。

時間になると、松尾が抱えたスピーカーを使って声をあげた。

「それではこれから出発します。本人が自分の部屋にいるのは確認済みです。まあ、言葉の通じない相手が、われわれの訴えを理解できるかどうかわかりませんが」

わざとらしく言葉を切ると、集まった住民の何人かが声を立てて笑った。

「こどもをひどい目に遭わせて命を奪っておいて、のうのうとしているのは許されません。言葉はわからなくとも、われわれの怒りは通じるはずです」

そうだ、と男の声が応じた。

「そうでなければ、良心のかけらもないけだものです。きょうは町が一丸となって抗議をしようではありませんか」

松尾が一礼すると大きな拍手が起き、つづいて横にいた延川の夫が、マイクを引き取った。

「地区長の菅井さんは体調を崩しておられて、残念ながらご一緒できません。しかし、菅井さんが常におっしゃっているように、安全で安心な町を作るためにも、きょうは頑張りましょう」

また拍手が起きた。それがやむのを待って、延川はつづけた。

「ひとつだけ、お願いしておきます。われわれは抗議に行くのであって、なにも乱暴をするつもりはない。犯人が自分から警察に出頭するように促すのが目的です。ただ、あちらの出方によっては、不測の事態が起きる可能性もあります。くれぐれもその点、注意をしてください」

言葉が終わると、用意された二十台ほどの車に住民たちは乗り込み始め、車は数珠つなぎになって走り出した。

「奥さんはこの車で」

夫と一緒に松尾の運転する車に乗り込んだ。小ぶりの遺影も、夫が持って行けというのでわたしが抱えていた。

夕方から雨という予報だったけれど、鈍色《にびいろ》の空はすぐにでも冷たい雨を降らせそうだった。

町の出口から車が連なって出て行き、左右に広がる耕作地帯を抜けると、やっと幹線道路に出る。そこを左折して丘を切り開いた道路を五分ほど進むと、荒れ地の広がる平地にぽつんと三棟の灰色がかった団地が見えた。

先に到着していた車は団地の出口を塞《ふさ》ぐように停められ、すでに何人かが降り立っていた。

つぎつぎと車が乗りつける音に気づいた団地の住人がベランダから顔をのぞかせ、不審げに見つめている。

「こっちです。集まって」

松尾がスピーカーで呼びかけ、二号棟の出入り口前に集結した。

延川が近くにいた若者に声をかけ、手にしていた大きな布らしきものを広げた。

「誘拐殺人犯グエン・タン・ミンは自首せよ　平和な町を壊すな　われわれは決して貴之ちゃんの死を無駄にしない　鳩羽地区住民一同」

白布に太い黒字で三段にわけ、そう書かれていた。ただし「グエン・タン・ミン」と「貴之ちゃん」は赤い字になっている。

「おふたりは幕の横に」

延川にうながされて、夫とともに遺影を抱えて幕の横に立った。

松尾のスピーカーが耳をつんざく音を上げた。それまでざわついていた住民が、それで静まった。図らずもいよいよ始まるという合図になったようだった。

マイクを口に持って行った松尾は、咳払いをひとつしてから、声をあげた。

「わたしたちは鳩羽地区の住民です。本日は、みなさんの中にいる誘拐殺人犯に抗議を申し入れに来ました。一ヵ月前、地区のこどもである貴之ちゃんを誘拐し、むごいことに殺した犯人と思われる人物が、この樽町団地には住んでいます」

話が始まると、五、六人の住人が出入り口から出てきて距離を置いて対峙した。日本語が理解できる者もいるはずだから、まずは話を聞こうとしているらしい。

「この一ヵ月、貴之ちゃんを亡くした夫妻がどれほどの悲しみと怒りを抱えているか、それがわかりますか」

松尾の言葉に、団地の住人たちの視線がわたしと夫に向けられた。

「あなたがたは知ってか知らずか、その犯人とともにここで暮らしている。われわれから見れば、犯人を匿《かくま》っているとしか思えない。そう思われても仕方がないではありませんか」

ノー、ノーと両手を左右に振りながら近づこうとしたジャンパー姿の浅黒い顔の男が、腕を取られて引き留められた。それでも男は納得できずに声を発した。

「ここに、そんな悪い人、いません」

「黙りなさい。いるからこそ、われわれがこうして抗議にやってきたのです。犯人の名は、グエン・タン・ミン」

その名前を耳にして、男を引き留めていた者たちまでわめき始めた。明らかに怒っている。それぞれに自国の言葉をまくしたてて大袈裟《おおげさ》に身体を動かす様子は、恐怖を感じさせた。

「彼をここに呼びなさい。あなたがたが匿っていないのなら、呼んでこられるはずだ。そうでなければ、あなたがたも共犯者にほかなりません」

興奮する声が交錯し、繰り返し「ノー」という言葉だけが口々に叫ばれているのだけは聞き取れた。

「出てこい」

背後にいる住民の中から、誰かが怒鳴った。すると、先を争うように他の鳩羽の住民たちも騒ぎ始めた。負けずに樽町団地の者ものの しり声を高める。

「出てこい」

つい横からも声が上がり、驚いて夫の俊樹に目をやった。怒りに満ちた表情には、さげすむような、ふてぶてしいような、いままで見たことのない色がまじっていた。どれくらいののしり合う時間があったのか、はっきりとしない。ほんの十秒くらいにも思えたし、五、六分にも感じられた。

それが急にやんだのは、団地の出入り口にひとりの男の姿が新たに現れたからだった。

グエン・タン・ミン。

隠し撮りした写真で見ていたから、すぐにわかった。

ほっそりした身体つきで黒髪はカールしている。見開かれた目が状況を理解しようとしておどおどとさかんに左右に動いている。この寒空によれよれのワイシャツ一枚だ。自分の名前が叫ばれるのを耳にして、出てきたのかもしれない。

ひとりがグエンに気づき、駆け寄って両肩に手をやり、なにごとかを話している。グエンが首をふってみせる。

さきほど前に出てこようとした男のところへ行ったグエンが、また少しやりとりをしたあと、男とともに何歩か進み出た。

「この人が、グエン・タン・ミン。何も悪いことしていないと言ってます」

「嘘だ」

「お前が殺したんだ」

「早く自首しろ」

いったん静まっていた鳩羽の住民から、声が飛んだ。

グエンは両手を降参の格好に挙げ、首を振った。

「知らない。やってない」

大きな目は恐怖に満ちていた。

その視線が、一瞬だけれど、真っ直ぐにわたしを見た。

嘘じゃない。この人は嘘を言っていない。そんな直感があった。

「知らない、知らない」

グエンはみずからの身体をわたしたちの前に晒《さら》すようにして、繰り返した。

そのとき、何かがわたしの後方からふわっと飛んできて、グエンの足元にころがった。

梅干しほどの小石だったが、グエンは飛び退きもしなかったから、気づかなかったようだ。

間をおかず、また小石が投げつけられ、今度はグエンの頭上を抜けて行った。

「ノー、ノー」

グエンの横に立っていた男が先に気づき、かばおうとして両手を挙げ、制止しようとした。

「おまえも共犯か」

怒鳴り声とともにまた石が飛び、今度は勢いがついていたらしく、男の腹あたりに命中した。だが、顔をかすかにゆがませただけで、男は怯《ひる》まなかった。グエンも逃げようとはせず、毅《き》然《ぜん》と顔を向けたままだ。

さらにグエンたちめがけ、ひとつ、ふたつと石が飛んだ。

「乱暴は、駄目です。乱暴は、やめてください」

松尾の声がスピーカーから響いた。だが、言葉とは裏腹に、その口調は住民を煽《あお》っているように聞こえた。

グエンの額に拳ほどの石が命中し、よろけたと思う間もなく、その場に崩れ落ちた。

歓声があがった。

抱え起こされたグエンの額から血がひとすじ流れている。

そのとき、怒声にまじってサイレンが聞こえた気がした。

「警察が来ました。乱暴はやめてください」

松尾の声とともに、投石はすぐさまやんだ。

二台のパトカーから警官が四人、ばらばらと飛び出して間に割って入った。ふたりがグエンたちから事情を聴きだそうとし、あとのふたりは松尾と延川のところへ歩み寄ってきた。

まずいことをしでかしてくれたと言いたげな顔をした警官たちは、腰に手をあててふたりから話を聞いていたが、集団の中からわたしの知らない若い男が三人出ていき、自分たちが石を投げたと胸を張っているのが見えた。

けっきょくその若い男三人とグエンは、二台のパトカーにべつべつに乗せられ、走り去っていった。

あとから聞いた話では、若い男三人はその日のうちに帰され、グエンは「身柄保護」という名目で警察に留め置かれたらしい。でも、何日かあとにグエンもまた、帰されたという。

つまり、犯人ではなかったのだ。

第二章　それはどんな場所か

……ぼくの大すきなおかずは、ハンバーぐです。たんじょう日やクリスますのときにいつもつくってくれて、ぼくはふたつもたべます。おいしいというと、ママはうれしそうにわらいます。これからもおいしいハンバーぐをつくってください。

一

最寄りの駅に着いたのは昼近くだった。

蒲田から京浜東北線で上野まで行き、そこから高崎線へと乗り継いだ。ずいぶん遠くまでやってきたという気がする。このあたりに来たことがなかったせいでもある。

改札を出ると、そこが駅ビルの入り口に通じており、まずは腹ごしらえをしようとビルの最上階にあったレストラン街へあがった。大半が脂っこい物ばかりで、結局蕎麦屋に入り、ざるを頼んだ。

真崎さんらしくないわね。

腰を落ち着けると、岩田喜久子の声が甦《よみがえ》ってくる。

さきほど携帯で報告を聞いた岩田が発した第一声が、それだった。

望月麻希と接触した翌日、岩田に報告し、鳩羽地区へ行ってくると告げたときには、まだ自分のミスに気づいていなかった。見覚えがある人がいるかもしれないからと、望月良子とふたりで写っている古びた写真を一枚渡してくれた岩田も、難なく失踪の原因がわかるだろうと思っているようだった。

二泊三日ていどの準備を整えたあと、いちおう望月麻希の携帯にかけてみた。数日のうちに何かわかるだろうと告げるつもりだった。だが、呼び出し音が鳴るだけで、相手は出ない。

今朝出かけるときにもう一度かけてみたが、やはり返答がなかった。

まさかと思った。仕事もあるし、行く気などなさそうでもあった。それに、なにより詳しい住所までは教えていない。与久那町の鳩羽地区というだけでは、出向いて行ってもわかるはずがないと高をくくっていた。

だが、鳩羽地区をネットで検索してみると、三十年以上前に造成された地域で「美《うつく》しが丘《おか》ニュータウン」と呼ばれる地域限定の名称だった。番地まで知らずとも、何軒か聞いて回れば昔のことを知っている者を見つけるのはさほどむずかしくない場所ともいえる。

真崎は嫌な予感がして直行せず、いったん京浜東北線で蒲田に向かった。昼間は仕事かもしれないが、とにかくたしかめずにいられなかった。

二度ほどチャイムを鳴らしたが、やはりいない。

マンションの管理人は相変わらずおらず、両隣の部屋の住人に尋ねるしかなかった。二〇一はいなかったが、二〇三のチャイムを鳴らすと、酒やけした女の声がした。

「誰か」

「隣の松原さんのことで聞きたいことがあるんですが」

答えると、クリームを塗りかけている顔がドアからのぞいた。

「あなた、名前なにか」

中国人か韓国人とまでは判断できるが、どちらなのか判別はつきかねた。

真崎だと名乗ると、ちょっと考える目をしてから、いったん引っ込み、メモ用紙を持ってきた。

「まさき、さんね。わたし、ヒロに頼まれた。ごめんなさい、ひとりでいく」

読み上げてから、メモを手渡してきた。

「ハムスター、あずかってる。どこか遠いとこ行くみたいだった」

嫌な予感が当たり、真崎は歯嚙みした。

「どこに行くか、言ってなかったですか」

女は両手を持ち上げて首を振った。

「このメモ、いつ預かりましたか」

「きのう、いまごろね」

となると、丸一日出遅れたことになる。もともと一人で行くつもりだったに違いない。ハムスターを預けて行ったのだから、しばらく留守にするつもりだ。

「あなた、松原さんと仲がいいんですか」

「そうね。お世話、してる、されてる」

だが、行き先までは聞いていないと繰り返した。

「松原さん、仕事休んで出かけたんですよね」

「そう。休む、言ってた」

「アパレルの店で働いていると聞いたけれど」

「ちがう。へいわじまだよ。ボートね。チケット売ってる」

嘘がひとつばれた。

礼を言ってマンションを出ると、平和島の競艇場の番号を調べてかけた。松原宏子を呼び出してくれと頼むと、三日間の休暇を取っており、出勤していないという。どうやらボートレース平和島でチケットを売っているのは本当らしい。

状況から、望月麻希がひとりで鳩羽地区へ向かったのは、ほぼ確実だった。

そして、その場で岩田に連絡を入れると、「真崎さんらしくないわね」と言われたのだった。

まったくその通りだった。望月麻希が自分を信用しているかどうか、かなりあいまいだと思いながらも、つい行き先を口にしてしまったのは失敗だった。一筋縄ではいかない女だ。

結局、鳩羽地区へ行く目的に、望月麻希探しも加わったことになる。望月麻希の見せてくれた書類にあった「身に危険が及ぶ可能性がある」という一文が、真崎の気持ちを落ち着かなくさせる。せめて真崎が同行していれば、なにかのときに救いの手をさしのべられるが、十九年前の状態がいまだに解消されていないのなら、ひとりで動き回らせるわけに行かない。

とはいえ、探し出すのはさほど難しくないとも思っていた。宿泊場所はかぎられているはずで、一軒ずつあたっていけば、見つけられる。数日滞在して調べるつもりなら、そう遠くに宿を取るとも思えない。

さっさとざる蕎麦をかき込んで、昨日岩田から預かった写真を取り出してみた。

大学のキャンパスで撮ったらしく、背景に学生が行き来している。ちょっとしたスナップで、ふたりともくだけた笑顔で写っていた。どちらもジーンズとブラウス。岩田は髪の毛を伸ばして、若々しい。

隣にいる望月良子は、たしかに麻希に似ていた。年齢的にもいまの麻希とさほど違っていないから、なおさらそう感じるのだろう。岩田が麻希をひと目見ただけで、望月良子の本当の娘だと気づいてもおかしくないと思えたが、気が動転していたのかもしれなかった。

写真を目にしつつ、試しに再度携帯にかけてみたが、やはり出ない。呼び出しているのだから、着信履歴は残っているはずだ。

仕方なく店を出ると、鳩羽地区へ向かうバス乗り場を探した。

地方とはいっても、田舎と呼ぶより都心郊外の街というのがふさわしい。再開発で造られたのか駅ビルもあり、昔からの商店街もある。

古い部分と新しい部分が混じり合い、表面上は都会の趣を見せてはいるが、良くも悪くも昔ながらの気配が滲《にじ》み出ているといった印象だった。

その駅が五路線ほどのターミナルになっていた。「南公園行き」が鳩羽地区へ行くバスだとわかり、西口ロータリーの乗り場へ向かう。

朝と夕方は十分に一本ほど出ているが、日中は三十分に一本。公共の交通機関はそれだけで、あとはタクシーを使うしかない。時間にして二十分ほどどらしいが、あまり便利とはいえない。

ちょうどバスが出たあとで待っている者はおらず、つぎのバスまでかなり間があった。

仕方なくバス停の前にある古本屋に入って時間をつぶすことにした。店頭のワゴンには文庫本やコミックが並び、左右に入り口のある典型的な古本屋だった。

思ったより奥行きがあり、その先のレジには白髪の老人が新聞を広げている。繁盛しているとはいえないが、お堅い本もかなり揃っているようだ。

真崎は思いついて、ジャンルごとに分かれている棚の「地方史」のあたりに目をやった。鳩羽地区についての本があるかもしれない。

「与久那町歴史探訪」「与久那町議会史」「戦前の与久那」などといった書名が並び、与久那町についての本はかなりある。街道に接しているため、江戸時代には開けていたようだ。

そういった書名の中に、薄い冊子が挟まっていた。

背表紙には「鳩羽地区のあゆみ」とあった。六年前の発行で、非売品。当時の与久那町長が顔写真とともに挨拶の文章を最初に載せている。それによると、鳩羽地区が開発されてニュータウンができてから三十周年の記念として、地区の発展を形として残そうということになったのが、冊子発行の経緯だという。

目次をはさんで次のページには地区長の写真と挨拶文。恰幅のいい温和な表情をした人物は、開発された当初から地区に住んで代表をずっとつづけてきたようだ。

――理想的な町を作るためには、住民の協力が必要です。その意味でも、鳩羽地区に移り住んできたかたがたは素晴らしい努力をしてくれました。三十年の努力が、成果として実ったのです。

この手の文章にありがちと言ってしまえばそれまでだが、ざっと読んでも町のイメージは浮かんでこない。

そのあとに地区の住民の何人かが文章を寄せている。役職名のある者もいれば、ない者もいる。ところどころに地区の変遷を示した写真もあり、最後に年表がついていた。奥付の上に鉛筆で書かれた値段は三百円。

ほかにも鳩羽地区について書かれたものがないか棚を見渡したが、それだけだった。

新聞を開いたまま横に置いた店主は、特に気にかけるでもなく金を受け取り、冊子を手渡してきた。

「鳩羽って、どんなところですか」

試しに尋ねた真崎に、店主は行ったことはないとこたえた。

「昔は金持ちが集まってたようだが、最近はそうでもないみたいだね」

「ほう」

「隣の樽町へ抜ける産業道路の途中にある場所だから通ることはあるけど、ぽつんと孤立した具合でね。周りは道路ができる前と同じで畑ばかりだ」

たしかに、ネットで見た地図でも、周辺は丘と畑ばかりだったのを思い出した。

ともかく行ってみるしかないと自分に言い聞かせ、店を出ようとして扉に手をかけたとき、ガラス戸の向こうにワゴンからコミックを抜き取ってそのままバス停に戻って行く小学生の姿が見えた。四、五年生くらいか。どこかの制服を着ていて、バス停には仲間らしき制服が五人ほどいた。リーダー格のこどもなのか、互いにハイタッチのようなことをしている。抜き取ったときの様子からして、初めてではないようだ。

真崎は扉を開いて出て行き、でき始めたバス待ちの列の後尾へ行かず、小学生たちのところへ進んで行った。

その様子に、まずいという雰囲気が仲間たちのあいだに起きたらしく、はしゃぐ声が途絶えた。

コミックを抜き取ったこどもを黙って見下ろしても、相手は視線を合わせずそ知らぬふりを決め込んでいる。

「金、払ったのか」

問い質《ただ》す声も無視だった。仲間は少しずつあとじさりしているが、逃げ出そうとしない。

「バッグに入れたもの、見せてほしい」

「行こうぜ」

不貞腐《ふてくさ》れた顔で仲間に言い、自分から列を離れようとした。

「ちょっと待て」

肩に手をかけると、それを大袈裟に振り払い、走り出そうとした。とっさに右腕を摑《つか》んだ。同時に仲間は逃げ去っていく。ひとり取り残されて急に弱気になったのか、もがきながら顔を泣きそうにゆがめた。そのとたん、思わぬ叫び声がこどもの口から起きた。

「助けて」

それまでは穏便にやりとりをしていたから列に並んだ者たちもおそらく気づいていなかったはずだが、この声になにごとかと視線が集まった。

真崎も声を高めた。

「金を払えと言っているんだ」

だが、その声は小学生の繰り返す「助けて」にかき消される。ちょうどバスが来て、並んでいた者が真崎たちを横目に入れつつ、つぎつぎと乗って行く。

「ちょっと、あんたなにしてるんだ」

列の後ろの方にいた眼鏡の男が割って入った。六十くらいだろうか。

「万引きですよ」

よけいなおせっかいだというつもりで、真崎は男を睨みつけた。

「ばかな。この子がそんなことするはずがない」

「知ってる子ですか」

はじめて自分の言い方に気づいたのか、男はちょっと口ごもった。だが、間髪を容れずつづけた。

「そういう問題じゃない。いいから手を放しなさいよ」

「放したら、逃げます」

「あんた、暴力振るってるんだ。わからないのか」

バスが発車し、停車場が急にがらんとした。

「言いがかりだな。この子を知ってるからかばうのか」

「違う」

男の声が大きく響いた。

「とにかく、金を払うかマンガを戻すか、どちらかにしてもらう。話はそのあとだ」

真崎はそう言い捨て、こどもを古本屋の方に引っ張って行こうとした。そのとき、駅の方から走ってくるふたりの警官が目に入った。誰かが交番に通報したらしい。

面倒なことになった。金を払って店主に謝らせ、それで穏便に済ませるつもりだったが、思わぬ男の横やりで話が大きくなってしまった。

「どうしましたか」

三十前後の巡査はあきらかに真崎に疑念をいだいているようだったが、言葉は公平だった。

「このこどもが金を払わずに、古本を取った」

真崎は簡潔に答えた。もうひとりの年配の巡査は眼鏡の男と顔見知りらしく、ちょっと会釈するようなしぐさをし、男はなにやら耳打ちしている。それが横目に入った。

「ともかく、放しなさい」

若い方の巡査が真崎とこどもを分けるように立ち、こどもを背後にかばった。それからしゃがみこみ、こどもに尋ねる。

「どうなんだ、本当か」

べそをかいたこどもは首を振った。

「バッグの中を見ればわかる」

「あんたは黙っていて」

巡査が睨みを向け、こどもを真崎から少し遠ざけた。

「名前と住所を教えてもらえますか」

年配の巡査がメモを手に真崎の横に回ってきて、尋ねた。

「なぜ」

「なぜって、あんたがトラブルを起こしたからですよ」

「起こしたのは、あっちのこどもだ」

「お互いの話を聞いてみないとなんとも言えないでしょう」

冷ややかな薄ら笑いが浮かんでいるのを目にし、眼鏡の中年男があらぬことを吹き込んだのだと感じた。真崎は視線をそちらにやった。

「この人が、わたしが注意しているのを邪魔したんだ」

「違う。あんたが乱暴してたんじゃないか。だからわたしが」

年配の巡査は両手をあげて、制した。

「ともかく、ちょっと来てください」

そう言うと、年配の巡査はがっしりとした腕で真崎の右肘のあたりを摑んだ。

そこへこどもから事情を聞き終えた巡査がこどもの肩に手を置いて近づいてきた。

「借りただけだそうです。読んだら明日返すつもりだったと」

「ばかな」

「なにがばかだ」

真崎の言葉に、若い巡査は気色ばんだ。

「あんただって大ごとにはしたくないだろう、え」

年配の巡査が肘を摑んだ手に力を込め、有無を言わせず、真崎は引っ張られた。

「おい、あっちはどうなんだ」

眼鏡の中年男と小学生が、真崎などいなかったかのようにバス停に並んでしまったのを見て、怒鳴った。中年男は小学生になにごとか話しかけ、小学生も明るい表情をしている。さきほどまでのべそは嘘だったのか。

「待てよ。わたしだけ連行するのはおかしいだろうが」

「いいからさっさと歩くんだ」

若い方の巡査が後ろから押してくる。振り返った真崎の視線に、小学生が小馬鹿にした目を一瞬向けたのが見えた。

「あんたら、おかしいぞ」

年配の巡査は取り合おうともせず、さらに手に力を込めた。

駅をまたいで東口にあった交番に連行されると、すぐさま机の前に座らされ、身分のわかるものを出すよう命じられた。

真崎が岩田法律事務所の名刺を出すと、ふたりの顔がしかめられたのがわかったが、身元照会だといって若い方の巡査が電話をかけた。やりとりが何度かあって、受話器が突き出された。

「なによ、どうしたっていうの」

岩田のいらついた声が耳に届いた。

「すいません。ちょっと余計なことに巻き込まれて」

「こどもに乱暴するのは、たしかに余計よね」

「ただ手を取って逃げるのを防いだだけですよ」

雑な説明をしたらしい若手の巡査を睨んだが、キーボードを叩いていて知らぬふりを決め込んでいる。

「とにかく、身元は保証しますって言っといたから」

「ありがとうございます」

礼もそこそこに電話を切ると、また椅子に座った。

パソコンから顔を上げた若手は、年配の巡査に目で合図した。それからふたりでまたパソコンを覗きこんでいたが、それが終わると背筋を伸ばすふりをしてほとんど同時に真崎へ目をちらりと走らせてきた。

「あんた、逮捕歴があるようだな」

年配の巡査が戻ってきて腰をおろすと、うめくような声を出した。

「なにやったんだ」

「なにやったって書いてありましたか」

「迷惑防止条例違反、脅迫、公務執行妨害」

若手がパソコン画面に目をやりながら、ふざけるなと言いたげに並べ立てた。

「不起訴だ」

真崎は怒りを抑えつつ、こたえた。

「たしかに不起訴のようだが、よく法律事務所で働けるもんだ」

「不起訴だからな」

「しかし、さっきあんたは騒ぎを起こした。五年前に逮捕されたとき、なにをやったんだ」

「言うつもりはない。だいいち」

「不起訴だっていうんだろ。今度も不起訴で済むかな」

真崎はまじまじと目の前の巡査に目を注いだ。なにを言いだすのだ、この男は。

「親が被害届を出すかもしれない」

あの程度で被害届など、ありえない話だった。だが、年配の巡査の顔はしごく真面目だった。しばし真崎に目をやったあと、巡査はため息をついた。

「ま、あまり余計なことに首は突っ込まないことだ。だいいち、横浜の法律事務所の人間が、なぜこんなところまで来たんだ」

そっけなく「仕事だ」と言いかけて、真崎は考え直した。

ちょっと机に身を乗り出してみせた。あのとき、バスの列には並んでいなかった。古本屋から出て、小学生に歩み寄ったのだから、真崎が鳩羽地区に用があることは知らないはずだ。

「じつは十九年前の事件を調べている。若い夫婦とこどもふたりが失踪した」

年配の巡査が振り返り、若手と目を見合わせた。ふたたび若手はキーボードを叩き出す。年配の顔が戻された。

「横浜で失踪したのか」

「与久那町で」

「ないな、そんな事件」

若手が声をあげる。

「十九年前なら覚えてるはずだが、おれも記憶にない。新聞には載ったのか」

「いや、載っていなかった」

年配の巡査の顔がほころんだ。

「そういうのは夜逃げっていうんだ。事件性がなけりゃ、警察は動かない」

つまり、警察は当時、事件性がないと判断したと言いたいらしい。だが、事件性があるかないかはともかく、じっさいに失踪はあった。

　真崎はもうひとつ訊いてみる気になった。

「この件で、最近話を聞きに来た人は」

「ここにはいなかったね。おい、そんなやついたか」

「いえ」

　年配の問いに、若手は素早くこたえた。

「ま、さっさと調べを終えて、横浜に帰るんだな」

「じゃ、もういいんですね」

「ああ、もういい。くれぐれも問題を起こさないようにしてもらいたいがね」

　真崎は立ち上がった。年配の巡査に約束をしないまま、交番のドアを開けて出ると、バス停に向かった。

　冷えてきた風に顔をなぶられていると、不快なものがせり上がってくる。いままで抑え込んでいたにもかかわらず、警官とのくだらないやりとりであっさり表にまた出てきた。

　……六年前、絵里が付近のマンションから飛び降りたとき、なぜそんなことをしたのか、まるで理解ができなかった。

前の晩、夕食の席でふさぎ込んでいたわけでもない。かえっていつもより快活で、真崎や妻を相手に他愛もない話をしていたものだった。それがどんな話だったのか、記憶にはない。絵里が救いを求める信号を発していたかもしれないとは思っても、それはあとで振り返ってみて初めて気づくことだ。

遺書めいたものは見当たらず、訳のわからないまま会社から駆けつけ、そこで初めて「いじめの首謀者」だったのだと聞かされた。

にわかには信じられなかった。

混乱したまま通夜と葬儀を終えたあと、あらためて絵里が加担していたいじめで自殺未遂者が出て、それが発覚したため絵里本人も自殺をしたのだろうと学校側から説明があった。

「ここまで責任を感じていたとは思いませんでした」

校長とともにやってきた担任の若い男は、自分が追い詰めたわけではないと言いたげだった。だいいち、いじめたのは絵里の方なのだから仕方ないという気配もあった。

だが、そんなはずはない。絵里がいじめやカツアゲをすすんでやるような娘だとは、どうしても信じられなかった。ましてや首謀者になどなるはずがない。

ほとんどの生徒が、学校側と同様、絵里の死ですべてを片付けようとしていたが、しばらくしてひとりの生徒が訪ねてきた。
絵里とは小学校のときに仲が良かったらしいが、中学になってから疎遠になってい
た生徒だった。
おずおずと打ち明けてくれたところによると、じつは首謀者は別にいるという。
「トカゲのしっぽ」にされたことも、その生徒は教えてくれた。ただ、学校の誰も
が、その事実を口にするのを避けているのだとも。
怒りが湧きおこった。学校に出向き、問い質した。
だが、そんなことは一切ないと担任は突っぱねた。ろくに調査もせず絵里を首謀者
に仕立てたのだ。それを責められていると思ったのかもしれない。
もう一度調査をしてほしいと食い下がると、校長が出てきた。首謀者が誰であれ、
絵里がそれに加担したのは事実だ、これ以上傷口に塩を塗るようなことはしてほしく
ないと頭を下げた。下げはしたが、その口調は説得というより命令調だった。
それでも言いたいことがあるなら教育委員会に行ってもらっていい。
校長の口ぶりは開き直りとも取れた。生徒を失った悲しみなどかけらもなかった。
絵里の部屋を隅々まで探したが、証拠はない。友人の証言だけだった。だから教育
委員会に訴えても無駄だというのが、妻の意見だった。
それでも真崎は訴えた。じっさいに調査は行われたようだが、半年後に出た結果は

「いじめの首謀者として責任を感じ、みずから命を絶った」というものだった。絵里の通っていた中学の校長は、いくつかの学校を問題のない健全校にしたという実績があり、教育委員会の覚えがめでたかったというのは、あとで知った。ちゃんと調べたかどうかも怪しかったし、それがとんでもない隠蔽《いんぺい》だということは、調査結果が出るまでの半年で真崎が調べ上げた結果からあきらかだった。

クラスの中にいたひとりの女子生徒こそがいじめの元凶だったのだ。

その生徒は自分の言うことをきく者ばかりで周囲をかため、気に入らない者や自分に反発するような者を徹底的に排除し、いじめていたらしい。

絵里はその様子を目にして、自分を守るために過剰に反応してしまった。すすんで仲間になったわけではなかった。だが、結果的にいじめ集団のひとりに取り込まれてしまった。

元凶の生徒は、自分の気に入らない者に対して、あらぬ噂を流したり、私物を盗んで捨てたり、暴力をふるったりもしたらしい。しかも巧妙に、元凶の生徒はみずから手出しをせず、取り巻きにやらせていた。

だから教師受けがよく、家でも「いい子」で通っていた。

これは絵里だけの問題ではない。その手の者がクラスを支配すれば、心ならずも引きずられてしまう生徒が出る。同じことが繰り返される。

そう確信した真崎は、学校帰りを狙って、直接その生徒に問い質した。最初の接触のとき、相手は明らかにミスをした。真崎が声をかけると、愛想よく微笑んで、なんでしょうかと尋ねてきた。道でも訊きたいのだと思ったのだ。単刀直入に、真崎は絵里の父だと名乗った。あなたの代わりにいじめの首謀者とみなされて自殺したのではないかと考えているが、どう思うかと尋ねると、見る間に相手の表情がこわばった。そして返答もせずに無視して行き過ぎようとした。それは決定的な証拠ともいえた。いじめをしていないのであれば、していないとはっきりこたえるはずだ。

だが、その生徒は真崎を無視したのだ。じっさい、その生徒が絵里やほかの取り巻きを使って自殺未遂をした生徒にリンチをしたという証言も取ってあった。無視して行き過ぎたのは、それを認めたことにほかならない。

それから毎日のように、その生徒の行き帰りを待ち伏せた。会社など、もはやどうでもよかった。一ヵ月の休職届を出し、真崎は首謀者の生徒を追い詰めることだけに専念した。

わざと姿をさらし、ここに絵里の父親がいるぞと示した。人がひとり追い詰められて死んだのだ。わずかでも罪悪感を抱くのならまだしも、平然と生きているのが許しがたかった。距離をとってあとにつく。おまえの後ろには、いつもおれの目がある。

それでも知らんぷりをしていられるのか。

四日ほどすると、その生徒は学校に行く時間になっても家から現れなくなった。それでも一週間ばかり、毎朝生徒の自宅近くで待ち構えていた。ところがある朝、いつものように家を張っていると、私服の刑事がふたり、両腕を取った。

生徒が親と学校に告げ、警察に通報したのだった。真崎のせいで不登校になってしまったというのだ。

迷惑防止条例違反、脅迫。そのとき抵抗したため公務執行妨害。

連行された所轄署で事情を訴えたが、聞き入れられなかった。

あちらに非があるかどうかはともかく、あんたのやってることは犯罪だよ。

取り調べた刑事は、そう言った。

たしかに、そうかもしれなかった。だが、非があるにもかかわらず謝りもせず、平然としている相手は野放しでいいのか。法律に反していないという理屈を盾に、裏でなにをやってもいいのか。

そう食い下がっても無駄だった。

結局不起訴になり釈放はされたが、真崎はあきらめなかった。

不登校になったという生徒は、真崎が逮捕された翌日から平然と学校に通いだしていた。不登校などというのは嘘に決まっていた。

そこで高校時代の知人に紹介してもらったのが、岩田法律事務所だった。伊勢佐木町の事務所を訪ね、事情を説明した。十四歳未満は刑法四十一条で刑事告訴できないと承知していたので、真崎は元凶になった生徒の保護者と学校に損害賠償請求の訴訟を起こすつもりだった。

ところが、それがニュースになった。おそらく訴えられた親がリークしたのだろう。ネットにも拡散された。

こんどは真崎が非難の的になった。

「自分の娘のことを棚に上げて被害者面かよ」

「やっていいことと悪いことってあると思います」

「教育委員会が結論出したんだから、黙って従え」

ネットの匿名《とくめい》の書き込みばかりではなかった。どうやって調べ出したのか、いやがらせの電話が鳴りつづけ、家には匿名の脅迫状も大量に届いた。

妻がまず精神的に参ってしまった。

いくら頑張っても絵里は帰ってこないのだから、もう抗議をやめてほしい。

うつ状態になりかかっていた妻はそう訴えた。

いまから考えれば、たしかに精神的に妻は打ちのめされていたのだとわかる。しかし、だとしても、そもそもの元凶はどちらなのか。それをなおざりにして真崎が訴訟を起こしたことを非難する権利など、第三者にはない。

おまけにネットに書き込まれた「事実」は、真崎が「いじめに無関係な生徒に目をつけ、偏執的につけまわし、精神的な被害を与えて不登校に追い込んだ男」なのだと捻《ね》じ曲げられているものもあった。

ネットの書き込みに客観性など期待できない。ためにする悪評もある。そんなことはわかっていたが、真崎は我慢がならなかった。勘ぐれば、いじめの元凶になった生徒とその親が真崎を貶《おとし》めるために書き込んでいるのだとも思えた。

そこで、ネットの書き込みに対して名誉毀損の民事訴訟を起こした。ほぼそれと同時に、妻は家を出た。離婚届の紙が送られてきたのは、それからすぐだった。これはこたえた。

半年後にネットに関する民事訴訟は和解に応じたが、元凶となった生徒の保護者と学校への訴訟はつづいた。ただし結果は敗訴だった。裁判所は教育委員会の調査結果を認定し、保護者と学校側に損害賠償をする義務はないとされた。

会社は一ヵ月の休職後退職していたが、その対応も納得の行かないものだった。

「こういう時期だから。悪いんだが」

不起訴処分になったあと、すぐに部長から電話で呼び出された真崎は、開口一番退職届を書けと命じられた。

「きみの状況もわからなくはない。しかし、下手をするとわれわれ全体が困ることになる」

真崎の一件をきっかけに会社にまでマスコミが押しかけ、万が一にもリコール隠しが発覚しないとも限らない、というのだ。

それまでは曲がりなりにも仕事に打ち込み、家庭を持ち、税金をしっかり払ってきた。無意識のうちに国や企業に守られているのだと信じていた。だが、この一連の出来事は、真崎にそんなことは嘘っぱちだと理解させた。

リコール隠しに加担した事実は変わらない。会社にとどまっていても、このまま行けば絵里同様に追い詰められてしまい、発覚したとき、責任を押しつけられる可能性もある。つまりは「トカゲのしっぽ」だ。

真崎は決心した。

その場で退職届を書いた。するとこんどは念書も書いてくれという。リコール隠しを告発しないという念書だ。長年勤めていたにもかかわらず、信用すらされていなかった。

絵里の一件で精神的にも肉体的にもぼろぼろだった。抗議する気力もないまま、念書もしたためた。

「わたしのほうで退職金に少し上乗せするように頼んでおくから」

いま思い返せば、馬鹿にされたとしか思えない話だった。金の問題ではないはずだ。

真崎の中では、その一件がいまだに絵里の件と一緒くたになってくすぶっていた。いまからでも遅くはない。リコール隠しを告発するべきではないのか。

真崎が辞めたあとも、海外では死亡事故が起きていた。親しくなった現地採用のフィリピン人社員から電話をもらったこともある。もはや「整備ミス」は通用しない、ブレーキの欠陥は明らかだ、なんとかならないのかという訴えだった。

だったら、あなたが告発すればいい。

そうこたえると、相手は黙ってしまった。告発などすれば、二度と雇ってもらえない。本人ばかりでなく、製造工場が撤退にまで追い込まれるかもしれない。そんなことになれば、彼は仲間からも恨まれる。そこまで見越して真崎はそう答えたのだ。

それにわたしは、もう会社を辞めてしまったのだ。

真崎のその言葉に、意外というより、それでいいのかと納得の行かないような気配が感じられ、こちらから電話を切ってしまった。

一緒に働いていた同僚を裏切るようなことができないのは、彼も真崎も同様だった。

だが、仏壇に置かれた絵里の写真に向き合うと、ときたま声が聞こえてしまう。

このままで、本当にいいの。

そう絵里の声が問いかけてくる気がするのだ。

いまの自分の状況は絵里が周囲に流され、やってはいけないことだと承知しつつ加担していたことと同じなのではないか。

いや、もう会社を辞めたのだ。だから、責任は取った。

そうみずからに言い聞かせて納得しようとし、うまく行かないときには酒に逃げた。朝起きてすぐに飲みだし、意識をなくすまで飲み、一日が終わる。

そういう日々がしばらくつづいた。

岩田喜久子から電話がかかってきたのは、判決が出てから三ヵ月ほどしてからだった。タガログ語が話せると聞いていたが、頼みたいことがある、と。失踪した留学生を探し出して負債の問題を解決したいという。

乗り気ではなかったが、ほかにやることもなかった。

それから岩田の事務所で働くようになった。しかし、まだリコール隠しを告発するかどうか逡巡はつづいていた。

五年のあいだ、真崎の中には重い罪悪感がわだかまっている。

それは自分もまた罪に問われる可能性があるからなのかもしれなかった。

鳩羽地区へ行くバス停に戻ったときには、日が暮れかけていた。一時間は無駄にしただろう。きょうこれから調べに動くのは無理だった。

ただ、地区がどのような場所なのか、見ておきたかった。

バス停には帰宅途中のサラリーマンがかなりの列を作っていて、すぐにバスがやってきた。つぎつぎに乗り込み、真崎が最後尾近くで乗ったときには、ほぼぎっしり埋まっていた。

顔見知りの者が多いのか、あちこちで話をする声がぼそぼそと聞こえていたが、真崎が乗り込んでいくと、いくつかの視線が一瞬向けられ、そのあと話し声が絶えた。それが真崎に違和感を抱かせた。監視されている、とでも言えばいいか。

重そうに走り出したバスは、ロータリーから幹線道路へ出て、マンションや住宅地付近で五つほど停留所に停まった。降りる客はほとんどおらず、薄暗闇を透かしてみると、最初はショッピングセンターやパチンコ屋のネオンが輝いていたが、少しずつ色が落ち、橋を渡ってからはスナックが集まっている場所があっただけで、あとはラーメン屋とコンビニが点々とあるのみ。

やがてそれも途切れたあたりで、バスは左に曲がった。坂をあがっていき、ライトで下から照らされた「美しが丘ニュータウン　ここより鳩羽地区」という文字が書かれた看板が見えた。

坂をのぼり切ると、バスは速度を落とし、「東公園」という停留所で停まった。そこで半分ほどが降りた。さらに「南公園」という終点までバスは住宅街の中を走った。

乗客に混じっていったん降りたが、暗くなっていてよくわからない。折り返しのバスに乗る客もいない。

乗客は足早に散っていく。

まだバスはあるようだったので、岩田に教えられた住所を探して、少し歩いてみた。携帯で確認してあったから、終点の「南公園」の方が近いことはわかっていた。

点々と照らされた街灯だけをたよりに進んでいくが、変哲のない町並みが続く。バス通りを少し戻って道を折れたブロックが、南Bと呼ばれる地域だった。

南Bの2。

岩田に教えられた、望月家の住所だ。

そこには家が建っている。二階建てで、はっきりとはわからないが、平均的な家よりは大きく豪華な造りのようだった。

望月一家が失踪したあと、家が取り壊されて新しく建てられた可能性があるにしても、ここから十九年前に、一家が失踪したのは確かなことだった。そして、望月麻希だけが施設に預けられたことも。

真崎は、その家の今の住人の苗字を表札で確認すると、バス停の方に戻り始めた。

そのとき、ふと鼻を梅の香りがかすめた。

隣の家の庭に白梅が咲き、何本もの枝が壁を越えかかっていた。

梅の花をじっくり見るのは久しぶりのような気がして、一瞬足を止めたが、すぐに歩き出す。

十字路の手前で、主婦らしい女とすれ違った。ちょっと近所に出たといった様子だが、スラックスにブラウス、その上からカーディガンを羽織っている。三十そこその中背で、くっきりとした目鼻立ちが目をひいた。髪も小綺麗にまとめられ、薄く化粧もしているようだ。所帯やつれをしていないと言うべきか。この町の住人はどちらかというと裕福らしいから、この手が平均的なのかもしれない。

そんなことを思いつつすれ違うと、こちらの様子をうかがっている気配があったので、挨拶のつもりで頭を下げた。

「こんばんは」

だが、女は真崎を無視して足を早めた。

きつい香水の匂いに、振り返ってみた。女は南Bの2を通り過ぎて去っていく。

この地域の者には、どうも余所者《よそもの》を警戒する気配が感じられる。

真崎は、バスの中でいだいた違和感が間違いないと確信した。

バス停に戻ると、駅行きのバスが待機していた。

丘の中腹にあるため、乗り込もうとして駅の方に目をやると、駅のあたりが遠くに見えた。こまかい光が集まり、ちらちらとゆらめいている。

望月麻希はどこにいるのだろう。

まずはそちらを先に解決しなくてはならない。

思わずため息が出た。

ともかく、すべては明日からだ。

二

グエン・タン・ミンは釈放されたあと、行方をくらました。

働いていたおしぼり製造工場で経営者と賃金トラブルを起こしていたという話もあって、嫌気がさして帰国してしまったという噂だったけれど、本当のところはわからない。

あの日、最初は混乱を防ぐために保護するという名目でグエンは連行されていき、そのまま事情を聴かれたことになっている。

あとで聞いた噂だが、延川が警察に前もって話をつけておいたという話もあった。

警察に身柄を拘束させるのがそもそもの目的で、そのために住民が抗議に向かい、騒ぎを起こす必要があったというのだ。石を投げたといって連行された三人も、前もって名乗り出るようになっていたという。

新聞は、どこもこの一件を書きたてなかった。これもまた警察の方で押さえたのかもしれないし、地方の「ちょっとしたいざこざ」とみなして取り上げなかったのかもしれない。テレビや新聞は相変わらず大阪のほうで起きた信用金庫の背任事件や将棋の話題ばかりだった。

だからわたしたちのところにマスコミが取材に来ることもなかった。ただ、一部の週刊誌は町が情報をシャットアウトしても、周辺地域の住民などへの取材をもとに、あれこれ憶測まじりに事件の経緯を書きたてた。

わたしもそのときの記事をいくつか読んだが、「醜悪な住民エゴ」などと書かれていた。おそらく鳩羽地区から抗議が行ったのだろう、それは一回だけで、続報はなかった。

事件発生からの経緯は葬儀が終わるころにはひととおり聞いて知っていたけれど、雑誌の記事で新しく知ったこともあった。もちろん、それが本当かどうかはわからない。顔見知りの住民や夫が、あからさまに話題にしなかったのは気をつかってくれたからだが、貴之のことなのだからなんでも知っておきたかったのもたしかで、記事はじっくり読んだ。

それらを見ると、犯人の足取りが推測されていた。犯人はあの日、午後四時過ぎごろに鳩羽地区に来ていたらしい。初めて来たわけではなく、何度か下見に来ていたのはたしかだろう、と元警察関係者の言葉として記されていた。

「おそらく外国人なら一度は見てみたい町なんじゃないですかね」

その人物は、そうも言っていた。

技能実習ビザで日本に入国して一年にもならず、言葉もままならなかったグエンを頭に置いて言っているようにも読めた。

たしかに、「美しが丘ニュータウン」と名づけられた鳩羽地区は、荒れ地や耕作地ばかりの周辺とは一線を画していた。一歩地区に足を踏み入れれば、瀟洒《しようしや》な住宅が整然と並んでいる。バブル崩壊のあおりで多くの新興住宅地が荒廃したのにくらべ、いまだに地価もあまり下がっていない。住人もそれなりの職業についている家庭ばかりだった。

もちろん、それだけが町の価値を保っていたわけではない。住民どうしの協力態勢がしっかりしており、困ったときには互いに助け合うという精神が行きわたっていた。

日本人ですらうらやむような町なのだから、外国からやってきた者がひと目見てみたいと思うのも無理はない。

犯人はその日、地区の中をひと通り回ってみたようだが、最後に南公園にたどり着き、そこで遊びから帰ろうとしていた貴之を目に留めたのではないかと記事は推測していた。

「おそらく幼児に対する性癖があり、その衝動を抑えられなくなった者の犯行ではないか」

犯罪心理学者は、そう話していた。

公園を出てともだちと別れた貴之に声をかけ、素早く口を塞いで抱え上げると、そのまま町の出入り口へ走った。夕闇で誰にも見られていないと思ったらしいが、あとでなにか大きな荷物を持った男が坂を走って町から出て行ったという目撃証言が出た。

そのあとのことは、読みたくもなかった。犯人は耕作地へ貴之を連れ込み、恐怖と痛みで泣きだした貴之に動転し、首を絞めたのではないかという。おまけに貴之の両耳を鋭利な刃物で切り取ったのだ。遺体発見現場近くに、両耳とも落ちていたという。

耕作地で貴之を目にしたときから、なぜ両耳にガーゼが当てられているのか、気になっていた。あのときはまだ切り取られたままだったろうし、警察から戻されてきたときには切り取られた耳を縫い合わせてあり、その傷が見えないようにしていたのだ。

葬儀がおわってから耳のことを聞いたときには、自分の耳を切り取られたような痛みとともに、また涙が出た。

殺害後、犯人は死体を耕作地に置き去りにし、素知らぬふりで逃げていた。この点、犯人は複数ではないかと推測している記事があった。その同じ記事では、犯人の風体について「外国人の若い男」だと断定する確証はないのではないかと疑問も投げかけていた。両耳のガーゼは発見されたときにすでに当てられていたらしく、犯人のしわざと考えられた。でも、犯人特定の手がかりにはなりそうもないらしい。

抗議が寄せられたのは、たぶんその部分だろう。

「事件発生から何日かして、被害者宅に数回電話がかかってきた。舌足らずの日本語だったらしいが、いたずらの可能性もある。その電話を根拠に今回の住民の抗議になったわけだが、あまりにもお粗末としかいいようがない。しかし、犯人（あるいは犯人たち）はいったいどこに姿をくらましたのだろうか。また同様の犯行をおこなわないとも限らない」

いくつかの雑誌を読むと、おおむねこれが記事を書いた者たちの見解だった。

それらを読んで、あの日対峙したグエンと一瞬目が合ったときのことが、よみがえった。単なる印象にすぎなかったけれど、やはりグエンは殺していないという思いが、あらためて起きた。

でも、それは口にできなかった。

団地へ抗議に行った一件のあと、グエンが犯人ではないとしても、「犯人は外国人に違いない」という雰囲気が、地区住民に広まっていたからだ。

同時に、あれから、特に抗議に参加した住民たちはどこか誇らしげで、自信に満ちて見えた。「住民運動」を自分たちの手でおこない、「正義」をなしとげた特別な存在なのだという思いが、意識せずともうかがわれた。警察に連行されていった若い男三人のうちひとりを見かけたことがあったが、悪びれもせずに堂々としていたものだ。

そんな住民たちに対して、異議を口にしたらどうなるか。ましてや抗議運動の発端になった事件の当事者である。

夫にだけは一度漏らしたのだが、すぐに不愉快そうな顔をして、釘をさしてきた。

「おい、おれは防犯係なんだ。おまえはその妻だ」

「だからなによ」

「防犯係の妻がそんなことを口にしてみろ。大問題だ。おれの立場もなくなる」

なにが「大問題」なのかを訊いても、それにはこたえず、つづけてきた。

「住民が力を合わせて抗議してくれたというのに、おれたちが感謝しないでどうする。だいたいおまえは自分の意見を言いすぎる。もっと女らしく控えめにしろ」

見当外れもはなはだしかったが、たぶん町の住人たちの考えも似たり寄ったりだったはずだ。

そうして日々の雑用に追われ、月日は過ぎて行った。

でも、悲しみは薄れない。毎朝仏壇にご飯と線香をあげると、額の中で貴之がほほ笑む。事件の一ヵ月ほど前、クリスマスのときに写した写真が、いつも仏壇からわたしを見てくれている。三角帽子をかぶり、ハンバーグを口に入れようとおどけた仕草が、それまでの貴之をつぎつぎに思い起こさせていく。

母の日のカードは、いまになってみると貴之が唯一わたしに残してくれた「手紙」のようなものだったから、写真の裏に挟み込んである。ときたま取り出しては、しばし目を落としてみるが、だからといって悲しみが消えるわけではない。

それどころか、胸にあいた穴をあらためて実感するばかりだった。

夫はどうだったかといえば、それほど貴之のことを思い出さなくなっているらしい。

事件から半年ほどしたとき、養子でももらわないかと言い出した。それだけならまだしも、今度は男より女のほうがいいかもしれないなとつぶやいた。それを耳にして、わたしはめまいがした。あまりにも心無いことを口にしているのに気づいていないい夫が許せなかった。

関係は冷え切った。事件のあと、自然と寝室が別になり、わたしは一階で寝起きをしていたから、さらに顔を合わさなくなった。毎朝弁当を手渡すときだけといってもいい。

夫も夫で、帰宅は遅くなり、どこかで食事をしてくる。毎週金曜は防犯係の会合で、仲間と酒を飲んでくる。事務的な話があるときには起きて待っているが、いつもはさっさと寝てしまう。

夫は夫で気持ちの整理をしようとしているのは、わからないわけではない。しかし、方向が違うのではないか。

事件以降、夫は防犯係の仕事に熱中するようになった。役員に取り立てられたせいもあった。

町にあるいくつかの係には役員と一般係とがあって、最初はみんな一般係なのだけれど、推薦で役員に取り立てられる。たいていはその係で功績があった人が役員になるが、夫の場合は貴之の事件があったことで同情を買ったのかもしれない。

大手保険会社の総務課長として、それまでも仕事には熱心だったが、それをきっかけに防犯係の仕事にも力を入れ始めた。防犯さえしっかりしていれば、貴之は死ななかった。そう思っているのなら理解もできる。けれど、どうもそうでもない。

町を守るために外部からの侵入者を徹底的に取り締まるだけではなく、住人の取り締まりもしようと動いているらしい。

「防犯の仕事は、町を守ることなんだ。そのためなら、多少の犠牲はしかたがない」

そんなことを口にしたことがあった。

住民を守るのではなく、町を守る。

わたしには、そう聞こえた。

そんなことは貴之の死とは、なんの関係もないことだろう。

こんな男だったろうか。

ときどき、昔を振り返っては、首をかしげたものだ。

高校を卒業して保険の外交員になったのが、夫と知り合うきっかけだったが、そのころは契約がなかなか取れないわたしを慰めてくれたものだ。

「大事なのは契約を取ることではなく、お客さまの信頼を得ることなんだ。強引に契約を取ったところで、信頼にはつながらない」

あの人間味にあふれた言葉は仕事として口にしただけで、夫の本心ではなかったのか。単に契約を取れずに外交員を辞めようとしていたわたしを引き留めるための方便だったのか。あるいは、外交員ではなく、女としてわたしを籠絡《ろうらく》するための甘言だったか。

じっさい、そのことがあってからつき合い出し、一年後には結婚したのだから、あり得ない話ではない。でも、夫婦になって牛久に住み、貴之が生まれ、ここに越してくるまでは、夫に不満などなかった。

この町に来て防犯係に加わってからだ、夫が横柄になったのは。単に仕事が忙しいからだろうと思っていたけれど、そうではない。弁当のことにしろ、女は黙って従っていろと口にすることにしろ、どこか夫は変わったのだ。それがあからさまになったのが、貴之の一件だということなのだろう。もっとも、わたしだとて意識しないうちに変わってしまっているのかもしれない。

ただ、貴之への思いだけは、決して変わらない。かけがえのない命を失ってしまったとはいえ、わたしが六年間はぐくんできた貴之への思いが消え去るわけがない。それだけが生きていくよすがになっていた。

しかし、貴之の遺骨は日立《ひたち》市の木本家の墓に入れると勝手に決められてしまった。半年以上も納骨しないでいることに、夫の両親がしびれを切らした結果だった。おいそれと会いに行ける距離とは言えなかった。

「こっちに墓はないんだ。仕方ないだろう」

説得され、夫とともに遺骨を持って行くことになった前の晩、わたしはこっそり骨壺をひらいて一片の骨を取り出し、貴之のランドセルにつけていたお守り袋の中に入れて手元に残した。そのときはあわてていたから、どの部分の骨なのかわからなかったけれど、あとでじっくり見てみたら、頭蓋骨の一部だったようだ。

もちろん夫の俊樹には内緒で、仏壇の位牌《いはい》の後ろに隠しておいた。

でも、何日かするうち、遺骨そのものを目にすると、それが貴之の一部であることが、かえってつらくなった。

死後の世界など信じてはいないが、貴之がなにかに生まれ変わってくれるものなら、そうであってほしいとも思った。遺骨の一部がここにあるかぎり、貴之は生まれ変われない。

それから半月ほどして、ふと思い立ち、付近の農園を回ってみることにした。

昔からの農家がこのあたりには多く、土地を売って別の商売を始めた家もあるが、代々の土地を守って農業をつづけているところもかなり残っていた。そういう家は作物を作るだけでなく、園芸などもやっていて、車で駅と町を行き来するたびに目にしていた。

何軒か回って、梅の若木を見つけた。幹は腕くらいの太さで、背丈はちょうど貴之くらい。白梅だった。

貴之の命日のころ、梅の花が庭に咲いてくれたなら。

これだと思った。

昔は名主だったらしい大きな家の農園主に声をかけ、庭に植えてほしいと頼んだ。がっしりした体格の五十がらみの主人は、家から出てきてすぐ納得したようにうなずいた。どうもわたしの顔を見知っているような気がした。テレビにちらりと映ったことがあったし。

住所を手渡して、いつ来てくれてもいいと告げた。

「鳩羽か」

渋い顔でぼやいたが、すぐにうなずいた。

「鳩羽にはあんまり行きたくないが、まあいい。持ってくよ」

むっつりとした顔でこたえた。

すると翌日すぐにバンに若木を載せて持ってきてくれ、庭の片隅に植えることになった。

広いとは言えないけれど、それなりに庭木を植えないと様にならないほどの広さはある。大半は夫のゴルフ練習用に芝生のままにしてあったので、どこに植えてもよかった。

道に接する階段に近いあたりがいいと農園主は言い、スコップで土を掘り、苗木を植えた。

そのとき、貴之の遺骨が入れてあったお守り袋を取り出し、若木の根元に埋めてもらったのだ。

「ま、二、三年は手をかけないと育ってくれないが、その後は毎年花をつけてくれるよ」

農園主はそう言ってにこりとした。

幾らなのか尋ねたけれど、金はいらないと断られた。

「大事に育ててくれりゃ、それでいい」

事件のことは口にしなかったが、埋めたものが遺骨だとわかったらしい。

わたしも事情など口にせず、礼を述べただけだった。

その夜、夫の俊樹が帰ってきたとき、遺骨の一部を手元に残しておいたことを思い切って打ち明けた。

「梅の木が、貴之と一緒に育ってくれるの」

わたしの告げた言葉に、いらついた表情だった夫が、大きくため息をついた。それから、不服そうな調子で告げた。

「いまさら骨を掘り返すわけにも行かない。好きにしろ」

わたしの考えに賛成してくれたのかどうか、そのときにはわからなかった。

ただ、一度だけ、夫が花の咲いた梅の木を見ているのに出くわしたことがあった。

初めて花をつけたときだ。まだ数えるほどしか花をつけなかったが、庭に出てぼんやりと立ち尽くしている夫に気づき、その視線の先を見ると、そこに梅の木があった。

いけないものを見たような気になって、あわててその場を離れたけれど、夫にも貴之のことを思う気持ちが残っていたらしい。

そのころまでは。

いまでは夫ばかりでなく、事件の記憶は人々の中から消えて行ってしまった。

ただひとり、わたしをのぞいて。

三

駅周辺のネットカフェと漫画喫茶をのぞいたが、麻希らしき姿は見当たらなかった。

そのあと、真崎はレンタカーを借りた。

もちろん真崎が勤めていた会社のものではない。茶色いボディのセダンだ。

万が一泊まる場所が見つからなくとも、車の中で一晩過ごせるし、明日からの移動にも使える。「美しが丘ニュータウン」は、近くに宿をとるにしても、徒歩で行き来するには距離があり過ぎる。

　駅の観光案内所で宿泊施設のリストをもらったが、ホテルも民宿もそれぞれ一軒しかなかった。まず民宿に電話をかけて駄目ならホテルに泊まらなければならない。だが、民宿は空いているという返事で、さっそく予約した。ちょうど駅と鳩羽地区の中間点あたり、川をまたぐ橋の近くにあった。もしかすると、麻希がそこに泊まっている可能性もある。

　レンタカーでそこまで行くと、値段に見合うような安宿とは違い、見たところ古民家のような和風の平屋で、敷地はかなり広く、以前は名主でも住んでいたかのような由緒ありげな造りだった。

　敷地に車を乗り入れると駐車場があり、白いバンが一台停まっているだけで、客はいないようだった。「近藤《こんどう》農園」と緑の文字がバンの横腹に書かれていた。

「源泉館」と板に筆文字の看板がかかっている。「げんせんかん」と読むらしい。玄関戸を引き開けて奥に声をかけると、頰髯《ほおひげ》をたくわえた老人が出てきた。七十くらいだろうが、がっちりした体格のせいか、若く見えた。さきほど電話を入れた者だと告げると、黙ってうなずいた。

「ほかに客はおらんから、どこでも好きな部屋を使ってくれていい。離れもある」

無愛想ともいえる調子のしゃがれた声で告げ、ノートを差し出した。名前と住所を書けということらしい。

石の沓脱《くつぬぎ》がある広い玄関の框《かまち》にかがみ、必要事項を記した。前に泊まった客は二年前の日付になっていた。

「何日いるつもりかな」

ノートを返すと、老人が尋ねた。

「じつはまだはっきりしないんです。今夜を入れて三日はかかると思うが、場合によっては一週間ほどになるかもしれない」

「横浜か」

ノートを見ながらつぶやいた。

「ええ。ちょっと調査があって」

「遺跡だろう」

「遺跡、ですか」

「こっから樽町のほうに行ったとこに貝塚が見つかってな。それとは違うのか」

「人探しです」

意外そうに目を見開いた。

「まあ、なんでもいい。代金は出て行くときにまとめてもらう」

真崎がわかったと答えると、やっとあがるように言ってくれた。

素泊まりで朝食も夕食もつかない。風呂はサービスで、入りたければ入ればいいという。老人ひとりでやっているらしく、愛想もコミで一泊三千円なら、こんなものだろう。

老人について廊下を進んでいく。かなり広い家だった。お屋敷と呼べるほどだ。掃除は行き届いているようで、黴臭《かびくさ》さなどはない。

「親父が土地と建物を残したんだが、ひとりじゃ住むのに広すぎてな。おまけに税金もかかる。畑仕事だけじゃなかなかな。で、こんなことをやってる」

老人は問わず語りにそんなことをぼやいた。そうは言っても、このあたりに観光地があるわけでもないから、客は滅多にいないという。

「どうする。どこでも同じ料金だ」

どの部屋に泊まるのかと尋ねられているのだと気づいた。

「まあ、そういうことなら、一番いい部屋がいいかな」

老人の足が止まり、振り返ってきた。頬髯がゆるんだ。

「あんた、おもしろい人だな」

「はじめて言われました」

「おれにおもしろいって言われた奴は、一般的には嫌な奴と見られるようだがね」

「あなたもおもしろい人のようだ」

老人は背中をそらして笑い、近藤と名乗った。苗字は表札で見ていた。

「あの表札は親父のだ。おれは利雄《としお》」

ノートに記したが、真崎もあらためて名乗った。

通されたのはかつて座敷だった部屋らしく、床の間には日本刀が置かれ、掛け軸もかかっていた。

「布団は勝手に使ってくれ」

そう言って近藤は下がって行った。広い部屋だから、電気ストーブひとつではなかなか暖まらない。失敗したかなと思った。買ってきた食料を広げ、ワンカップをあおって、やっと身体が温まり出した。もう一本くらいほしいところだったが、深酒はできないから、一本しか買ってきていない。

仕方なくストーブを引き寄せ、それから望月麻希の携帯にかけてみた。だが、呼び出し音が鳴るばかりだった。仕方なくつぎに岩田に電話を入れた。事務所にかけたがすでに帰宅したらしく、携帯にかけ直すとすぐに出た。

「釈放されたのね」

第一声が嫌味だった。

聞き流し、鳩羽地区で望月一家が住んでいた場所を確認してきたことを告げ、まずは望月麻希を見つけるつもりだと報告した。

「携帯はどうなの」

「呼び出してますが、出ません」

「ひとりでやろうとしてるってことね」

「おそらく」

「となると、身の危険というのがどういうものなのか、それが問題ね」

「本人もわかっていないはずですから、無謀なことをされる前になんとか」

「見つけられるの」

「このあたりに知り合いがいるとは思えない。とすれば、付近にあるホテルか民宿に泊まっているはずです。どちらも一軒ずつしかない。いまわたしがいるのは民宿の方ですが、ここにはいなかった。おそらくホテルでしょう」

「わかったわ」

切りかかるのをとどめて、つづけた。

「それから失踪当時の知人や友人にあたって、なんでもいいですから一家の様子を聞いてもらえますか」

「なぜ」

一瞬、警戒するような気配があった。

「行方を探っていた人がいれば、なにか摑んでいるかもしれない」

しばし考えているらしい間があってから、岩田はこたえた。

「そうね、たしかに。やってみるわ。なにかあったらまた連絡を。毎日する必要はないから」

言い終えると、そこで切れた。

そっけないとは思ったが、たしかになにも進展がないのに連絡する必要はない。

真崎はバッグから観光案内所でもらったパンフレットを取り出し、一軒だけあるホテルの場所を確認した。ここから駅方面に少し戻った十字路を北へ行ったところにあった。小さなビジネスホテルのようだが、宿泊客について教えてはくれないだろう。明日の朝ホテル前で様子をうかがっていれば、泊まっているならつかまえることはできそうだ。

ただ、最近では民泊施設もある。なかには案内所に登録していないモグリもあるのではないか。

迷ったが、ストーブの傍から立ち上がり、障子を開いた。暗い廊下を透かし見て、ぼんやりと明かりが点いているあたりを目指して進んだ。玄関に近い部屋から明かりが漏れていた。

障子ごしに声をかけると、すぐに返事があった。

「どうかしたかね」

近藤は炬燵《こたつ》にもぐりこみ、イカの塩辛で一杯やっていた。横には一升瓶がある。向き合う位置にある小型のテレビでは紀行番組をやっていた。納戸《なんど》のような狭い部屋で、じゅうぶんに暖まっている。

「お訊きしたいことがありましてね」

テレビのスイッチを切った近藤に入るように言われ、まあ一杯とコップを突き出されたが、丁重に断り炬燵を挟んで向き合い、足を入れた。

「このあたりの宿泊施設なんですが、ここともホテル一軒。それ以外にありませんかね」

パンフレットをすべらせると、何度か目をしばたたいて老眼鏡を取り出し、目を落とした。

「モグリで民泊をやっている家とか」

「そういうのは、ないな」

つぶやいて眼鏡を外すと、パンフレットを戻してきた。

「ただ、そこに載っていないのが三軒ある。橋を渡ったあっち側に固まってるが、ラブホテルだぞ」

その言葉が耳に刺さった。まさかとは思ったが、望月麻希のことをよく知っているわけではない。男を咥《くわ》え込んでちゃっかり小遣いまで稼いでいないとは言い切れない。

「あんたの探してる人が、そこにいるのか」

「このあたりの宿泊施設のどこかだと思います」

「女か」

図星を指されて戸惑ったが、黙ってうなずいてみせた。近藤が苦笑を漏らす。

「あんたの様子を見ればわかる。一瞬顔色が変わったものな」

まだまだだと言いたげにコップをあおり、それから大きくうなずいて携帯を取り出した。

「おれが訊いてやる。知り合いがやってるんだ。三つに分かれてるが、経営者はひとりでな。畑を売って始めたのがラブホテルときた」

とりあえず近藤の好意に甘えることにした。

望月麻希の特徴を口にすると、近藤はちょっと息をひそめた。

「あんたの娘か」

「いや、仕事で探しています」

「そうか」

少し気楽になった調子でつぶやくと、携帯を耳にあてた。

しばし無駄話をしたあと、近藤が相手に事情を伝えて電話を切った。

「調べてくれるそうだ。すぐわかる」

「助かります」

「探偵なのか、あんた」

「まあ、そんなところです」

珍しい物を見る目つきになった。真崎はもしかするとと思い、切り出した。

「人探しは余計な仕事でしてね。本当は失踪事件について調べに来た」

「失踪事件だと」

「二十年ばかり前の話ですが、なにかご存じなら、聞かせてもらえると助かる」

近藤の目が、細められた。

「それ、どこで起きた話だ」

「鳩羽地区です」

「なるほど。あそこか」

不快げにうめいた。

「ご存じですか」

「まあ、知ってるというか、あそこはいっときずいぶん夜逃げがあったからな。それで警察も動かなかったんじゃないのか。なにしろ、鳩羽地区だからな」

吐き捨てるような近藤の口調に、夜逃げが多かったというのはどういう意味かと尋ねかかったとき、テーブルの携帯が振動した。近藤が取り上げ、耳にあてた。

「おう、早いな。で、どうだった」

相手の説明を聞きながら近藤が何度かうなずく。

「いや、なにもしなくていい。こっちのことも知らせないでくれ」

それで通話は終わり、携帯をテーブルに置くと、近藤は軽く咳払いをしてから真崎に顔を向けた。

「いるそうだ」

三軒のうちの一軒の名前を教えてくれた。思わず真崎はため息を漏らした。

「昨日もきょうもひとりで泊まっている。ひと晩ならともかく、二日つづけてなんで、どうなってんだって話になりかけていたらしい」

まだこの目でたしかめたわけではないが、ほぼ望月麻希に違いない。あっさり見つかり、真崎は少しばかり安堵した。

「しかし、女ひとりでラブホテルってのは、かなりの度胸だな」

感心する調子で近藤が笑った。

たしかにいい度胸だ。まったく突拍子《とっぴょうし》もないことをしでかす娘だった。

「それにしても、頭がいいな。普通のホテルや民宿だと名前や住所を書かないとならない。ラブホテルなら逃げ隠れするには好都合だ」

近藤の言う通りかもしれなかった。いまどきの若者にしては、思いの外その手の知恵はあるようだ。

「で、どうするね」

「明日は朝からラブホテルの前に張り込みます。探している本人かどうか確認しないとなりませんから」

納得したらしく、近藤はうなずいた。それから、何気なさそうにすっとコップが差し出された。真崎はそれを受け取り、近藤は一升瓶から酒を注ぎつつ訊いてきた。

「その娘と失踪事件、なにかかかわりがあるのか」

答える前に、酒をひと口飲んだ。辛口吟醸。箸を渡され、イカの塩辛をつまんで口に入れ、また酒を含む。思わずうなった。

真崎の様子を楽しそうに見て、近藤もコップをあおる。返事をせっつくわけでもない。この老人なら、信用できそうに思えた。少なくとも駅前交番の巡査たちよりは、話がわかりそうだ。

真崎はもう一口酒を舐《な》めてから、やっと身体を乗り出した。

「まだ曖昧ではっきりしているわけじゃないんですが、見つけてもらった娘は、その失踪した一家のひとりだったようなんです」

「ほう」

したたか飲んでいるにもかかわらず、近藤の目が素面《シラフ》に戻ったように感じられた。

「鳩羽地区だからな、とさっき言ってましたね。それ、どういう意味ですか」

近藤が視線を逸らし、コップをあおった。大きく息をつく。

「あそこはよ、うちの山だったんだ」

そう切り出して話してくれたところによれば、近藤家が代々所有していた山林だったのだが、父親の代に東京から不動産屋が乗り込んできて、分譲地を開発したいので売ってくれと頼まれたのだという。

「バブルの前でな。土地の値段が上がりだすにはまだ間があった。このあたりもバブルのときには坪三十万くらいまで行ったが、そのときは坪一万にもならなかった。山林だしな。道路は通っていたが、誰も見向きもしなかった。四十年以上も前の話だ」

父親は先物取引に手を出してしまい、資金繰りがうまく行かなくなっていたので、迷いもせずに二束三文で不動産屋に売り払ったらしい。それから数年してバブルの時期に入り、東京への通勤圏でもあり、高額所得者をターゲットにした分譲住宅地「美しが丘ニュータウン」が完成した。

「そのころはまだセレブとかいう言葉はなかったから、成金村ってあたりの連中は呼んでた。それからセレブ村、バブルがはじけてハヌケ村だ。羽が抜けたのか歯が抜けたのか知らないが、バブルがはじけてローンが払えない連中が逃げ出した。いっときはそれこそ歯が抜けたように、あちこち売り家になってな。土地の値段が下げ止まると、安値で土地を買った者が入り込んできた。あんたの調べてる失踪事件てのは、バブルのあとあたりの話じゃないのか」

急いで時期を計算するが、少しずれている。望月一家が失踪したのは、二十一世紀になってからだ。ずれていることを告げても、近藤は気にしなかった。

「そのころになっても、不景気で金回りが悪くなった家は、夜逃げをしていたはずだ」

つまり、近藤も警察同様、望月一家の失踪に事件性はないと考えたらしい。

望月麻希がここにやってくることになった経緯を説明するのは酔いが回り出した真崎の頭では無理だったし、近藤に話す必要もない。身の危険があると書き残した施設の申し送り書があることもだ。いまのところは近藤家の土地だった場所に造られた「鳩羽地区」がどういう町なのか、それを聞きたかった。

「ちょっと待っててください」

真崎は思い出して炬燵から出ると、部屋を出かかった。小便なら右に行った突き当りだという声を聞き捨てて座敷に戻り、バッグを漁って昼間古本屋で見つけた冊子「鳩羽地区のあゆみ」を手にすると、つけっぱなしだったストーブと電灯を消し、ついでにトイレで用を足してから戻った。

「じつは古本屋でこんなものを見つけたんですが」

冊子を近藤の前にすべらせると、うんざりした表情になった。

「見たこと、あるんですか」

「当たり前だろ。一万部だか作って、当時ばら撒《ま》いてたからな。けったくそ悪い。全部嘘っぱちだ」

近藤の反感は差し引くとしても、ざっと目を通したとき、近藤家から買い上げた土地であることなど書かれていなかったし、近藤本人も文章を載せていない。土地が誰のものだったのかという点は、ニュータウンにとってはどうでもいいことのようだ。

真崎は冊子を開き、地区長の肩書がある人物の写真を示した。さきほどはざっと見ただけだったが、菅井昭次郎《しょうじろう》という名前だった。

「この菅井という人が鳩羽地区ができた当初から代表をつづけてきているとあるんですが、いまも代表ですか」

近藤はコップに残っていた酒を飲み干し、一升瓶から注いだ。

「五年ばかり前に死んだな。胃癌だったかな。以前は与久那町の町議もやってた」

冊子にはその肩書がないから、すでに辞めていたのだろう。

「それじゃいまは誰が代表を務めてるんですか」

「延川っていうやつが地区長代理とかいって仕切ってる」

冊子を見ると、延川の名前は地区長のつぎのページにあった。延川善治《よしはる》。六年前の写真で六十半ばくらいだろうか。容貌はいまもさほど変わってはいないだろう。冊子では副地区長という肩書で「鳩羽のすばらしさ」という文章を書いていた。

「町は多くの名士のかたがたのお力で、ここまで発展をしてきました。もちろん、住民のかたがたの協力あってのことでもあります。これからもよりよい町として、発展していくことを祈っています」

ありきたりの挨拶文だったが、真崎は「延川」という名前を頭に焼きつけた。

「自分が地区長になりゃいいものを、代理をつづけてるんだ」

「なぜです」

「知らんよ、そんなこと」

鼻を鳴らして酒をあおってから、つづけた。

「分譲が始まってすぐ住みついた連中が町の中心人物になって、ずっと町の運営をしているんだ。自治会といえば聞こえはいいが、牛耳ってるってわけさ」

「ほう」

「安全安心の町作りってのが、菅井の方針でな。夫はきちんとした職業、妻は仕事などせず家ではふたり以上でなくてはいけない。家庭というのは夫婦が揃っていてこどもはふたり以上でなくてはいけない。

を守るべきだ」

「なんです、それ」

「菅井の口癖だ。古臭い考えとしか思えないが、そいつをさも新しいような口ぶりで言いふらしてな。できの悪い息子ひとりしかいないくせに自分のことは棚に上げて建前ばっかり偉そうによ。ところが、その建前に乗せられて、このあたりのやつらでも、鳩羽に住めたらいいなんて言ってるのもいた」

菅井の挨拶文を読むと、たしかに「安全安心な町作り」という文言があった。

「わたしたち鳩羽地区の代表団は、未来に向けた新しい理想的な町をめざし、安全安心な町作りを基本として運営してきました」

真崎が冊子の文章を読み上げると、近藤は人差し指を立てた。

「それそれ」

言葉だけを取り上げれば、特に問題のある言い分とは思えない。だが、「安全安心」がひとり歩きを始めてしまったという。

「誘拐事件がきっかけだったと思う」

「誘拐ですか」

「バブルがはじけたあとしばらくして、鳩羽のこどもが誘拐された。それまで安全安心をお題目にしてきた町だからな。躍起になって犯人探しをしていたよ」

警察では、そんなことはひとことも聞かなかった。おそらく「不審者」とみなした真崎などに教えるつもりはなかったのだろう。

「で、犯人は」

近藤が首を振った。

「まだ捕まっていない。時効がなくなったとか聞いたが、もう無理だろう」

近藤は塩辛を口に投げ込み、苦い顔になった。

「それで、誘拐されたこどもはどうなりました」

近藤がもう一度首を振った。

「駄目だった。まだ六歳の男の子だったが、町へ行く途中の耕作地で見つかった。首を絞めて殺し、おまけに切り取った」

両手で両耳をつまんでみせた。

むごい話だった。

「それからだよ。いや、その前からだったが、外から来た者をやたらと疑いの目で見るんだ。そいつがひどくなった」

「夕方、ちょっと様子を見に町へ行って来たんですが、どうも余所者に対する警戒感が強いようで、違和感があったのはたしかですね」

「そればかりじゃない。さっき夜逃げした家がいくつもあったって話したが、その半分は追い出されたんだ」

「というと」

「菅井たちのいう安全安心な町作りに反するようなことを言ったりしたりするような者がいると、追い出しにかかったようでな。自分たちの方針に従わないなら出て行けってことだ」

酔った勢いもあるから話が大袈裟になっているのかもしれないが、町の違和感がそれに由来すると言われれば、そうかもしれないと真崎は思った。

「それで、いまは延川という人物が菅井から引き継いでいるってわけですか」

開いた冊子に目を落としつつ尋ねた。

「まあな。しかし誰が仕切ったって同じだ。あそこに住んでる連中は、おれたちなんか相手にしやしない。見下してやがるんだ。ちっと金があるからってよ。だいたいあの山は、もともとおれのものだったんだ。違うか」

急に酔いが回り出したのか、呂律《ろれつ》が怪しくなっている。自分でもわかったのか、頭をひと振りすると、大きく息をついた。

「もう寝る」

そう言って、近藤はふらふらと立ち上がった。

「炬燵の電気、切っといてくれ」

言い捨てると部屋を出て行き、戻ってこなかった。自分の寝床へ行ってしまったようだ。

壁にかかった時計を見ると、十一時を回っている。

真崎はコップに残った酒を流し込んでから炬燵のスイッチと部屋の電灯を切り、自分の部屋に戻った。

四

死んだ者を置き去りにして、世の中は動いていく。

死んでいく者、生まれてくる者がいるのは当たり前だとしても、人が変われば町も変わる。

一見して変化のないような鳩羽の町にしても、少しずつ変わっていった。

事件から二ヵ月ほどして、地区長である菅井の奥さんが亡くなったと聞いた。地区長の妻なのだから、大々的に葬儀をするのが当然だったかもしれないが、ひっそりと密葬し、わたしたちが知ったのは初七日が終わったあとだった。死因もはっきりしたことはわからない。まだ五十二歳だったらしい。一部では自殺だったという物騒《ぶっそう》な噂もあった。

何度か見かけたことはあったけれど、地区長の夫と同様、温和な顔つきをした人だった。

自宅へお悔やみに行った人もいたようだが、夫は門を閉ざして会おうとしなかったという。

それから半月ほどした地区会の場で、ずっと欠席をつづけていた菅井地区長について、副地区長である延川善治が事情を説明した。

地区会は町の運営を話し合う場で、毎月一回第三土曜日の夜に集会所で開かれる。わたしも貴之のことが起きる前までは夫の俊樹と一緒に何度か出たことがあった。翌月の行事の確認や新しく引っ越してきた人の紹介といったことばかりでなく、住民からの提案や苦情が話し合われる場でもあった。そういったことを菅井地区長はひとつひとつ丁寧に聞き、どうすればいいか的確な方針を打ち出し、その場で住民から決を採ったりしていた。

貴之を亡くしてから、わたしはまったく顔を出さなくなってしまったけれど、ちらほらと地区会の話は聞こえてきていた。

「菅井さんは、町議をお辞めになることになりました」

その晩の地区会は、延川のそんな言葉で始まったという。町議ばかりでなく、地区長の役職も辞めると言い出したらしいが、それを延川が慰留《いりゅう》し、けっきょく地区長はつづけるが、実質延川にすべてを任せたいというのだ。

たしかに奥さんを亡くし、がっくりきたのはわかる。

「この申し出について、菅井さんはみなさんに承認をしていただきたいとのことでした」

決を採るような事柄ではないし、いままでも病気がちという理由で顔を見せない菅井に代わって延川が仕切っていたようなものだから、当然という雰囲気もあり、誰も反対しなかったという。

町がはっきり変わり始めたのは、それからだった。

まず地区会に出席できるのは役員だけになり、それまで自由に参加できていた一般住民は除外されることになった。

「なぜそうなったの」

役員になっていた夫の俊樹に抗議めかして尋ねたことがある。

俊樹は面倒くさそうに吐き捨てた。

「そんなこと女は知らなくていい。だいたい人が多ければあれこれ意見が出て、まとまるものもまとまらなくなる。中には話の長い女もいるしな」

男だって長い人はいる。そう言い返すより先に、俊樹はさっさと階段をあがっていってしまった。

翌月からゴミ出しのルールがきびしくなり、守らなかった家は集積所に名前を貼り出され、五回違反したら「迷惑料」として罰金を払うことになった。

東公園でブランコに乗っていたこどもがあやまって落ちて頭に怪我を負った。そのため、南公園もふくめ、遊具をすべて撤去した。残ったのは砂場だけ。

以前から夜間にタクシーで帰宅する者がかなりいて、ジョギングをしていた中年の主婦がはねられて怪我を負った。そこで午後十時以降、不要不急の出歩きは望ましくないとされ、犬の散歩もできなくなった。また、仕事の都合で夜間にタクシーを利用する者は、町の出入り口で降りることとなった。

規約に書かれているわけではないけれど、いつの間にか「それが当たり前」になったのだ。

一概に悪いこととは言えないにしても、だんだん息苦しくなってきたと思う家もあり、そういう家は転居していった。しばらく所有者がいないままになり、一時期「歯抜け」のように町のあちこちに売り家が多かったことがあった。地価が高いからおのずと購入者が限定され、それればかりでなく、町に移り住むにあたって、希望者になにかしら基準があるという話もあった。

夫の職業に条件がある。妻が働きに出ていない、あるいは転居してきてから仕事を辞めるつもりがある。こどもはふたり以上いるか、あるいはふたり以上生み育てる予定がある、などなど。

もちろん噂だし、本当かどうかわからないけれど、住人の生活様式や家族形態を見ていると、どこも似通っていた。専業主婦で、こどもふたり以上。以前から住んでいる者も同様で、わたしもたしか家を購入しようとしたとき、不動産屋から何気なくお子さんは何人くらい育てるつもりかと訊かれたことがあったのを思い出した。貴之は生まれていたから、せめてあとひとりは、などと答えた気がする。

町は以前から入居の条件をいくつか挙げていたに違いない。町の不動産を一手に扱っているのが延川の経営する不動産会社だから、あながち単なる噂とも思えなかった。

ただ、それがあからさまになってきただけなのだろう。

そう考えてみると、いまのわたしと夫はこの町に住む条件を満たしていないことになるが、貴之を失った事情が事情なので、特別扱いされているような感じもある。

これもまたいつからか「それが当たり前」になっていたものに、こどもの進学先があった。

町が運営している幼稚園が東公園のそばにあって、便利だからそこへ通わせるのはいい。でも、小学校から先も決められているようなものだった。別にルールがあるわけでもないのに、最寄りの駅からふたつ先に行ったところにある私立の小中高一貫校へ進むのが「普通」になっていた。駅へ向かう途中に公立の学校はあるが、ほとんどの家は行かない。大学も、よほど優秀でないかぎり、その私立の経営しているところへ進む。

じっさい、わたしも夫もまったく疑問を持たずに、貴之をその小学校に入れていた。なぜそうなっているのか、いまになって考えると、奇妙な話だった。

じつを言えば、その学校の理事のひとりが菅井昭次郎らしいのだが、これも噂だ。朝や夕方、用事があって外出すると、制服姿の集団に出くわすことがある。一年足らずだったけれど、貴之も着ていた制服を目にするたび、つらい。生きていれば体も大きくなり、何度も制服を買い替えたはずだ、高学年になればどれくらいの大きさだろう、などと頭をよぎる。それがまた六歳だった貴之の思い出を湧きあがらせる。そもそも考えても仕方のないことだし、さっさと頭から追い出そうとするが、何日かのあいだは気が晴れない。

ともかく、そうやって振り返ってみると、いままでも奇妙だったはずだけれど気づいていなかったことがいろいろとあるようだった。

以前は菅井地区長が先頭に立ってあれこれの行事を取り仕切り、亡くなった奥さんもこまめに立ち働いたりするのが目についたけれど、いま取り仕切っている延川夫妻は先頭には立たない。なにか注文があるときには周囲の者にほのめかし、自分で動くのではなく、周囲を動かしている。

「菅井さんから町の運営を任せたいって、主人が頼まれて。だったらお力を貸さないわけにいかないし」

わたしが加わっている催事係の打ち合わせに顔を見せた延川の奥さんが、困ったようにそうぼやくのを聞いたことがある。嫌々引き受けたと言いたげだが、そのひとことひとことを町全体が気にしているような具合だった。

じっさい、ゴミ出しルールも公園の遊具撤去も夜間の出歩き制限も、延川の奥さんが言い出したに違いない。

べつに住民に命じたわけではなく、ちょっとぼやいたか愚痴めかしたことが広まって、「あの奥さんがそう言っているなら」ということで賛同していく主婦が増えていき、「それが当たり前」になったのだろう。

なにが「当たり前」でなにが「当たり前ではない」のかを考えることなく、町の運営方針はどんなにこまかいことでも延川夫妻の暗黙の意向に周囲が従う形で「それが当たり前」になっていった。

こんなこともあった。

半年に一度、町をあげて防犯訓練をするのは恒例で、与久那署の防犯課の職員がやってきて空き巣の手口や痴漢にあったときの護身術、詐欺の手口などを講義してくれていた。防災訓練も兼ねていたので、消火器や消火栓の使い方、消火ホースでの放水訓練、それに炊き出しなどもあった。

延川夫妻が仕切るようになってもそれらはつづいていたけれど、じっさいには犯罪も災害も日曜の天気のいい午後にばかり起きるとはかぎらない。そこで曜日、時間、天候にかかわらず、訓練はおこなわれるべきだという声が出てくるようになった。

さすがに真夜中にやることはなかったけれど、雨が降っていても中止にはならず、おこなわれるようになった。

そのとき炊き出しの訓練として毎回主婦たちが大鍋で豚汁を作る。ゴボウ、こんにゃく、ニンジン、油揚げ、それに豚肉。たいていはそれらが煮込まれて豚汁になるけれど、いまではこんにゃくは入っていない。延川の奥さんが「わたし、こんにゃくって駄目なのよね」とつぶやいたから、つぎの炊き出しからは入れなくなったのだ。

どこかおかしい。

多くの人がそう思っても、特に支障もないから、それが「当たり前」の豚汁になった。そして、もしかすると、それぞれの家でもこんにゃくを使った料理を作らなくなっているかもしれない。

ほかにもある。

菅井の奥さんがよかれと思ってやっていたことをつぎつぎに取りやめ、延川の奥さんは自分の好みに変えていった。

たとえばギターや読書会、俳句短歌、コーラスといった集会はなくして、バレーとバスケの集まりを作った。体力をつけないと、なにかあったときに対処できないからというのだ。もっともな考えかもしれないけれど、それまでやっていた集会をなくす必要はない。

これも周囲の人たちがそれとなく延川の奥さんにほのめかされ、すすんでそれに従っていった。

防犯に熱心だった延川地区長代理も、その点では奥さんと同じだった。

小中学生全員に「健康のために」空手を習わせるとか、外出するときには近所にひとこと声をかけてからとか、そんなことを言い出していた。その程度のことならともかく、これからは引っ越してきたい家庭は地区住人の推薦がなければ認めない、という規約を作ろうとまでしたらしい。だが居住・移転の自由を侵害することになると知って規約は作られなかった。もちろん、明文化されなかったからといって、自由に転入をさせていたとは限らない。

ちょっと意外だったのは、各家庭に防犯カメラを設置したらどうだろうという意見が出たときのことだった。そのとき延川地区長代理がひとつの話を持ち出した。

「アメリカで、こんなことがあったんです。まあ、ここと違って治安の悪い場所だったらしいが、夜遅く自分のアパートに帰ってきた女性が、あと少しで自分のアパートの入り口だというところまで来て、暴漢に襲われた。当然、彼女は助けを求めて叫んだ。しかし、同じアパートの住人は、なにが起こっているか気づいていながら、助けもせず、警察にも通報しなかった。その女性は結局殺されてしまったようです。周辺には防犯カメラがあった。だから、住人は自分がなにかしなくてもいいだろうと思ったというんですよ」

どこかで聞いたことのある話だった。

延川は、その話を持ち出して防犯カメラなどに頼るのではなく、住人がそれぞれ防犯に注意を払うべきなのだと言いたかったのだろう。結局、防犯カメラの設置は見送られた。

本当なら防犯カメラはあった方がいいと思うけれど、地区長代理のひと声で、どの家も設置できなくなったわけだ。

それが町の方針だからということで、不満はあっても口にする者はいなかった。

「わたしには菅井さんから任された責任がある」

ことあるごとに延川地区長代理はそう口にしていたようだ。

なぜそうまでして延川夫妻の意向に従おうとするのかといえば、町に住みにくくなることを恐れるからにほかならない。あの家は町の方針に反発している、「当たり前」のことをしない家は住人の資格がない、嫌ならさっさと引っ越していってもらったほうがいい。

直接見聞きしたことはないが、そういう発言が住民の中からも出てきて、その結果引っ越していった家もかなりあるようだった。

その一方で、延川夫妻の覚えがめでたい者は役員に取り立てられたり、地区で開かれる宴会や旅行などに一般の者と違って無料で参加できたりするようになったらしい。

夫の俊樹は「ただ乗り」の方だったが、わたしはどちらでもなかった。たしかにおかしなところが目立ってきてはいても、この町から離れるようなことにはなりたくなかった。町というより、この家と言った方がいい。貴之の思い出が残されている家を離れることなど、想像もしたくない。

壁に残った落書きやミニカーで傷ついた床板が貴之のいたことを示す痕跡なのだ。それを捨てていけるわけがない。

だいいち、梅の木がある。

白梅は植えた翌年からちらほらと白い花をつけ、幹も太くなり、背丈も伸びていった。

それは貴之の成長を見ているようでもあり、それをここでずっと見守っていく必要があった。

だから、わたしは変わっていく町を黙って遠巻きに見ているだけだった。

夫の俊樹もまた変わった。

防犯係の役員に取り立てられてしばらくは、以前よりも元気になったというか、生き生きとしていた。地区の防犯のために住民を取り締まるのがいかにも楽しいという風にも感じられた。

誰でもそうだろうが、特別な権限を与えられ、その権限を使って他人にいろいろと命じ、さらに他人が従順に従うとしたら、自覚しなくとも快感を得るのだろう。従わなければ罰する権利もあるから、罰することもまた快感になる。

家に戻ってきても、命令口調がふえた。夕飯を早く出せ、洗車をしておけ、ハンカチは毎日取り換えろ、などなど。弁当を作らせるようになったころには、まだ申し訳ないが頼むといった気配があったのに。

ところが、梅の木をぼんやり眺めていた姿を目にしたころから、今度はわたしと顔を合わせるのを避けるようになり、言葉もほとんど交わさなくなった。

女でもできたのかと疑ったりもしたが、そういうわけでもないらしい。どうやら防犯係の仕事に熱を入れた結果のようだった。

一度、夫が激しく怒鳴っている姿を見たのも、そのころだ。

八月第二週の土日に、毎年夏祭りがおこなわれる。

南と東の公園に櫓《やぐら》を作り、盆踊りをおこなうのだが、南公園の会場を警備していた防犯係の目の前で、何人かの高校生が花火を打ち上げた。花火は櫓の周囲で踊っていた者めがけて放たれ、悲鳴とともにそれまで一糸乱れぬ踊りを披露していた者たちは逃げ惑った。

わたしは催事係だったからテントの中で地区の役員たちに麦茶をふるまっていた。最初なにが起こったのかわからなかったが、すぐに花火をふざけて打ち上げたのだとわかった。と同時に、どこかの高校生が数人、防犯係に首根っこをつかまれてテントの裏手に引っ張っていかれる姿が目に入った。

その中に夫の俊樹がいた。見たことのない怒りが、その顔には浮き出ていた。

「ふざけんな。お前らのような奴が町を乱すんだ」

怒鳴り声が上がったと同時に、夫は高校生のひとりの頬をはたいた。ほかの防犯係の者も、それくらいの仕打ちは当然と思っているらしく、黙って周囲を取り囲んでいた。

わたしは夫の見幕《けんまく》に、立ちすくんでしまった。

いたずら半分だったのだから、なにもぶたなくてもいいのではないか。

その夜、遅れて帰宅してきた夫に、ひとことだけ意見を口にしたけれど、わたしを見下すように鼻で笑ってきた。

「ああいう連中を甘やかせば、どんどん増える。地区の安全を守るためには厳しく取り締まらないとならない。方針に従わないやつらは町から出て行けばいい」

悪びれもしなかった。

子煩悩《こぼんのう》だったはずの夫は、どこか人間らしさが欠けてしまった。

そう感じたのは、間違いとは思えない。だから夫とはますます距離ができてしまった。


その翌年のことだった。

梅が散り、そろそろ桜が開こうという三月半ばに、隣に四人家族が引っ越してきた。

わたしの家は角地にあるから向かって右側は道路で、左側にだけ「お隣さん」がいる。前に住んでいた一家は夫が大手の百貨店で外商部長をやっていて、妻とふたりの娘がいた。奥さんのほうはわたしと同い歳だったが、娘はどちらも中学生で、例の一貫校に通っていた。町に馴染んでいたし、昨年の秋口に急に転居すると挨拶に来たときは、ちょっと驚いた。

隣同士とはいっても、さほど親密ではなかったし、貴之の事件のときは家族で海外旅行に行っていて、戻ってきてお悔やみを言われたときには、なにかしらけた感じがしたものだ。

「夫の都合で」

奥さんは疲れたような声で、短く理由を告げた。

ニュースにもなっていたから、大手百貨店が架空取引をしていたことは知っていた。どうもそれに夫がかかわっていたらしいのだ。責任を追及されて馘首《かくしゅ》、のちに逮捕されたということは、引っ越して行ってから、噂で聞いた。

町に家を買って住むための条件というものがいくつかあるというのが本当なら、お隣さんは夫の職業の点で資格を失ったことになる。そういうことは、よくあった。せっかく町に住むことになっても、ローンの返済ができなくなって出て行った家など、いくらでもある。

ただ、お隣さんの場合は、全額すでに支払っていると聞いていたから、出て行く必要などない。それでも出て行かざるを得なかったのは、住み始めた後でも、条件を満たしていないとなると周囲が白い目で見るからだった。

この町に住んでいるのは、きちんとした職業についている夫と、ふたり以上のこどもを専業主婦として育てている妻。

そうでないなら、ここに住む資格はない。「それが当たり前」というわけだ。

一部の住人達に、そういうことをことさら口にする者がいた。おかしな話だと思いはしても、そういう主張をする者は「この町をいいものにしようとするなら、それくらい厳しい条件がないと駄目なんじゃないかしら」などと周囲を言いくるめてしまう。そして「偏見を持ってるわけじゃないの。ただわたしたちと、そうではない人たちとを区別しているだけよ。わたしたちが作ってきたこの町のためだもの」とまで主張する。

じつを言えば、もともとは延川地区長代理が似たようなことを口にし、それが「当たり前」となっていき、同じことを言い出す住民が増えて行ったということだった。

そして、そういう会話の最後に、わたしたちの話がちらりとかかわることもあった。

「でも、あそこの家はお子さん、いないわよね」

「ああ、あそこはちょっと事情があるし」

そう、たしかに「事情」があり、今度はひとしきりその「事情」が話題になったりもしていたようだ。それだけ貴之の事件は町の住人にとって衝撃が大きかったともいえる。

お隣さんがあわただしく出て行ったあと、二ヵ月ばかり空き家となり、暮れ近くに業者が挨拶に来た。

家を取り壊すのではなく、内装をリフォームするという。

思ったより早く買い手がついたようだった。

三月に入って、大型トラックが日曜にやってくると、荷物をつぎつぎに隣の家に運び入れはじめ、夕方になって一家が挨拶にやってきた。

「望月と申します」

背の高い夫は、おっとりした声でそう言うと頭をさげた。大手商社に勤務しているという。

「よろしくお願いします」

赤ん坊をかかえた妻がつづけ、ふたりの前に立っていた男の子にも挨拶するようにと、その肩を押した。

「こんにちは」

照れながらも男の子は素直にこたえた。

「いくつなの」

かがんで尋ねると、右手を開いてかざして見せた。五歳。貴之が亡くなったのとほぼ同じ歳だ。思ったとたんに、抱きしめてやりたくなった。

もちろん、そんなことはせず立ち上がり、いま出かけているけれど、うちは主人とふたりで住んでいるだけだから、いつでも遊びに来てくれて構わないと夫婦に告げた。初対面の相手に貴之のことを口にするのははばかられた。

そのとき、わたしはつい尋ねていた。

「こちらへ越してきたのは、どなたかにご紹介されたからかしら」

すると、妻が夫を見上げるようにして、夫の方がうなずいた。

「会社の取引先の社長から紹介いただきました」

それが誰かは口にしなかったけれど、やはり引っ越してくる家庭は誰かの推薦がないと駄目なのは本当らしかった。

四人が帰って行ってひとり取り残されたとき、幸せそうな一家を目にしたことで、わたしは少しばかり嫉妬している自分に気づいた。

五

朝飯はサービスだと言われて叩き起こされたのは七時で、真崎としては早い時刻だった。酒は残っていない。

昨夜飲んだ部屋に案内されるとテレビがつけっぱなしになっていて、朝のニュースをやっている。それを見るともなく見ているうちに、近藤が朝食を用意してくれた。

鯵の干物と納豆。それに味噌汁もだ。

「朝はいつもこんなもんだ」

近藤は笑いながら茶碗に飯を盛ってくれた。

どうやら「おもしろい」やつを気に入ってくれたらしい。あるいは鳩羽地区について調べていると打ち明けたせいか。

朝食を食べているあいだにも、妻に先立たれて息子ふたりは農家を継ぐのが嫌で東京に出てしまい、ちっとも戻ってこないといった愚痴めいた身の上話もこぼした。

となれば、真崎も少しは身の上を話さなくてはならない。

五年前に中学生の絵里がいじめの首謀者と誤解を受けて自殺し、そのあといろいろあって妻は遺骨とともに出て行った。それまで自動車会社にいたが、それをきっかけに辞め、絵里の件で訴訟を引き受けてくれた弁護士に拾われた。

それで納得したようなので、それ以上は口にしなかった。

「で、これからどうするつもりだ」

飯をたいらげて茶を啜っていると、尋ねられた。

「まず、探している娘を見つけ出します。勝手に動き回られては、調査に差支えますから」

「そうか。さっき電話して、娘がホテルを出たら連絡をくれるように頼んでおいた」

「助かります」

手回しがいいなと思いつつ、礼を述べた。

「今晩も泊まるんだろう」

「そのつもりですが」

「娘の部屋も用意しとくかね」

「そうですね。お願いします。いくらなんでもラブホテルでは」

声を立てて近藤が笑った。

「ま、なにかあれば、言ってくれ。鳩羽についちゃ、あんたよりは詳しいからな」

どこかうきうきした気配があった。鳩羽地区をほじくりかえしてどんなものが出てくるのか興味津々といったところか。

「助けが必要なときは、ぜひお願いします」

そんなことはまずないと思いつつも、そうこたえておいた。

近藤の携帯が鳴ったのは八時少し前で、いったん部屋に戻って最低限の品だけをコートのポケットに詰めているときだった。

「たぶん近くにあるバス停に行くだろう。そこに行けば見つけられる」

近藤の言葉を背に、真崎は玄関を出た。昨夜は暗かったからわからなかったが、かなり広い庭は綺麗に整えられていた。かつては豪農だったのかもしれない。建物もどつしりとした瓦葺《かわらぶ》きで、一泊素泊まり三千円というのが冗談のように思える。

駐車場に停めてあるレンタカーに乗り込んだが、エンジンがかかるまでしばし温めなくてはならなかった。昨夜は霜が降りたようだ。

ちょっと遅れたかと思いつつも、教えられたラブホテルのある交差点まで車を走らせた。橋を渡り、少し進んだ交差点を右折した道沿いを行った先に三軒のラブホテルはあるという。

一台前の車で信号が赤になり、停止して右折のウィンカーを出したのと、その道から見覚えのある姿が現れたのが、ほぼ一緒だった。

ジーンズにパーカー。大きめのデイパックを肩からかけている。

だが、へたに出れば、また望月麻希は逃げ出すかもしれない。横断歩道を歩き出した姿が、目の前を横切った。おそらく手前にあったバス停に向かい、そこから鳩羽地区行きのバスに乗るつもりだろう。行き先がわかっているのだから、あわてる必要はなかった。

信号が変わりかかったとき、ふたりの男が小走りに歩道を横断するのが目に入った。年配の方の顔に見覚えがあった。昨日小学生の万引きを問い質したとき、割って入ってきた男に間違いない。

ふたりの視線が先に渡って行った望月麻希に向けられているらしく思われ、目で追っていくと、バス停に立っている姿を遠目に立ち止まった。どうやら尾行しているようだ。

それだけ確認し、そのまま真崎は車を右折させた。

百メートルほど行ったところにラブホテルがあり、そこでターンした。交差点に戻ると、ちょうどバスが交差点を横切って行った。がら空きだったので麻希と男ふたりの姿が確認できた。行き先は「南公園」と表示されていた。

ふたたび幹線道路に出ると、そのバスの尻についた。短気なドライバーは片側一車線にもかかわらず、つぎつぎにバスを追い越していく。

道路の左右は雑草の生えた空き地や、家屋の土台だけ作られて放置された土地が目立つ。ここから隣の樽町へ行くあいだは、大半がこんなものなのだろう。駅に近い場所は繁華街になっているが、ちょっと出れば荒れ果てた土地がむきだしというわけだ。

やがてバスは見覚えのある道を左折した。そこから先も、緩やかな坂道の左右は畑地ばかりで、ニンジンやブロッコリーの葉が何列も奥の方にまで並んでいる。ここからはバス停もなくなるから、スピードがあがった。

「美しが丘ニュータウン　これより鳩羽地区」の看板が見えてくる。昨夜の記憶でバスのルートはわかっていた。そのまま尻についているより、先回りして待ち伏せするほうがいいと踏んだ。真っ直ぐ進んでいくバスに別れを告げ、左折して住宅街を走らせる。

あらためて建物を見て行くと、かなりの豪邸もちらほら目立ち、ほとんどが高額収入世帯でないと住めない家と思えた。ただし、やはり違和感がある。

どこかくすんだ町。

朝の明るい光に晒された町は、真崎にはそう映った。

しばらく走って右折すると、「東公園」のバス停が真正面に見えてきた。

その少し手前の路肩に車を停めて待った。近くに幼稚園でもあるのか、オルガンの音が小さく聞こえる。

ここで降りなければ、「南公園」まで乗って行くのはわかりきっていた。そうなればまた先回りをすればいい。すでに通勤通学の時間は過ぎており、停留所には誰もいない。そこへ右手からバスがゆるゆると走ってきて停まった。

何人かが降り、その中に望月麻希はいた。ついでにさきほど見かけた男ふたりも。

ふたりは話し込むようなふりをしてこちらに向かって歩き出したが、まだ立ったままであたりを見回している望月麻希の方にちらちらと視線を向けている。と、何かに気づいたらしく、望月麻希が左手へ走り出した。

男たちも踵《きびす》を返した。

だが、すぐさまふたりの足は止まり、上体を隠すようにそらした。

真崎のいる場所からは見えないが、また望月麻希は立ち止まったのだろう。車を降りて家を探している風を装い、バス停の前まで行った。

ベビーカーを押している若い女を呼び止めたらしく、麻希がその女と話を交わしているのが見えた。

だが女は首をかしげ困ったような顔になり、振り返ってどこかを指で示した。麻希は頭を下げ、また歩き出す。男たちもつられて動いたが、麻希が話しかけた女のところへ駆け寄り、なにか問い質し、それから麻希のあとについた。

むろん真崎も距離を置いて歩き出した。

麻希はバス通りを「南公園」の方に進んでいく。

真崎は素早く事態を頭で整理した。

ふたりの男は、当然なんらかの目的があって望月麻希をラブホテルから尾行してきたはずだ。施設の元園長が残した手紙にあった「身に危険が及ぶ可能性がある」という一文が頭をかすめる。

身元を知られないようにラブホテルにひとりで泊まるくらいだから、麻希は本名を口にしていないだろう。おそらく松原宏子と名乗って町の家々に聞き込みをかけたに違いない。それを聞きつけた何者かが、尾行をさせている。

そう考えるのが、筋だ。

真崎は舌打ちした。自分が住所をはっきり教えていれば、麻希はその場所にだけ行って事情を訊くだけで済んだはずだ。あいまいにごまかしたせいであちこちの家へ訊き回ったに違いない。だからこそ、麻希が現れたのが一日で鳩羽地区に知れ渡った。

ただ、そうだとすれば、その人物は、かつての失踪について調べている女が何者なのか、何が目的なのか気になっている、ということだ。

その人物に、心当たりがないわけでもない。

地区長代理の延川善治。

目下この町のトップなのだから、失踪の事情を知っている可能性は高いし、そこに隠された秘密があり、それを探られたくないと思っているのではないか。

近藤の言うように、かつて望月一家を「追い出し」にかかったのなら、それは一種の「いじめ」でもある。そんなことをしている町だと知られれば、「安全安心な町」は看板倒れになってしまう。

それを食い止めたいと考えるのはわからなくもないが、尾行をつけてまで隠し通したいことではないだろう。ほかにも「追い出した」家はあるのだ。

とすれば、望月一家の件にだけ、知られては都合の悪い事情があるということか。

そしてそれが、麻希だけが施設に捨てられ、一家が失踪したこととつながりがあるとしたら。

そのあたりに何かがあるような気が、真崎にはする。

真っすぐ続く道を麻希とふたりの男の後ろについて進んでいくと、やがて麻希は南公園の先にある集会所らしき建物へ足を向けた。

男たちもそれに気づいたらしくうなずき合い、ひとりが携帯を取り出してどこかへ連絡をつけた。指示が出たのか、ふたりの足が早まった。

尾行されていると気づいていない麻希は、背後に無防備だった。駆け寄ったふたりに声をかけられ、すぐさま左右から挟まれて立ち止まった。

尾行するだけだと思っていたが、判断が甘かった。車を置いてきたのは失敗だ。いまから引き返す余裕はない。

そうするうちにも麻希は腕を取られかかり、それを振り払っている。どこかへ連れて行こうとしているようだ。

真崎は迷わず携帯を取り出した。

「おう、あんたか。どうだった」

近藤の興味ありげな声が尋ねてきた。

事情を話している暇はなかった。困った状況になったので、近藤のバンで迎えに来てほしいと頼んだ。

「鳩羽に行くのは気がすすまんな」

ぼやいたが、それでも来ると言ってくれた。飛ばせば五分。南公園の近くだと言うと、わかったとこたえた。

「そのあたりに姿が見えなかったら、携帯に連絡してください」

番号を告げて真崎は通話を切り、三人の立っている場所へ走った。

「ちょっと」

声をかけると、麻希に気を取られていたふたりが振り返り、まずいところを見られたといった表情になった。つぎの瞬間年配の男が目を見開いた。

「あんた、たしか」

昨日のことを思い出したらしく、真崎を睨みつけた。

「よくお会いしますね」

皮肉った真崎は、年配の男と向き合った。若い男は麻希が逃げ出さないように身構えている。真崎だと認めた麻希の顔には安堵の色が浮かんでいた。安心しろと目で合図し、歳の行った男に向き直った。

「彼女をどうするつもりでしょうか」

「そんなことはこっちの勝手だ」

「そうは行かない。知り合いなものでね」

昨日とは立場が逆だなと思いつつ、真崎は告げた。

男は口をぱくつかせたが、言葉が出てこない。思いもよらなかったのだろう。

「とにかく身柄はこちらにいただきますよ」

言い捨てて麻希のそばに歩いていくと、若い男が拳を握りしめ、ちらりと歳の行った男を見た。

「やめるんだ」

そう命じられても、若い男は悔しそうに真崎に目をあてている。麻希が素早く真崎の背後に隠れた。

分が悪いと見たらしく、歳の行った男が口調を変えた。

「誤解されては困りますよ。わたしたちはただ話していただけでしてね」

「どんな話ですか」

「この町でうろうろされては迷惑だ、と。そうでしたね」

あとの方は麻希に同意を求めた。

「昔のことを調べまわるなって言ったわ」

後ろから麻希が怒鳴った。

「まあ、そうも言いましたがね。とにかくあまり変なことをしないでもらいたい」

「失踪した一家のことを調べるのは、そんなに変なことですか」

その問いに歳の行った男はむっとした。

「この町で失踪なんてことはなかったですよ。そのお嬢さんの思い違いだ。あんたからもよく言って聞かせてほしい」

そのとき立て続けにクラクションが鳴り、急スピードで白いバンが走り込んできて停止した。ふたりの男は反射的に飛びのいた。

緑色で書かれた「近藤農園」の文字を横目に入れつつ、真崎は先に麻希を後部座席に乗せた。

「昔のことを調べ回られて困るってことは、たしかなようだな」

言い捨てて真崎も乗り込むと、バンは急発進した。

ふたりが悔しげに見送る姿が遠のく。

「助かりました」

「もう少し遅かったら、畑に出てたぞ」

運転席の近藤は、じっさい作業着姿だった。

「巻き込んでしまったようで、申し訳ありません」

真崎は後部座席からあやまった。

「気にするな。この町を突っつくなら、いくらでも力は貸す」

心強い言葉だった。

「ところで車、どうしたんだ」

「東公園のバス停あたりに乗り捨ててあります。そこまで行ってもらえれば」

「わかった」

近藤とのやりとりを切り上げ、横にいる麻希に顔を向けた。

「大丈夫か」

茫然としていたのか、大きく息をついて身体を座席にもたせかけた麻希は、戸惑いつつうなずいた。再会したら怒鳴ってやるつもりだったが、その思いは消え失せていた。

「あいつら、どこかに連れていくつもりだったように見えたが」

考えをまとめるらしく、少し間があった。

「集会所ってところに行けば、町の冊子みたいなのがあるって教えてもらったから」

「ベビーカーの人だな」

麻希がうなずく。

「それで、そこに行こうとしてたら、急におまえ何者だって、あのふたりが」

「何て答えたんだ」

「失踪した一家のこと調べてるって」

「それで」

「そしたら、ちょっと話が聞きたいから来いって」

まだ混乱しているらしく、麻希は大きく頭を左右に振った。おそらく延川のところへ連れていくつもりだったのだろう。

「車はどこだ」

運転席から近藤が訊いてきた。東公園のあたりにさしかかっていた。真崎は停めた場所を言い、バンがその横につけられると、三人ともいったん外に出た。

レンタカーに乗り換えるよう麻希を促し、近藤にはこのまま宿に戻りたいと告げた。

「なら、きょうは農作業は中止だ」

「すみません」

「いいさ。それより、さっきの連中だが、歳の行ってるほうは見覚えがある。松尾という土建屋だ。あの町の造成を一手に引き受けたやつでな。延川といつもつるんでる。防犯係かなにかやっていて、外から来る者には注意しろって町じゅうに徹底させたやつだ」

「ほう。防犯ね」

「なんだ。思い当ることでもあるのか」

「きのう万引きした小学生を問い詰めてたら、やつが割って入ってかばった」

近藤がさもありなんと言いたげに笑った。

「町の人間は悪いことはしない。そういうことになってる」

「なんですか、それ」

「だから、安全安心な町作りさ。悪さをするのは外のやつらで、町には悪さをするやつなどいない。だから、町のやつが悪さをしても、それをなかったことにしようとする」

「ばかな」

「それがこの町なんだ」

真崎はあらためて周囲の住宅を見回した。どことい って異様さはない。だが、近藤の言い分を信じるなら、異様というしかない。

「ま、ほじくりかえせば、いろいろ出てくるだろうな。ラブホテルやってるやつから聞いたんだが、この町の主婦連中は昼下がりの情事の常連さんらしいし、旦那も休日にゴルフバッグ抱えてやってくるって話だ」

「ほう」

「ストレスってやつか。町の中では方針に従ってないと、すぐ後ろ指をさされる。そいつを外で発散する」

「なるほど。万引き小学生もその口か」

「ところが対外的には町の住人は悪さなんかしない、立派な者ばかりだと言い張る。スピード違反をした若い奴、万引きした主婦、ちょっと肩がぶつかったといって喧嘩する会社員、数えりゃきりがない。どれも松尾たちがもみ消しているって話だ。だから小学生が万引きしても、なかったことにするのはいつものことだ」

「とんでもないな」

「だから、こんなところに長居は無用ってこった」

やっとわかったかと言いたげに近藤は吐き捨てるとバンに乗り込み、先に発進させた。

真崎もレンタカーの運転席について発進させ、「美しが丘ニュータウン」を出た。

運転しつつ、助手席で黙りこくっている麻希に、できるだけ温和に告げた。

「頼むから、もう勝手に動かないでもらいたい」

デイパックを抱え込んだ姿勢で、小さくこたえた。

「ごめんなさい」

「なぜ携帯に出ない」

わずかに間があった。

「だって、これはわたしの問題だし」

「手助けはいらないってことか」

返事がなかった。

「こっちはただの仕事だ。必要ないなら勝手にすればいい。しかしこの件は、あんただけじゃ手に負えない」

「そうね。なんだか、そんな感じ」

「じゃ手助けは、いるんだな」

悔しいが認めざるをえないという様子でうなずいた。

「よし。それで、なにかわかったことは」

麻希が首を振った。

「ぜんぜん。片っ端から訊いてみたけど、昔のことだから知らないって」

「なかにはとぼけたやつもいたかもしれないな。あそこの連中は口が固い」

「みたいね」

「で、なんて名乗ったんだ」

「え」

「名前だよ」

「ああ。松原宏子」

「ま、本名じゃなく、松原宏子と名乗ったのは正解だ」

麻希は肩をすくめた。

「わたしだって馬鹿じゃないもの。なにか秘密がありそうなところに、失踪した家族の一員ですって身元あかして乗り込むはずないわ」

「そりゃそうだ。しかし、その失踪が本当にあったのかどうか」

「疑ってるの」

「そうじゃない。ただ、失踪については新聞ネタにもなっていないし、警察にも記録はない」

「そんな。いなくなったのは事実よ」

「だからこそ、おかしい」

「どういうこと」

「失踪のことを口止めしているやつがいるのかもしれない。となれば、町じゅうの家を聞いて回っても無駄ってことだ」

真崎はコートのポケットから、冊子を取り出して渡した。

「集会所にあるってのは、たぶんこいつだ。読んでもあんまり意味はない」

手に取って麻希が目を通し始めた。

「そこに載っている菅井昭次郎ってのが、あの町の地区長だった」

麻希はそのページを開き、そこに書かれている挨拶文を読んでいる。

「なにこれ。安全安心な町作りって。ぜんぜん具体的なこと言ってない。この人が考える町作りを安全安心なものって言いくるめてるだけじゃん」

なるほど、頭のいい娘だ。

「そいつは死んでるが、あとを継いだのが延川という男らしい」

冊子の次のページを示してみせると、麻希はその写真を目にして顔をしかめた。

「やな感じの顔」

「さっきの男たちは、その延川のところへ連れていこうとしたんだと思う」

麻希がちょっと上体を乗り出した。

「こいつがなにか知ってるわけね」

「まあ、待てよ。こっちから乗り込むにしても、その前に少し調べておきたいことがある。手ぶらで訪ねていっても知らないと言われるだけだ」

そんなやりとりをしているうちに「源泉館」が見えてきた。

駐車場にレンタカーを入れ、玄関を開けると、先に戻っていた近藤が奥から出てきた。

「あんたの使ってる座敷をとりあえず使ってくれ。あの子の部屋はあとでどこでも好きなところを使ってもらえばいい」

そう耳打ちすると、そのまま引っ込んでしまった。

真崎は麻希を連れて廊下を伝い、座敷に案内した。

「あの人、誰なの」

デイパックを肩から下ろすと、麻希はすぐに訊いてきた。

「近藤さん。この民宿のご主人だ。たまたまここに泊まったんだが、いろいろと協力してくれている」

向き合って座り、近藤が用意してくれていたポットから急須に湯を注いだ。

「町のこととは別に、よくわからないことがある。あんたが調べているなら、聞きたい」

茶碗を差し出しながら、口を開いた。麻希の目が用心深そうに向けられた。

「望月一家が失踪した。これは事実だろう」

麻希が茶碗を両手で囲み、口に持って行く。

「そうね」

「失踪したとき、親戚や知人、会社の同僚たちはどうしたんだろう。町に来て行方を知ろうとしなかったんだろうか」

「そういう人たち、知らないもの」

調べていないというつもりだったのだろうが、はっとした様子だった。

「それじゃ、まずはそいつを調べないとな」

真崎は携帯を取り出し、岩田法律事務所にかけた。

鼻に抜けたような小久保の声が応じた。

「あら、どうですか、そっち。なにか面白いものありましたか」

真崎だとわかると、急にくだけた口調で尋ねてきた。

「ナナちゃんはいないが、貝塚があるらしい」

「へえ」

さすがに興味はなさそうだったし、無駄話をしている暇もない。

「先生を頼む」

「いま地裁に行ってるんですけど」

「それじゃ伝言を頼む。調べてほしいことがある」

ちょっと待ってくださいと言いつつ、メモを取る態勢を整えるまで、しばし時間がかかった。

「どうぞ」

「ひとつは望月家のあった土地の登記がどうなっているのか」

住所と現在の住人の苗字を告げた。

「それから、望月夫妻の関係者で、失踪当時に一家を探した人がいるはずだ。親戚、友人、会社の同僚、そういった人を見つけ出してなにか気づいたことがあれば教えてほしい。こっちは先生に頼んであるが、聞いてないか」

「いえ、そういったことは」

困惑している返事だった。

「それじゃ、先生に催促してほしい」

「わかりました。おみやげよろしく」

弾んだ声で言うと、電話は切れた。

なぜ岩田は調べていないのか。

失踪当時はアメリカにいたとしても、帰国してから岩田喜久子は知人に問い合わせたはずだし、土地の登記についても調べただろう。ましてや弁護士資格があるのだ。さらに突っ込んだ調査をしようと思えばできたはずだ。

だから調べ直す必要がないのか。だとしたら、なぜ調べた情報を真崎に与えなかったのか。

調べたのに隠したか、あるいは調べなかったのか。

どちらにしても、岩田は望月一家の行方が判明するのを、あまり歓迎していないような気がする。麻希が本当の娘と気づいていながら、知らないふりをした気配すら感じられる。

では、それはなぜか。

岩田本人にもなにやら隠し事があるのではないかという疑念が、ここへきてきざした。

「それで、わたしたちはどうするの」

麻希の声に、真崎は背筋を伸ばした。

「その前に確認しておきたいんだが、アパレルの店に勤めているって言ってたよな。なんていう店だ」

すっと視線がそらされ、唇を噛んだ。

「マンションのお隣さんに教えてもらった。平和島の競艇場でチケット売りをしている。そうだな」

上体を左右に揺すり天井に目をやると、不貞腐れた調子でこたえた。

「まあ、そんなところね」

「なぜ本当のことを言わない」

「あんまり信用されそうな仕事じゃなかったから」

不満そうに睨んだ。

「たしかに、職業や学歴や出自で人を判断するやつもいる。そういうことで、いままで嫌な目に遭ったかもしれない。だから責めはしない。だが、あんたがおれを信頼できなければ、調査の手伝いなんかできない。わかるか」

いったん目を伏せ、そのまま素直にうなずいた。嘘をつくことはあっても、根は正直なのはわかっているつもりだった。周囲から身を守ろうとするとき、とっさにごまかす嘘が口をついて出る。

麻希はそういう人間なのだ。

「とにかく、これからはおれのことも信用してもらう。困ったことがあるなら、力になる」

「わかった」

麻希がうつむきがちに返事をした様子を目にして、真崎はまごついた。絵里に言いたかったことを自分は口にしている。そう気づいたからだ。

もちろん、だからといって慰めにも気休めにもなりはしなかった。

「ああ、そうだ」

まごついたのを気取《けど》られまいとして、ポケットから写真を取り出して渡した。

「岩田先生から預かってきた。これがお母さんらしい」

若いころの岩田と並んでいる女を示すと、麻希は目を見開いてしばらくその顔を見つめていた。それから少し照れた口調で尋ねてきた。

「似てるかな」

「全体的に似てるんじゃないか。目もとあたりはそっくりな気がする」

「自分じゃわからないな」

写真を返してこようとしたので、手で制した。

「持ってて、いい」

「ありがとう」

こそばゆそうに言うと、財布を取り出してその中に挟んだ。

「よし。で、朝飯は食ったのか」

「え。まだよ。ああいうとこ、朝食ないから。冷蔵庫にあったおつまみだけ」

「それじゃ、少し早いが昼飯にしよう。頼めばなにか出してくれるはずだ。ついでに近藤さんに話も聞く」

いったいなにを、と問うように、麻希の首がかしげられた。

「菅井昭次郎というのがどういう男なのか」

「え、死んでるんじゃないの」

不審げに麻希がつぶやいた。

そう、たしかに死んでいる。だが、死んでいたとしても、菅井が地区長だったのだから、なにかを知っていたに違いない。

六

望月の妻は良子さんといった。

わたしとはちょうど十歳違いで、子育てに手がかかる時期のせいか、こどもを介してかなりかかわりができた。ゴミのポリバケツを集積所から持ってきてあげたり、回覧板を持って行ってつぎの家に代わりに回してあげたり、考えてみればふたりのこどもを見るのが楽しみで、わたしのほうから近づいて行ったように思う。昼どきには余計に料理を作っては、ちょっといらっしゃいと誘い、こどもをまじえてよく食事もした。

良子さんのほうも迷惑がる様子もなく、わたしとのやりとりを楽しんでくれているようだった。

それまでのじめじめした生活が、いちどに晴れ渡ったような気分になった。自分にも、なにかしらの役割があるのだという思いが、ひさびさに起きたとでもいえばいいだろうか。

わたしと違って大学の法学部を出ている良子さんは社交的で、近所の人たちともすぐ仲良くなったらしいし、歯に衣着《きぬき》せぬ物言いをする人だったけれど、そういう人がまわりにいなかったから新鮮でもあった。

行き来を繰り返しているうちに、当たり前だが、互いの身の上を打ち明けるようになる。もちろん、すべてをさらけ出すわけではないにしても、黙っていようとしてもできなくなることもある。

五月半ばのことだった。

鳩羽地区ではこの時期、定期健診が診療所でおこなわれる。毎年希望者がレントゲンや血液検査を無料でしてもらえるのだ。わたしは良子さんを誘って幸太郎くんと麻希ちゃんとともに診療所へ出かけた。

地区の医療は、菅井地区長が以前自慢していたのを聞いたことがあった。地区長の肝いりで一流の大学病院の分院という格づけをされており、先端医療もいろいろと取り入れている。

そのことをわたしから聞いた良子さんは好奇心をそそられたのか、健診のサービスについて医師からあれこれ聞いていたようだ。

「定期健診と一緒に献血もやるのって珍しいですね」

健診の帰り際に良子さんは驚いた調子で尋ねてきた。

一般の献血と同じ条件を満たした希望者だけだが、たしかにやっていた。地区単位でそういうことをやっているのは珍しく、菅井地区長が率先して導入したらしい。「互いに助け合う」という地区の趣旨に合っていたからだろう。

わたしもかつては毎年規定量の二〇〇ccを献血してきた。もし貴之になにかあったときには「助け合い」で誰かの血を輸血してもらえると考えたからだ。

「献血してきたの、良子さん」

尋ねると、幸太郎くんの手を引きながら歩いていた顔が苦笑いを浮かべ、首を振った。

「地区の人たちで助け合うのはいいことだとは思うけれど、変に強制されているような感じがして。でも、木本さんもしなかったんでしょう」

尋ねられて、一瞬口ごもっていた。

「以前はやっていたけれど、もうしないわ」

貴之がいなくなり、もはや意味がなくなってしまったのに、献血するのは無駄だった。

なにかに気づいたようにちょっと表情を引き締めた良子さんは、相槌を打っただけだった。

そんなやりとりのあと、家の前までやってくると、良子さんはお茶をごちそうしてほしいと言い出した。わたしもなんとなく貴之のことを思い出してしまったせいか、ひとりで家に戻るのが嫌だったし、大歓迎だった。

最初はいつものようにダイニングで無駄話をしていただけだったが、ふいに良子さんがさりげない調子で切り出した。

「御挨拶させてもらってもいいですか」

最初なにを言っているのかわからなかった。すると、お茶を飲んでいたダイニングから居間の仏壇に目をやってつづけた。

「最初うかがったときから、思ってたんです」

それは貴之の一件を知っていたという意味だった。わたしとしても、拒む理由などない。会ったことのない貴之のことを気にかけてくれるだけでもうれしかった。

良子さんは幸太郎くんをうながして仏壇の前に座ると、ふたりで線香をあげ、両手を合わせてくれた。

考えてみれば、引っ越してきて近所の者と近しくなったら、わたしが口にしなくとも、ほとんど最初のころにあの一件が話題になるのは予想がついていた。わたしとしても、素知らぬふりを決め込んで、いつまで黙っていられるかわからなかったし、いつか話さなければとは思っていたのだ。ただ、自分から切り出すふんぎりがつかないでいただけだ。

その意味では、健診で献血の話をしたのがきっかけになってくれたのだ。わたしが以前は献血していたのにやめたと口にしたことで、きっとそれが貴之にかかわっているのだと察したのだ。

良子さんも、たぶん気詰まりだったのだろう。打ち明けるなら早い方がいいのはたしかだった。何年も近所づきあいをしたあとで、実は、ということになれば、それはそれで気まずいものになってしまう。

ところが、いったんそうなると、わたしの口は止まらなくなっていた。くわしく聞きたいと請われたわけでもないのに、貴之の件を事細かに良子さんに向かって話し出していた。

あの日夕飯のおかずのハンバーグを作っていたところから始めて、翌日の昼ごろに変わり果てた貴之を目にして取り乱したところまで。一連の出来事が目の前に再現されているような気になったものだ。

良子さんは口をはさまず、じっと親身になって聞き入ってくれていた。

そこで、ああそうかと気づいた。

わたしは誰かに話を聞いてほしかったのだ。事件から二年以上経っていたけれど、わたしの話を聞いてくれる人が、それまでひとりもいなかったのだ、と。

ご近所にかぎらず、わたしを見知っている町の人たちは初めのうち外で行き合うと、お悔やみを口にし、同情した顔をしてくれた。でも、しばらくしてからは貴之のことに触れないような話題ばかりをひとしきりして、逃げるように失礼しますと言って去って行った。気をつかってくれていたのかもしれないが、面倒くさい話をするのが嫌だったのかもしれない。

貴之を失った悲しみや絶望は、ほかの人には実感としてわかりはしない。それはそうなのだが、わたしの思いを聞いて、心底から一緒に悲しんでくれた者がそれまでいただろうか。夫でさえ、事件当初はともかく、しばらくすると、貴之の話を持ち出すわたしをうっとうしそうな顔で見るようになっていた。町の住人ならなおさらだ。

でも、良子さんは違った。幸太郎くんと麻希ちゃんを抱えるようにして、わたしの話を聞いてくれた。

「ごめんなさい、つい」

ふと我にかえってあやまると、良子さんは大きく首を振った。

「ここへ来てから事情をお聞きして、たしか新聞の記事を見た記憶があったもので。すみません、思い出したくもないことを」

「いいのよ、さっぱりできたわ」

そうこたえたとき、不思議そうな顔でわたしを見ている幸太郎くんの視線にぶつかり、涙を流しているのにやっと気づいた。あわててハンカチを取り出して目元をぬぐい、笑ってみせた。

「話を聞いてくれてありがとう」

「いえ、そんなこと」

言いさして、良子さんはちょっと迷った気配を見せてから、思い切った調子で尋ねてきた。

「ただ、町の人が自分たちの手で犯人を捕まえようとして抗議に行ったって、自慢そうに話すのが、ちょっと」

わたしの様子をうかがうのか、また言葉を切った。

樽町団地に押しかけたときのことを言っているのはわかった。

「そうね。そんなこと自慢したってなんにもなりはしないし。それに、犯人が誰だとしても、貴之は戻ってこない」

「憎いとは思わないんですか」

良子さんの視線が仏壇の写真に向けられ、つられてわたしも目をやった。

「そう思って貴之が戻ってくるなら、いくらでも思うけれど」

「寛容なんですね」

「そうかしら」

すると良子さんは幸太郎くんを引き寄せた。

「もし、同じことをされたら、わたしなら許さないと思います」

わたしはうなずいてみせた。そう考える人がいても、おかしくはない。いや、そちらの方が多いだろう。

「でも貴之は、まだ一緒にいるもの」

うっかりそうつぶやいてしまったら、良子さんの顔に怪訝《けげん》そうな色が浮かんだ。わたしはカーテンをすかして見える庭へ視線を向けた。

「あそこに梅の木があるでしょ。あの下に遺骨の一部を埋めてあるの。命日のころになると、白い花でいっぱいになってくれるのよ」

つられて目をやっていた良子さんが納得したようにうなずいた。

「そうでしたか。もう少し引っ越してくるのが早ければ見られたんですね」

「また来年も咲くわ」

「きっと綺麗なんでしょうね。わたし大好きなんです、梅の花」

「だったら、来年咲いたら、少しわけてあげるわ」

「いいんですか」

わたしはちょっと梅の木に目を向けてから、おどけてほほ笑んだ。

「いま、貴之がいいよって言ったわ」

思いがけず良子さんが笑った。その笑顔を目にして、久しぶりに心からわたしも笑えた。

ちょうど話の切り上げどきだと思ったのか、良子さんは立ち上がり、お茶のお礼を口にして三人で帰って行った。

それからもしばしば家を行き来したけれど、貴之の話はそれきり出なかった。一度聞いてもらったからか、わたしから持ち出そうという気も起きなかった。

そして、夏が近づくころ、一枚の紙がポストに投げ入れられたのだった。

「鳩羽地区のみなさん
南B2の住人はこの町の安全安心をかき乱そうとしています。特に妻の方があれこれ嗅ぎまわり、わたしたちを中傷しようとしているのです。この町の住人としては不適格としか言いようがありません。気をつけましょう。」

ワープロ印刷で、誰が書いたのかわからない。

わたしの家は南B1で、隣の望月家が南B2だった。

つまり、妻というのは、良子さんのことだった。

いったい何が起きているのか、わからなかった。「わたしたちを中傷しようとしている」とはどういうことなのか。

とうぜん、わたしはその紙を良子さんには見せなかったし、問い質しもしなかった。そんなことがあるはずはないと信じていたからだ。
でも、わたしひとりが黙っていても、「町」は黙っていなかった。

第三章　それは誰のためのものか

……父はへいぼんなサラリーマンだと思います。たぶん自分でもそう思っているでしょう。でも、この前会社に行って、父のやっている仕事を見学しました。会社で作った自動車を売ったあと、安全を守るために気にかけるようなせきにんのある仕事でした。多くの人からしんらいされていなければやっていけない仕事だと思いました。そんな父を、わたしはそんけいしています。

一

菅井昭次郎とは何者なのか。

近藤が出してくれた豚肉の生姜焼きと目玉焼きで昼食を終えたあと、知っていることならなんでもいいから教えてほしいと、真崎は頼んだ。

座敷で真崎と麻希を前にして、しばし言い淀《よど》んでいた近藤がぽつぽつと話したところによると、じつは同じ中学の出身なのだという。これは意外だった。

「あっちのほうが十歳くらい上だから、学校で一緒になったことはないがな。優秀なやつってことで、有名だった」

苦々しげにこたえた。つまり、このあたりの出身だというのだ。

近藤の説明によると、菅井の家は小作で苦労はしたらしい。それでも高校は進学校へ進み、大学は東京。それきりここを離れていた。そのうち両親も亡くなり、突然戻ってきたのだという。

「あの町ができる二年ほど前か。それまで議員秘書をやっていたらしい」

真崎はテーブルに開いてあった冊子「鳩羽地区のあゆみ」に載っている菅井昭次郎の写真に目を落とした。温和な顔つきの男は、そう言われれば優秀でそつのない人物に映る。少なくとも違和感はない。

「で、与久那町の町議になった」

「鳩羽地区長のことですか」

「いや。与久那町議はれっきとした公務員だ。鳩羽地区長ってのは、あの地区で勝手に取り決めてる役職だ」

「両方を兼務していたと」

「そうなるな」

議員秘書だった関係で与党の公認も受けて町議になったようで、国政選挙などでは議員の後援も引き受けていたらしい。長い間離れていたとはいえ、地元だからあっさり当選した。

「なぜ鳩羽地区に住むようになったんです」

近藤は茶を啜り、顔をしかめた。

「不動産屋だよ」

「どういうことですか」

「宣伝てとこか。何人かの地元の名士に格安で移ってきてもらって、新興地に箔《はく》をつけようってことさ。それが呼び水になって、高級住宅地になったってわけだ」

最初に住み始めたのは、そういった家も含めて二十家族ほどだったという。その住人たちが「自治」の名目で地区長を選び、町の運営にかかわるさまざまな役職を作ったらしい。

「まあ、わからなくはない。駅や幹線道路からはかなり離れているし、まわりは畑ばかりだ。地元の人間ともあまり接触はない。自分たちの住む町をいいものにしようと意気込んだんだ。いまはバスが来ているが、最初はそんなものはなかった。菅井が地区長に選ばれて、バス会社と交渉してな。不動産屋が頼み込んでも時間がかかるだろうが、町議の菅井はあっさり路線を持ってこられた」

「利用価値があるってことね」

麻希がうなずいた。

「で、その不動産屋ってのが、延川なんだ」

「ほう。松尾が土建屋で延川が不動産屋ってわけか」

真崎は考え込みつつ、つぶやいた。不動産屋と土建屋がつるんでいるなら、そこになにかしらありそうに思えた。

延川の名前が出たので、麻希がちらりと目を走らせてきた。それから近藤に向かって尋ねた。

「菅井って人は死んでるのに、なぜ延川って人はまだ地区長代理なの」

「菅井昭次郎ってのは人望もあって、人格者だった。だから自分が地区長になるより、菅井の威光を利用しようってことだと思う」

なにかを決めるとき「菅井だったらこうしたはずだ」と言い張れば、誰も反対を口にできないということのようだ。昨夜は酒が入っていたせいか理由など知らないと言っていたが、麻希を救い出したこともあって、真崎たちに協力する気になっているらしい。

近藤の父が土地を売ったのは延川ではなく、いくつかの不動産屋の手を渡って、最後に延川のところに行ったという。つまり土地ころがしだ。だから、近藤は延川を直接知っているわけではなかった。いまでは不動産業は娘婿《むすめむこ》にやらせて本人は悠々自適らしい。

「まあ、あの町は最初から変わってたのさ。分譲開始のあとすぐ、近所にコンビニが進出してこようとしたら、不良のたまり場になるからと反対したしな。小売店もだ。まあ、バスを引っ張ってくるためだったのかもしれんが」

「それじゃ、周辺が畑ばっかりなのは、自然を守るためってことかしら」

麻希の問いに、近藤は短く笑った。

「かもしれんな」

「医院も見かけませんね。病気になったら、どうしてるんです」

「手抜かりはないさ。町の中に診療所が一軒ある。診療所って言っても、どこかの大学病院の分院扱いだそうだ。これも菅井が誘致したらしい。最近は年寄りが増えて、生活に支障があるとなれば、さっさと介護施設へ送り込んでるって噂だ」

そこで近藤がテーブルを軽く叩いた。

「そういや、面白い話があってな。付近の住人はひとしきりあげつらったもんだ」

全国的にインフルエンザが流行したとき、町の住人は過剰に反応した。感染症ということもあり、外部から入ってくる者をすべて拒否した。マスクをしていようがいまいが、である。新聞配達、郵便、デリバリーといった者はむろん、各家庭への訪問者も町の入り口で追い返された。

「配達できないの、まずいでしょ」

麻希があきれつつ尋ねる。

「まあな。で、町の入り口に仮設のテントを並べて、そこへ全部置いていかせたらしい。しかも、全部消毒してから住人が取っていくようにしていた」

それだけなら笑い話で済んだが、宅配の品物や新聞、私信を勝手に持っていってしまう「事件」が頻発した。いっとき犯人探しをしたらしいが、結論は外部から何者かがやってきて盗んでいったことになったという。

「ひどいな、そいつは」

「町の住人にそんなことをする者はいないっていう、例の理屈さ」

しかも、そこまでしてもインフルエンザは町に広がった。

「すると今度は誰が町に持ち込んだかってことになってな。こいつばかりは外部から来た者じゃない。通勤か通学していた連中の中にいる。で、また犯人探しだ」

「犯人がいないと安心できないのね」

皮肉った麻希の言葉は、案外的を射ているようだ。

住人たちは診療所の医師を使って感染経路を調べさせ、ある家の中学生だと「特定」したという。

「そいつが本当なのかどうかも問題でな。噂によると、周囲から嫌われていた一家だったらしい。結局、一家は町から出て行った」

真崎と麻希は顔を見合わせた。呆れて物が言えないとは、このことだった。

「しかし、その手の話なら、ネットで話題になってもおかしくないと思いますが」

近藤が片手を振ってみせた。

「あそこは、町のことを否定的に扱っているネット記事をチェックしているらしい。なんでも広報係とかいうのがあるんだそうだ。そこには町の批判記事に抗議の書き込みをする担当がいるって話だ。一人で何人もに見せかけて抗議するわけだな。自分たちがいかに安全安心な町作りをしているかを主張し、そういうことを馬鹿にしたりするのは許しがたい、というのが言い分だ」

試すように近藤は言葉を切り、真崎と麻希に目を向けた。

「なるほど。起きたことの良し悪しはすっ飛ばして、気に入らないことを言う者は全部自分たちを馬鹿にしているから許しがたいってことか」

「そういうことだ。最初はまともにいい町を作ろうとしていたかもしれんが、いまじゃ、それを盾に気に入らないものに抗議する」

「菅井はどうしてしまったんですか。それまでは曲がりなりにもまともな運営をしていたのに」

するとら近藤は茶碗をテーブルに置き、身体を乗り出してきた。

「菅井じゃなく、延川だ。つまりは神輿《みこし》だよ。町議を辞めたあとも表向きは菅井が地区長をやっていた。だが、実質的に町を仕切っていたのは、延川だ。いま話したインフルエンザの一件も、地区長は菅井だったが、延川が代理を始めたあとの話だ」

じっさい、菅井と入れ替わりで町議にもなり、三十周年記念の冊子を作ったのも延川だそうだ。

ふたたび冊子に目をやった。菅井の温和な写真の背後に、延川という男がひそんでいる。そう思って見ると、なにやら薄気味悪いのはたしかだ。

「たぶん、そこに載っている菅井の文章も延川が書いたんだろう。ともかく、きっかけになったのがきのう話した誘拐事件だ。菅井としては、理想を口にしていたはいいが、事件は失態だった」

「どういうこと、それ」

麻希が聞きとがめた。

真崎がざっと事件について説明すると、さらに近藤がつけ加えた。

「そればかりじゃない。事件のとき、住民を率先して犯人探しをしたのも延川なんだ。犯人は自分たちの手で探し出さなくてはならない。表向きはそういうことだったが、延川としては事件のせいで土地の評価額が下がっては困るというのが本音だったと思う」

「え、もしかして」

麻希が口を開きかけて、やめた。

「なんだ」

真崎が先をうながすと、おそるおそるつづけた。

「犯人見つけて、リンチしたとか」

近藤が苦笑をもらした。

「そこまではしなかったようだが、近いことはやったらしい。犯人だと目星をつけたガイジンのいる団地まで住民が押しかけて、自首しろと抗議したそうだ」

その言葉を耳にして、ふと真崎は疑問を抱いた。

「住民は、どうやって怪しいと思われる人物に行きついたんですか。普通に考えれば警察より先にたどり着けるとは思えない」

当時を思い出すように視線を庭の方に向けた近藤は、記憶を確かめつつ口を開いた。

「たしか、最初は噂が流れたって話だった」

事件の少し前、町の中を不審者がうろついていた。あいさつしても、言葉が通じなかった。事件のあった日に、大きなバッグのようなものを抱えて町から出て行く人影を見た。そうやって色々な噂が流れるうち、樽町団地にいた外国人の名前が浮かんできた。

「噂だけで押しかけたんですか」

近藤が肩をすくめた。

「噂だけで、連中にはじゅうぶんなんだ」

「なんだか、最初から犯人だって、決めつけてたみたい」

さきほどのインフルエンザの話が頭に残っているらしく、いぶかしげな声で麻希がつぶやいた。

「ところで、菅井の遺族はまだあそこに住んでいるんですか」

「いや。女房はたしか誘拐事件のあとあたりに亡くなってる。ひとり息子はノイローゼだかなんだか、大学を中退してブラブラしてた。こっちも母親が亡くなってすぐ、どこかへ出て行ったらしく、いなくなった。親が立派すぎたんだろうな。あとで聞いたが、交通事故で死んだらしい。結局菅井はひとりで住んでたわけだ。で、五年前に胃癌でな」

「ということは、いまは誰もいない、と」

「そうなるな」

「家は」

「まだあるが、延川が買い取ったようだ。別邸のつもりか、のちのち誰かに高く売るつもりなんだろう。残ってるのは菅井の威光だけってわけだ」

つまり、望月一家が失踪したときには、菅井は生きていた。しかし、そのときにはすでに延川が町を仕切っていたということになる。

麻希が真崎に目を向けてきた。

真崎は立ち上がった。

「なんだ、どうするつもりだ」

「延川に会ってきます」

見上げてきた近藤にこたえると、麻希も横で立ち上がった。

「わたしも」

「おい、大丈夫か」

あわてて胡坐《あぐら》から立膝になった近藤が、ふたりを交互に見やった。

「話を聞くだけです」

とはいえ、麻希を連れていくのはどうかと思った。午前中に男たちから引き離してきたばかりだ。だが、ここにいろと命じて素直に従うとも思えない。勝手に動かれるよりはいいだろう。

近藤から延川の家の住所と、町のどのあたりなのかを教えてもらい、なにかあれば連絡すると言い置いて、ふたりはレンタカーで町へ向かった。

午前中は晴れていたが、昼を過ぎて雲が垂れ込めだしている。

幹線道路から町へ向かう一本道にさしかかるあたりまでは互いに沈黙していたが、ふいに麻希が口を開いた。

「言いたくないならいいんだけど」

「なんだ」

「真崎さんて、家族は」

「突然どうした」

戸惑いを隠そうとして、真崎は平静を装った。

「なんとなくね。さっき誘拐の話を聞いてたとき、ちょっと目つきが変わったような気がしたから」

自分ではわからなかったが、麻希は気づいたらしい。

黙って一本道にハンドルを切り、しばらく緩やかな坂をあがっていく。打ち明けるかどうか、迷った。いまさら話しても仕方のないことだが。

「娘がひとり」

それだけこたえた。

「あ、そうなんだ」

麻希はあっさりと受け、別の質問が飛んできた。

「この仕事、面白いですか」

「どうかな。面白いかどうかはわからないが、やりがいはある」

「どんなところが」

少し考えてから、正直にこたえた。

「やっちゃいけないことと知っていながら、それでもやらなくてはならないような立場に追い込まれるようなことはない」

「へえ」

「金にはならないがな」

冗談めかしたが、麻希はさらに尋ねてきた。

「四年前からあの事務所で働いてるって言ってたけど、その前はなにやってたの」

あわてて視線を麻希に走らせた。

「なぜ」

麻希がシートに背をもたせかけ、両足を伸ばした。

「真崎さんはわたしのこといろいろ知ってるのに、わたしは知らないって、ずるいもの」

たしかに、一理はあった。

「前はサラリーマンだった。自動車会社の」

「反対されなかったの、奥さんとか」

「そのときには離婚していた」

つい口ごもった。なぜか絵里のことを口にするのがためらわれた。

「娘はむこうに行ってしまったし」

麻希がため息をついた。

「じゃ、寂しい中年ってとこね」

「寂しくない中年なんてありゃしないんだ」

似たようなことを口にした記憶があった。

「でもさ、家族を知ってるだけマシだね」

さりげない口振りだったが、麻希にとっては重いことに違いない。

もっとも、知っているからこそ背負わなくてはならないものもあるのだ。

「とにかく、あんたの家族の行方ははっきりとさせてみせる」

ことさら口にすることでもなかったが、内心を気取られまいとして、そうこたえた。

やがて「美しが丘ニュータウン　ここより鳩羽地区」の看板が見えてきた。ちょうど駅行きのバスがやってきて看板のところですれ違った。

「ねえ。延川って人のところに行く前にさ」

「なんだ」

尋ねると、ためらいがちにつづけた。

「家族の住んでいた場所に、行ってみたい」

そう言われて、麻希に住所の詳細を教えていなかったことを思い出した。町には来たものの、どこに住んでいたのかわからず途方に暮れていたのだろう。かつて自分が住んでいたかもしれない場所を見たいという気持ちはよくわかる。それに、先にいまの住人を訪ねて話を聞くのも悪くはない。

真崎は南Bへと車を向かわせた。

四時間ほど経っていたが、男たちが周辺にいないことをたしかめつつ車を進める。人通りのない南Bの道に車を入れ、B２の前に横づけして停めた。

「ここだ」

麻希は助手席からじっと家に目を向けている。建て直したかもしれないが、その土地こそが自分の原点なのだと言い聞かせているようにもうかがえた。

「どうする。一緒に来るか」

「もちろん」

我に返った麻希が、力強くこたえた。B1とB2はちょうど左右対称に敷地が整備されていて、三段ほどの階段をあがって門扉が並ぶ格好だった。B1は「木本」B2は「豊島《とよしま》」と苗字だけの表札が掲げられている。

ふいに甘い香りが鼻をかすめ、塀越しに木本家の庭に目をやった。

昨夜は暗かったからよく見えなかったが、かなり大きな白梅の木だった。どの枝も満開に近く花をつけていた。その木の下にかがんでいた姿が塀の向こう側でつい近くに立ち上がった。

右手に植木用の鋏、左手に切り取った花枝を何本か持った初老の女だった。茶色のスラックスに紫のカーディガンをはおっている。六十過ぎくらいだろうか。白髪の混じった髪はセットされ、薄く化粧もしているようだった。ただ、ほっそりした顔には、疲れがうかがえる。

「こんにちは」

階段のところまで行って声をかけると女はやっと気づいたらしく、真崎を認めて軽く会釈をした。

「きれいに咲きましたね」

「ええ。植えてから二十年近くになりますけど、毎年花をいっぱいつけてくれて」しみじみと嬉しそうにこたえた。

となれば、知っているはずだ。

「ちょっとお隣のことでお訊きしたいことがあるんです」

ちらりと不審げな色が目に浮かんだ。

「以前、隣に望月さんという一家がいたと思うんですが」

その問いが聞こえなかったように、女の見開かれた目が真崎の背後に向けられた。

そこにいるのは車から降り立った麻希だった。だが、女はすぐに気を取り直したらしく、軽く頭を振ったあと、真崎に目を戻してきた。

「ごめんなさい。何だったかしら」

真崎はもう一度質問した。

「長くはいなかったようですが、十九年ほど前のことです。その梅と同じくらいになります」

「どうでしたかしら。お隣さんは何度も替わられてますから」

目を伏せ、失礼しますと頭を下げると、背中を向けて家の方に歩いて行ってしまった。

「どの家も、あんな感じなのよね」

後ろから麻希の不愉快そうな声が聞こえた。

「なるほどな。きのうは何軒回ったんだ」

「五十軒くらいかな。もっとかも」

「大したもんだ」

答えておいて隣り合っている門の前に立ち、インターホンを押した。

塀越しに目をやると、広い庭に三輪車が乗り捨てられているのが見えた。二階建てで敷地は百坪ほどだろうか。あらためて見上げると豪邸とまでは行かないが、それなりの収入がなければ住めないと思えた。

待つうちにインターホンから女の甲高《かんだか》い声が届いた。

「横浜の法律事務所から来た者ですが、お隣のことでお訊きしたいことがありまして」

「はあ」

しばしためらう間があってから、どうぞとこたえた。

真崎は麻希に顔を向け、人差し指を立ててみせた。

「訪問するときは、ちょっと工夫が必要ってことだ」

「覚えておくわ」

あきれた声が返ってきた。

門から敷石を進んでいくと、大振りな木製の玄関扉が開き、三十年配の女が顔をのぞかせていた。長めのスカートにセーターを着ている。

ひと目見て、昨夜すれ違った女だと気づいた。ここに住んでいるにもかかわらず、挨拶を返しもせずに、自宅を通り過ぎて歩き去ったのだ。おそらくその直前に真崎が家と表札を見ていたのを目撃し、怪しんでいたのだろう。だが幸いにも、女は真崎を覚えていないようだ。

「急に申し訳ありません」

真崎は名刺を差し出した。女は受け取るとじっと名刺に目をやって確認してから、顔を向けた。麻希のことは助手だと説明すると、気にする風もなくうなずいた。

「じつはある方から様子をみてきてほしいと頼まれましてね」

「というと」

真崎は困ったような笑みを浮かべてみせた。

「立場上あまりくわしくは申し上げられませんが、よくある遺産相続の問題とお考えください」

「ああ」

それで女は納得したようだ。

「お隣の木本さんは、いつごろからここに住んでいらっしゃいますか」

「うちが来たときにはもういらっしゃいましたからね。よくは知りませんけど、三十年くらいじゃないかしら」

「つまり十九年前にはこちらにいらっしゃった、と」

「と思いますよ。うちはここに越してきてまだ四年くらいですけど、それくらいはいらっしゃるんじゃないかしら」

「お隣ですから、仲はよろしいですか」

女の顔に警戒感が走った。

「どういうことです、それ」

「ご近所とのお付き合いがうまくできる方かどうか、ということですが」

「まあ、そこそこだと思いますよ。ただ」

言いかけて、まずいという顔になった。

「どんなことでもお話しいただけると助かります。守秘義務がありますし、誰から聞いたのかということも依頼人には知られません」

つとめて真面目な顔で促した。

「あんまり明るくはないかもしれませんね」

そのあと声をひそめた。

「ちょっと精神的に問題があるって話もあるんですけどね」

「ほう。ところで、こちらの敷地に以前住んでいた方のことはご存じでしょうか」

「さあ、わかりませんが」

「こちらを買うとき、不動産屋からも聞いていませんか」

「それ、お隣と何か関係あるんですか」

口をとがらせた。

真崎はそこで女の耳に顔を少し近づけた。

「じつをいうと、依頼人は以前こちらにお住まいだった方でして。望月さんといいます」

女はまったく反応を示さなかった。

「ご家族は亡くなられて奥さまがおひとりなんですが、遺言書の作成を依頼されましてね。以前こちらにいたときお世話になった木本さんに、遺産を残したいと」

その額を知りたそうな顔になった。

「木本さんから、望月さんのことなどお聞きになっていませんか」

「いまちょっと思い出せませんけど」

気を持たせる言い方をした。

「では、何か思い出したら、名刺の連絡先にご一報ください」

一礼して、真崎は玄関を離れた。麻希もあとに続く。

「あんまり成果なかったみたいだけど」

皮肉めいた調子で麻希が首をかしげた。

「そんなことはない。木本という人物はずっとここに住んでいた。だから望月一家を知っているのは間違いない。それがわかっただけでも成果じゃないか」

「まあ、そうか。でも、さっきの様子だと話してくれそうもないと思うな」

「すぐには無理かもしれない。まずは延川という男に会ってみようじゃないか。そっちから話を聞き出すのが筋だしな」

こたえつつ車に乗り込もうとしたとき、ドアを開けかかった麻希がはっとしたようにあたりに目をやった。

「どうした」

尋ねても、しばし周囲に視線をやったまま、息をつめている。

「なんか、見られている気が」

麻希の声は、かすかに警戒感をにじませていた。

真崎も一瞬周囲に目を走らせた。だが、わからない。防犯カメラも見当たらない。それがかえって奇妙だった。外部からの侵入者を警戒しているにもかかわらず、防犯カメラらしきものがどの家にもつけられていない。

なるほどと思った。

「気にしていても仕方ない。行くぞ」

言い捨ててさっさと乗り込んだ。

機械などに頼らず「自分たちの手で」町を守ろうということなのだろう。監視くらいしていてもおかしくはない。

それがこの町なのだ。

二

昼間、町にいるのは女と老人とこどもだけだ。夫たちは仕事に出ている。だから、女たちの力が発揮される。もちろん、すべての主婦が町の動きに目を光らせているわけではないにしても、主婦が防犯に重要な役割を果たしていることに違いはなかった。

「なにか知らないか」

ほとんど会話をしなくなっていた夫が、急に尋ねてきたのは、変な文書がポストに入れられてから一週間ほど経ってからだった。

お隣の望月さんの妻がおかしいというのだ。

「そんなことないわ」

不快感とともに、わたしはこたえた。

「良子さんて、いい人よ」

「どうだかな」

ネクタイを緩め、ソファに身体をあずけつつ、夫は吐き捨てた。

「今夜の集会で、いろいろ出てきた」

「防犯の集会でなにが出たっていうのよ」

「だから、おかしいってことがだ」

変な文書のことなど夫に言いはしなかったが、なにか良子さんのことで問題が起きているのはたしかなようだった。

「あちこちで町のやり方に口をはさんでいるそうだ」

夫の説明によれば、公園に遊具を設置しろだの、ゴミ出しのルールを守らなかったときの罰金や夜出歩いてはいけないというのはおかしいだの、地区の役員は持ち回りにするべきだの、必ず町の係に加わらなければいけない謂《いわ》れなどないだの、言われてみればそうだと思えることがらを口にしているらしい。

いや、変だと思っている者はあまりいないかもしれない。「この町ではそういうものなのだから、従うのが当たり前だ」と、周囲から言われ、そのうちになにも違和感を感じなくなる。わたしにしても、特に生活に支障がないかぎり、なんとなくそうなっているのを認めているといってもよかった。良子さんのようにあらためて口にすると角が立つからだ。

「まだ町に来たばかりだもの。仕方ないわ」

「そんなことはない。ほかにも町に越してきている家はあるが、文句なんか出ない。隣だけだ」

望月家の方に顎をしゃくってみせた。

「ほかにもある。防犯上の理由で、今後外部から客を呼ぶときには、各家庭から前もって人数と性別と国籍を記したものを出して貰おうという話になっている。どこで聞きつけたのか知らないが、それにも文句をつけているらしい」

そんな話が出ているのは、そのとき知った。いままでも町の住人は外部から客をあまり呼んだりしない。あとで誰だったのか、どういう素性の者なのか、近所の物好きがそれとなく聞きだそうとするからだった。それを前もって届けさせるつもりらしい。

「良子さんは、そのことにどういう文句をつけてるの」

「おのおの家庭のことなんだから、そんな届け出なんかするのはおかしいそうだ」

「わたしもそう思うわ」

「なんだと」

夫がダイニングにいるわたしを睨みつけた。

「だって、その通りだもの。誰をお客さんに呼んだって、そんなこと勝手なはずよ」

「おい」

両手でソファを叩く音がした。

「忘れたのか。貴之はガイジンに殺されたんだぞ。町に入ってくる人間に怪しいやつがいるかもしれないんだ」

貴之のことを引き合いに出されて、わたしは一瞬口をつぐんだ。だが、それとこれとは関係ない。だいいち、グエンは犯人ではなかったではないか。

夫はわたしを言い負かしたと思ったのか、声を和らげた。

「外から勝手に入ってきたやつが伝染病を持ってたらどうだ。誰も知らないうちに感染するんだ。そんなことになってもいいのか。これは町のためなんだ。安全で安心な町にするためだ」

大きく息をつくと、この話は終わりだというつもりか、そのまま二階にあがっていってしまった。

頑迷《がんめい》、という言葉が頭をよぎった。

防犯係に加わってから夫が変わったのは承知していたけれど、よりによって良子さんをやり玉にあげるなんて。

そのときは、そう思ったし、だからといって良子さんとの付き合いをやめるつもりなどなかった。夫もお隣さんとの行き来をするなとは言わなかった。

でも、この一件が微妙にわたしの気持ちに重しをかけた。

頭では良子さんとの関係はいままで通りでいいのだと考えていても、ふと気持ちが自分を押しとどめる。

もし良子さんと同じだと思われてしまったら。

いままでは貴之の件があったせいで、特別扱いされていたと言ってもいい。ちょっとした決まり事を守らなかったとしても、「あの家は特別だから」という目で見られていた。夫が防犯係の役員だということもあるだろう。

もちろん、そんなことがなかったとしても、周囲とはうまくやってきたつもりだった。

それが、良子さんと行き来をつづけることで崩れてしまうとしたら。

考えまいとしても、つい頭はそちらに向かい、その結果を思い描いてしまった。

いままでも、似たようなことはあった。町を出て行ったのは、会社が倒産したりしてローンが支払えなくなったような家庭ばかりではない。どこからか、本当か嘘かわからない噂が流れ、周囲から浮いてしまい、相手にされなくなった家もある。ほんのちょっとしたことが原因になるのだ。

たとえば、どこかの奥さんがブランドもののバッグを見せびらかした。わざわざ見せびらかすつもりではなく、たまたま出かけるとき出くわした奥さんに尋ねられ、これブランドものなの、と恥ずかしげに漏らしただけだとしても、それが「見せびらかした」になり、「もともと傲慢《ごうまん》な態度を取る人だった」となり、「陰で自分たちのことを見下し、悪態をついている」となり、ついには「みんなで協力して町を作ろうとする努力を乱している」になって行く。

そしていたたまれなくなって引っ越していくのだ。

昼の間ずっと町にいる主婦たちは、防犯に重要な役割も果たしたけれど、こういう意見を形作ることにも一役かっていた。

良子さんを中傷した文書も、そのひとつにほかならない。

いままで文書がばら撒かれたというのを聞いたことはないから、それだけ町の主婦たちが反感と敵意を持っているのだということがわかる。

むろんわたしは反感も敵意もまったくないが、反感と敵意を向けられるのも嫌だった。

夫の口にした「伝染病を知らないうちにうつされる」という言い分が、頭の中を行き交った。もしかするとわたしは、知らないうちに「伝染病」をうつされているのかもしれない。だから良子さんに反感も敵意も抱かないのかもしれない。

もしそうならば、わたし自身が町の住人から反感と敵意を持たれてしまうことになる。

もしかすると、いままで「特別扱い」だったことや、夫が防犯係の役員であることまで反感を持たれる理由になるかもしれない。そして、この町にいられなくなる。貴之との思い出が残されているこの町を出て行くなんて。

それは考えられないことだった。

かといって、これまでの良子さんとのつきあいをぱったりとやめてしまうのは、はばかられた。

こちらからは誘わない。良子さんから誘われても、用があるといって断る。そうやって少しずつ疎遠になっていくことで、わたしは自分の中でバランスを取った。

いや、取ったつもりになっていた。

三

延川善治の家は、東公園と南公園の中間地点にあった。

自分の開発した分譲地だからなのか、一等地と言っていい場所に豪邸が建てられていた。鳩羽地区でもいちばん高台で、駅の向こうまで見通せる。

鉄門を半分ほど塞ぐ形で車を横づけし、潜り戸につけられているインターホンを押した。

待ち構えていたように女の声が返事をした。先ほどと同様に横浜の法律事務所の者と名乗り、望月家の失踪について調べているので話を聞きたいと用件を伝えると、潜り戸の鍵が遠隔操作で開けられ、真崎は麻希を従えて中へ入った。

玉砂利の敷かれた中に作られたコンクリートの道を伝っていくと、正面に漆喰《しっくい》塗の洋風に作られた屋敷が現れた。建物だけで百坪はありそうだった。

すでに玄関には年配の女が立って、遠くから会釈をしてみせた。

「延川の妻でございます」

家政婦と間違えてもらっては困ると言いたげな口調だった。身なりは屋敷にくらべて質素だが、それでもカーディガンやスラックスは高級なものらしい。

あらためて真崎と麻希が名乗ると、楽に軽自動車が通り抜けられそうな玄関を上がり、応接間に通された。

ソファに腰を下ろした麻希は落ち着かない様子で部屋を見回している。暖炉があり、ヨーロッパの港町らしい大きな油絵がかけられていた。絨毯《じゅうたん》も値が張っているようだった。

「ほかの家とは、違うのね」

「ここを作った不動産屋だからな」

驚いた声をあげた麻希に、真崎は嫌味めかしてこたえた。ここまで差がありすぎるとは予想もしていなかったが、成金趣味の臭いはそこここに感じられる。

やがてドアがノックされ、男が入ってきた。

「どうも、いらっしゃい」

にこやかな顔を作っているが、金壺眼《かなつぼまなこ》の目は笑っていない。七十近いはずだが、やや薄くなった髪の毛は黒々としていた。茶系統の開襟《かいきん》シャツにズボン姿。屋敷はごてごてしているのに、妻にしろ延川本人にしろ、なるべく目立たない恰好をよしとしているようだ。

「延川です。地区長代理を務めております」

腰をかがめて名刺をふたりに手渡してきた。真崎も名刺を取り出し、渡す。麻希は名刺を持っていなかったから、松原と名前を紹介し、今回の仕事を依頼してきた人物だとだけ、真崎は告げた。

「それで、どういったご用件でしょう」

妻から聞いているはずだが、真崎はもう一度用件を繰り返した。それをうなずきながら聞いていた延川は、ときたま目をしばたたき、思い出そうとする様子をみせた。

「十九年前というと、菅井さんがまだ地区長をなさっていたころですね」

「しかし、実質あなたが町を取りまとめていたとお聞きしました」

伸びをするように背もたれに身体をあずけ、延川は首をかしげた。

「こちらの女性が依頼者だそうですが、どういったご関係のかたですか。それに横浜の法律事務所のかたが、いまごろなぜそんなことを」

麻希が口を開きかけるのを制し、真崎は乗り出した。

「新しい事実が出てきたため、です」

「いまになって、ですか。どんな事実でしょう」

「それについては守秘義務があります。わたしは弁護士ではありませんし、こちらの松原さんからも内容は他言無用と言われております」

麻希が不満げに身じろぎした。

延川はつまらなそうな顔になったが、深追いはしてこない。

「そこで、菅井さんがお亡くなりになっているので、当時をご存じのはずの延川さんのところにうかがったわけです」

顎を片手で撫でつつ、延川はうなずいた。

「あれは失踪なんてものじゃありませんよ。たしかに望月さんというご家族がいらっしゃったのは覚えています。おそらくご近所とうまく行かなかったんでしょう。一年も経たずに出て行かれた」

「うまく行かなかった、というと」

わずかに考えをまとめる間を持たせてから、ふたたび延川は身体を起こした。

「この鳩羽地区は、わたしが以前不動産屋をやっているときに手掛けた町なんです」

「お聞きしています。いまでは町議にまでなられている」

すっと息をつめ、それから口元に笑みを浮かべた。

「前もっていろいろお調べになったらしい」

「多少は」

部屋のドアがノックされ、さきほどの妻がトレイを手に入ってきた。紅茶とクッキーを三人の前にぞんざいに並べると、夫の隣に腰を下ろした。出て行くつもりはないようで、真崎と麻希に、いったい何者だと言いたげな目をあからさまに向けてきた。

延川はそんな妻を横にして、余裕をみせた。

「ここは、もともと小高い丘にすぎませんでした。鳩羽という地名はつけられていましたがね。多くの鳩がこの丘に住み着いていて夜になると羽を寄せ合って休んだそうで、鳩羽というのは昔からの地名らしい」

「ほう」

「この土地を買い取ったとき、わたしはここにそんな町を作りたいと思った。住民が羽を寄せ合って憩《いこ》いを得られるような町をね」

「ご自身も含めてですか」

「むろんです。わたしが気に入った土地ですからね。自分でも住まなければ意味がない」

「なるほど」

「作るなら、安全で安心な、どこの町にも負けないような見本となるような美しい町を作ろう、と。最初は二十戸ほどで町とは言えなかったですが、いまでは五百戸ほどにもなりました」

「お聞きしたいのは、望月さん一家がどうなったのかということなんです。ご存じなら教えていただきたい」

話をそらそうとしている気配を感じ、真崎は延川を制するつもりで告げた。

「ああ、そうでしたね。望月さん、か」

無理に思い出そうとしているというより、そんなこともあったなと懐かしむ表情になった。

「この町は一時期出入りが激しかったんですよ。バブルが崩壊したあとは特にね。しかし、望月さんの件は、それからかなりしてからの話ですし、よく覚えています。さきほどうまく行かなかったと言いましたが、ようするに水が合わなかった」

「というと」

横に座った妻の方が口を開いた。

「同じ地区に住むんですから、互いに助け合い、力を合わせるのが普通じゃありませんか。ですから、そういう人づきあいが嫌だった、ということでしょうね」

整った白髪や出で立ちだけを見ていれば清楚な老婦人だが、言葉には険があった。たしかにこの町では近所とのかかわりは夫より妻にこそ重要だろう。そちらの方面を仕切っているのが延川の妻なのかもしれなかった。

真崎はさりげなく妻に反論した。

「しかし、それならそれでただ引っ越しをすればいいのではありませんか」

妻はむっとして答えた。

「だから、引っ越していかれたんですよ。失踪だなんて、町の誰も思っていません」

延川があとを引き継いだ。

「出て行きたいので、わたしに土地と建物を買ってくれ、と言ってきましてね。まあ、売ったのはわたしですから、別に構わないが、理由を訊いたら周囲とうまく行かないからだと。挨拶もしないで出て行く、家財道具も処分してくれていい、と」

「それで」

「突然だったし引き留めましたよ、もちろん。しかし決意は固かった。そこで買い取りました。まあ、夜逃げする家などもあって、そういうところは家も土地も借金の担保になってたりして、買い戻すのが大変だったりするんですが、望月さんの場合は直接申し出てこられたし、そもそも家財道具を処分してくれなんて、普通は頼みませんからね。それで覚えているんです」

「引っ越すには、いろいろと手続きもあると思いますが」

延川が首をかしげる。

「どうでしょうか。郵便物は引っ越されたあともしばらく来ていたようですが、あまりこまかいことまで詮索はしませんから」

「望月さんの関係者が行方を尋ねてこちらへうかがったはずです」

「たしかに何人かいらっしゃいましたね。しかし、こちらとしては売買契約を完了して出て行かれたわけで、それからあとどうなったのかは、なんともお答えしかねましてね。つまり、失踪したとしても、それはこの町を出て行かれたあとのこと、というわけです」

「当時やってきた関係者は、それで納得しましたか」

「したと思いますね。まるまる残っていた家財道具をなんとかしてもらって終わりでした」

失踪したのは、町を出て行ったあと。

延川の言い分が正しいなら、町はなんのかかわりもないことになる。出て行くと申告して出て行ったのだから、それを「失踪」とは言わないだろう。

つぎにどう攻めるかを考えていると、ふいに麻希が膝を乗り出した。

「ちょっといいですか。わたしたちが当時のことをご近所のかたにお訊きしても、問題ないんですよね」

急に質問したので延川も妻もあっけにとられたようだったが、すぐに延川には笑みが戻った。

「もちろん、どうぞ」

待ち構えていた麻希がわざとらしく首をかしげた。

「午前中に変な人たちが、嗅ぎまわるなって、わたしに言ってきたんですけど」

「ほう、そんなことが」

「誰かに命令されてたみたいでした」

麻希の言葉に、延川の顔がこわばった。だが、すぐに苦笑が浮かぶ。

「それがわたしだとでも」

「違いますか」

声を立てて笑った延川は、麻希に目を据えた。

「そんなことをする人は、この町にはおりませんよ」

顔をしかめた妻が言葉をのみこみ、夫の言い分に大きくうなずく。

「それじゃ、いろいろなかたにお話を聞いて回っても、いいんですよね」

「むろんです。ただ」

延川が視線を向けると、代わりに妻が澄ましてこたえた。

「そういう昔のことを訊いて、話してくれるかどうかは、その人しだいだとは思いますけれど」

無駄だというつもりらしい。

「わたしが」

麻希がいきり立ち、真崎に一瞬目を向けたあと、つづけた。

「もし、わたしが失踪した一家のひとりだと言えば、話してくれると思いますか」

延川の金壺眼が精いっぱい開かれたようだった。妻の方も身体をこわばらせた。

「なんですって」

「わたし、娘です。本当の名前は望月麻希」

引き留めようがなかった。麻希はいらだって延川に自分の正体を告げてしまった。

わずかに間をあけてから用心深い調子で延川が声を低めた。

「もし、そうだとしても、その人しだいでしょうな」

内心の動揺を隠し、真崎は立ち上がった。

「ありがとうございました。なにかあれば、またおうかがいします」

座ったままの延川夫妻を残し、不承不承な面持ちでついてくる麻希とともに、屋敷を出た。

車に戻って運転席についたが、車を出す前に言っておくべきだと判断し、麻希を見た。

「あれは、まずかった」

「なにが」

そっぽを向いたまま訊き返してきた。予想がついているのだ。

「娘だと、ばれた」

「だって、そうでもしないとわたしたちが他人事で調べてるとしか思わないもの。適当にあしらっておけばいいって思って、ごまかされちゃう。やっぱり変よ、この町」

真崎は、面会するまでは延川がすべてを強引に仕切っていると考えていた。だが、どうやら住民それぞれが互いの目を気にし、ひとりが何か言い出すと、自分がそうする必要はないと考えていても、周囲から浮かないように言動を合わせてしまっている気がした。

絵里と同じか。

不愉快な気分のときに、絵里を思い出してしまうのは悲しかったが、それはたしかに似ていた。

「ねえ」

麻希の口調に震えるようなものが混じり、真崎はあらためて横顔に目をやった。その横顔が前方をちらりと示した。

「あの人たち、見てる」

麻希の視線の先を追うと、鉄門の前に停めてある車の前方に、四人の女たちの姿があった。遠巻きにこちらに目を向けている。こそこそ話をするでもなく、四人とも黙ってあからさまに敵意が感じられる面持ちをしていた。

真崎はドアを開けて外に出た。

「なにかご用ですか」

声を張り上げたが、女たちは応じようとはしなかった。立ち去りもせず、相変わらず目を向けているだけだ。

数歩前に出ていくと、横の道から別の集団が出てきた。こちらもやはり女ばかりが五人、真崎にじっと目をあてている。

「ちょっとお話聞かせていただけますか」

その声も無視された。寒空の下に、女たちが沈黙を保ったまま並んでいる。どれも冷酷な仮面をつけたような表情と感じられた。

真崎はあきらめて車に戻り、乗り込むと発進させた。女たちが後ろへ遠ざかる。それでもまだ視線が追ってきていた。

それを振り切るつもりで、麻希に声をかけた。

「無駄かもしれないが、近所の家に話を訊いてみるか」

「昨日も、あんな感じだった」

「なにが」

「いまいた人たちのことよ。何軒か聞きまわったあと道に出たら、近所の奥さんたちが集まって、じっと見てるの。聞きたいことがあるって言って近づいていったら、しらんぷりして散っちゃって。ずっとよ。一軒家を訪ねるたびに数が増えて。石投げられるんじゃないかって思った」

「大げさだな」

「だとしても気味悪かった」

そのとき、さしかかっていた十字路から急に人が出てきた。スピードを出していなかったからすぐに停止はしたが、こちらのことなど気にもせず、道を横切っていく。その姿に見覚えがあった。手には白梅の枝が何本かあった。

「おい、あれ木本さんじゃないか」

たしかめようとして声をかけると、麻希も驚いたように木本へ目を注いでいる。

「このままついていってみよう」

「え」

いぶかしむ顔が向けられた。

「さっき、気づかなかったか」

「何を」

「あの人、失踪の話をしたとき、はっとしたように感じたんだが」

「お隣さんだったんだから、なにか知っていてもおかしくないってことでしょ」

「それもあるが、あんたの顔を見て、驚いたような気がしたんだ」

まさかと言いたげな表情になった。

「町の中だと周囲の目があるしな。どこかで声をかけてもう一度話を聞いてみてもいいと思う」

麻希が大きくうなずいた。

十字路から車を左折させ、木本のあとをついていった。バックミラーをたしかめたが、誰も追ってきてはいない。

失踪当時、木本は「お隣さん」に過ぎなかったかもしれない。あるいは「うまく行かなかった」と言われた本人の可能性もある。

だが、単なる隣同士というだけではないつながりがあったのではないか。その勘が、真崎にあとをつけようと決心させていた。

木本の歩みはしっかり目的地を目指している歩き方だった。梅の花を持ってどこへ行くのか。

じりじりと車で十分ほどもついていくと、東公園のバス停に出た。

「やっぱりどこか目的地があるみたい」

ちょうどバスが到着して制服姿の小学生たちが大量に降り立ち、四方に散って行く。きのうのこどもがいるかと一瞬思ったが、いまはそんなことにかまけている暇はない。

木本はこどもたちを目にしたせいか、少し歩みをゆるめ、通り過ぎるこどもの何人かに顔を向けて微笑んでいる。

小学生の一団が散ってしまうと、木本はふたたび歩きはじめた。だが、今度は舗装道路をすぐに外れ、町のはずれにある疎林にあがる細い道へ入って行く。

車を路肩に停め、ついていくことにした。

「どこ行くのかな」

麻希が身軽に歩を進めていく。真崎はすぐ後ろをついていったが、さほど登らぬうちになだらかな頂上に出たらしく、楽になった。

道というほどのものもなく、いまは下草が枯れているからいいようなものの、夏になれば雑草におおわれてしまうような場所だった。

疎林の中を、木本は迷うことなく進んでいる。

そのあとをついていくと、つい近くに祠《ほこら》があった。雨風にさらされていたが、さほど古いものとも思えない。

木本はその前で立ち止まった。

身を隠しつつ真崎と麻希は息をひそめた。木本は持ってきた白梅を祠に供え、それから両手を合わせた。瞑目《めいもく》を終えたあとも、両手を合わせたまま、かなりのあいだ祠に視線を向け、立ち尽くしていた。とはいえ、じっさいには一、二分のものか。

気づいたとき、顔をしかめた木本が下腹のあたりに手を置いてしゃがみこんでいた。

とっさに麻希が飛び出して行った。

日が落ち始めて気温は十度を切っているだろう。いくらカーディガンをはおっているといっても、身体は冷えてしまう。真崎が近づいていったとき、じっさい木本は肩を丸めて震えていた。

麻希はかがんで肩を抱え、背中をさすっている。すると震えがとまり、ゆっくりと振り向いて麻希の顔に目を向けた。ほっそりとして悲しげな顔だった。

木本は麻希を認めて、大きく息をついた。

「ああ、りょう……」

「え」

問い返した麻希の腕の中で、木本は力が抜けたようにぐったりとした。

……診療所に運び込んだとき、木本の意識はまだ混濁していた。

だが、医者の見立てでは貧血を起こしただけだという。点滴を打たれ、三十分もすると顔に血色が戻ってきた。とはいえ、疲れが出たのか、眉をひそめ、いまだに眠り続けている。

部屋には四床あったが、ほかは空いていた。

その部屋のドアがノックされ、さきほど手当をしてくれた医師が顔をのぞかせた。大山《おおやま》という医師だ。ベッド脇でパイプ椅子に座っていた真崎と麻希は立ち上がって一礼した。

大山がベッドの向かいに腰をおろし、脈を取ろうとして木本の手を取ると、うっすらと目が開いた。

「気がつきましたか」

医師の問いに、木本が大きく息をついた。

「こちらの方たちが運んできてくれたんですよ」

木本はゆっくりうなずいてみせた。そして真崎と麻希にうつろな視線を向けてつぶやいた。

「昼間の方たちね」

「少し話ができますか」

大山医師に尋ねると、少しならと許可が出た。大山が部屋を出ていくのを待って、真崎は口を開いた。

「昼間お会いしたときにも言いましたが、望月さん一家について、われわれは調べています。どんなことでも結構ですから、お話ししてもらえればと」

だが、木本は表情を変えない。

「もし町の中ではまずいようなら、どこか外でお会いしてもかまいません。手紙でもけっこうです」

真崎の言葉が終わらぬうちに、麻希が乗り出していた。

「わたし、娘なんです」

震える声に、木本の目が動いた。頭をかすかに上げ、まじまじと麻希の顔を吟味し、だが、ふたたび枕に戻してしまった。

それは明らかに麻希を知っている素振りに見えた。

「彼女だけ東京の施設に置き去りにされて、ほかの家族の行方はわからないままです。ご迷惑はかけません。ただ、なぜ失踪したのか、今どうしているのか、それを知りたいだけです」

真崎は名刺を取り出し、枕元に置いた。

「何かあれば、こちらに連絡ください」

その様子を見て、麻希もとっさに床頭台に置かれていたメモ用紙とボールペンを取り上げると、力任せに書き記した紙を一枚、木本の枕元に並べた。

「こっちはわたしの携帯番号です。いつでもいいので、お願いします」

目を閉じた木本は、深くため息をついた。

「あなたは、違う」

「え」

「娘なんかじゃないわ」

苦しげな声が木本の口から洩れたとき、ノックもせずに部屋のドアがけたたましく開けられ、見覚えのある顔が飛び込んできた。木本の隣に住んでいる豊島家の妻だった。さきほど連絡を入れたと大山医師が言っていたから驚きはしなかったが、昼間訪問したときとは、様子が違った。

肩で息をしていた豊島はベッドに横たわる木本を見て動きを止め、それから真崎と麻希を睨みつけた。あきらかに敵意がある。

「おふたりが運んでくれたんです。裏山の鎮守さまのところで倒れたらしくて。夜になっていたら、見つからなかったかもしれない」

豊島の後ろについてきていた大山医師が、なだめている。

しばし沈黙のあと、豊島が声に力をこめた。

「あとはわたしたちでやります。お引き取りください」

目を床に落とし、怒りを抑え込むような口調だった。何も知らずに真崎たちと応対したのを咎められたのかもしれない。あるいは麻希が望月家の娘だと教えられたからか。

木本は目を閉じたままだ。いま聞き出すのは無理だろう。豊島の目もある。

「わかりました。では、お大事に」

麻希を促し、豊島が肩を震わせている横をすり抜けた。

「良子さんは」

ふいに木本のかすれてはいるが、通る声が背後から飛んできた。

とっさに真崎は振り返り、豊島がさえぎろうとして出てくるのをかわした。

「良子さんは、梅の花が好きだって。そう言っていたのを覚えているだけ」

木本は仰向けになったままそれだけ言うと、向こうに寝返りをうってしまった。顔をそむけたとき、そのまなじりから涙が一筋伝うのを、真崎は見た。

豊島が睨みつけるのを無視し、真崎は木本に一礼して病室を出た。

黄ばんだ蛍光灯の灯る廊下で、先に出ていた麻希とともに、大山に追いついて呼び止めた。

「少しお話をお聞きしたいのですが」

大山は歩みをいったん止めたが、応じるようにうなずき、ふたたび歩き出した。

「さきほど運び込んできたとき、先生は木本さんだとすぐおわかりになって声をかけていた」

「ええ」

「よくこちらにいらっしゃるんですか、木本さんは」

「まあ、定期的に」

「どこか悪いんですか」

一歩前に出た麻希に、大山は立ち止まって首を振った。そこまで口にはできないということだろう。

「この町では介護が必要になった場合、しかるべき施設に移されると聞いています。木本さんに介護はまだ必要ではないのでしょうか」

「診療所としては、必要だと何度も申し上げているんです。いままでも木本さんが倒れて運ばれてきたことがありますし」

「どういうことでしょう」

「木本さんはこの町を離れたくないと、そうおっしゃっていたと聞いています。それで近所のかたが何人かでいろいろと面倒を見ていると」

「本人がそう言っていたからといって、通用するんですか」

大山は首をわずかにすくめた。

「そのあたりのことは、わたしにはちょっと。ここに来て三年ほどですから。出口はあちらです」

出口がどちらにあるかくらいわかっていたが、それで話は打ち切りだというつもりのようだ。大山は出口と反対方向に歩いて行ってしまった。

それを見送った真崎と麻希は、どちらからともなく出口に歩き出した。

真崎が口を開きかけると、先に麻希がぼそりと尋ねてきた。

「娘なんかじゃないって言ったわ。どういうこと」

「わからない」

「でも、わたしのこと、知ってたみたいだった」

ジーンズの尻ポケットから財布を取り出し、麻希は中にあった写真に目を落とした。昼間渡した望月良子の写真だ。

瓜二つとまではいかないが、母親と麻希はやはり似ていた。

「意識をなくす前に言いかけたのは、おそらく」

真崎のつぶやきに、写真へ目をやったまま、麻希はうなずいた。

「ただお隣だっただけじゃない。なにかつながりがあった」

確信めいた麻希の言葉に、真崎も同じ思いだった。

「問題は本人がそれを話してくれるかどうか、だ。こっちから問い詰めると、かえって口を閉ざすこともある。とにかく、いまは連絡を待とう」

こたえつつ、ひとつ不安が頭をかすめた。

もし話を聞くことができたとしても、その話が麻希の期待していないようなものだったとしたら。

それでも麻希は受け止められるだろうか。

考えても仕方のないことではあったが、麻希を傷つけたくはなかった。

診療所の自動ドアを出ると、一瞬立ち止まってしまうほど腹の底に寒さがずしりときた。待合室のテレビでは、今夜から寒気団が下がって関東地方でも雪になると天気予報が示していたが、急に気温が下がってきたのはたしかなようだった。

かろうじて診療所の明かりが届く駐車場にたどり着き、ロックを解除しようとしてキーを車に向けたとたん気づいた。

車体の横腹にかぎ裂きのような傷が長々とつけられていた。

「なに、これ」

後ろから来た麻希の視界にも入ったらしい。険しい口調だった。

「歓迎してくれてるようだな。修理代は延川に請求するか」

軽口を叩いたが、かなり深刻な状況かもしれなかった。

麻希を先に乗り込ませ、真崎はほかに傷がないかざっとたしかめた。前のドアから後部のドアまで、その傷ひとつだけで、あとはどこもへこんだりはしていない。

車をひとまわりして運転席に乗ろうとしたとき、つい近くで何かが弾けるような音がかすかに起きた。とっさに目をやると、開いたドアに当たって地面に小石が落ちたのが見えた。

診療所と反対側の暗闇から飛んできたようだった。

そこにまだ誰かいるのか、すでに逃げ去ってしまったのか、いくら目をこらしても、わからなかった。

四

陰口を囁《ささや》き合っているうちは、まだいい。

でも、そのうち「町の安全と安心を乱すような者には、なにをやってもかまわない」ことになっていく。

最初はゴミだった。

収集日に集積所にポリバケツを出しておいても、望月家のものだけは中のゴミを収集されなくなった。集積所で見張っている者がいて、望月家のものだけのけておくのだ。良子さんがバケツを取りに行くと、自分の家のものだけ中身が残っている。そろそろ夏だったから、つぎの収集日まで置いておくと、生ゴミなら耐えられない臭いを発する。

何度か同じことが繰り返されれば良子さんも気づくから、収集車が来るころを見計らって出て行き、バケツのゴミを手ずから収集車のプレスに投げ入れることになった。

あとで聞いたことだが、指示を出していたのは延川の奥さんだったらしい。すでにそのころには周囲の者たちは良子さんを敬遠し、誰も口をきかなくなっていた。話しているところを見られたりすれば、つぎの日から自分の家のゴミは収集してもらえなくなる。

良子さんは清掃局に苦情を申し立てたが、取り合ってもらえなかったようだ。

わたしは顔を合わせるのがつらくて、収集車が行ってしまってしばらくしてからバケツを取りに行っていた。心苦しかったけれど、反感と敵意を向けられるのはもっとつらい。

夫が「伝染病を知らないうちにうつされる」と口にしたのが、頭にこびりついていた。それまでひんぱんに行き来していたのに、わたしは自分から良子さんに近づくことはやめた。

それに気づいたのか、良子さんの方もわたしと顔を合わせるのを避けているように感じた。「裏切り者」と思われていたかもしれないし、わたしをトラブルに巻き込まないようにしてくれていたのかもしれない。そのときにはどちらともわからず、わたしの気持ちも自己嫌悪に染まっていた。

ゴミの件は、やがて鎮まった。

良子さんが毎回自分でゴミを収集車のプレスに捨てることまでは妨害できない。考えてみれば幼稚ないじわるだった。

しかし、それで終わりはしなかった。

次は回覧板。南Bは三十戸の家があり、回覧板を回す順番は決まっていた。わたしが受け取って、望月家に回す。ところが、七月になって回ってきた回覧板には、望月家をのぞいた二十九戸の名前が並び、つぎに回す家が指定されていた。「この順番は毎回変わります」と付箋がつけられていて、望月家だけ回らないことになっていた。

順番を変えるのは、誰が望月家に回さなかったのかをあいまいにするためらしい。いままでの順番なら、わたしが回さなかったことになってしまうけれど、誰がやったのでもなく、その地区のみんながやっていると示す意味もあっただろう。

でも、良子さんはまったく困っていないようだった。

そういえばと、わたしには思い当ることがあった。

町にある主婦向けの趣味の同好会には、お花やお茶、テニス、卓球、太極拳、料理教室、ハイキング、小物作りなどの会があって、少なくともそのひとつには属しているほうがいいといわれていた。わたしも町に来たときからずっとお茶と料理と小物作りをやっていた。主婦同士の横の連携を作る意味もあったし、参加しなければ連携から外れてしまうからでもある。

良子さんが来た当初、わたしは小物作りに誘ったけれど、そういうのはちょっとと言われ、それからあとどこにも参加していなかったようだ。

つまり最初から良子さんは、一線を画していたのだ。大学の法学部を出た良子さんからしてみれば、小物作りなど馬鹿らしいと思ったのかもしれない。

回覧板には、そういった同好会の開催日時なども記されてくることがあって、そういう点では回覧板が回らなくても良子さんは困らなかったはずだ。

ただ、たまに大事なお知らせがあったりもする。たとえば町全体でおこなう防犯訓練。半年に一度、南公園と東公園でおこなわれるとき、一家から誰かしらひとり参加しないと、その家はあとで何を言われるかわかったものではない。

訓練に出かけるとき声をかけようかと思ったが、最初から一線を画していたらしいと気づいてからは、その気もあまりなくなってしまった。

ほかにも町会費、町で亡くなった人への弔慰金《ちょういきん》、うまれたこどもへの祝い金などの徴収、敬老会のお手伝い、夏祭りの役割分担、こども会の行事、そういったことから切り離されたことになる。

切り離されても、良子さんにはどうということはなかったのかもしれない。わたしたちと一線を画しているなら、そんなこと気にもならないだろう。

一週間のうち半分ほどは夫と幸太郎くんを送り出してから、麻希ちゃんを抱えてどこかへ出かけ、夕方近くに帰ってくる。ときには分厚い書類だかコピーだかを手にしていたこともあった。

町の住人とうまくやっていくよりも大事な何かがあるようだった。

七月の半ばごろ、小物作りの集まりで主宰者の町田《まちだ》さんの家に行った帰り道のことだった。

その日作ったポーチを皆で交換し、お茶で一服したあと、三々五々に解散した。梅雨明け前だったけれど、陽射しはもう夏で、昼過ぎの日照りがじりじりと照りつける中を帰途についた。

南公園のところにさしかかったとき、遊具のない更地の公園でこどもが何人かボール遊びをしているのが目に止まった。この暑いのにと思うより前に、その様子に異和感を持った。「遊び」とは思えなかった。

目をこらすと、五、六歳の子をひとりだけ立たせて、小学校高学年くらいのこどもが四人ほど、サッカーボールを順番に、その子めがけて蹴っていた。その的にされているのが幸太郎くんだった。わたしは思わず立ち止まっていた。

「どうかしたの」

一緒に帰っていた東Cの塩見《しおみ》さんがわたしの様子に気づき、声をかけた。南Aの西《にし》川《かわ》さんも振り返ってきた。

わたしは目で公園を示した。ふたりも「遊び」だとは見なさなかったようで、塩見さんがあわてて駆けだした。

わたしと西川さんも小走りに公園の中に入っていった。

「ちょっと、あなたたち、何してるのよ」

西川さんが声を高めると、小学生たちはいっせいにこちらを振り返った。五人いて、その中には女の子もふたりまじっていた。

「サッカーの練習」

男の子のひとりが平然と答えてきた。近くで見ると、幸太郎くんは汗だらけの顔を真っ赤にし、あちこちボールを当てられたらしく、服は土埃《つちぼこり》にまみれていた。自分よりかなり年上の子から標的にされても、口を引き締めて耐えていた。まだ五歳なのに。

「この町にはそんなひどいことする子はいません」

宣言するように塩見さんが声を厳しくした。

「いいのよ、こいつは」

女の子が口をとがらせた。塩見さんと西川さんは目を丸くしたけれど、すぐに別の男の子がつけ加えた。

「ママが言ったんだ。こいつの親は町のためにならないって。だからおれたちでしごいてやってんだ」

幸太郎くんの方を指さしてみせた。幸太郎くんは逃げ出しもせず、ずっと両拳を握りしめて立っている。その目はわたしたちを睨みつけていた。

「ねえ、もしかしてあの子、望月って家の子なの」

事情に気づいた西川さんがわたしに囁いた。

近所に住んでいるわけではないから、西川さんは知らなかったのだろう。わたしは違うと言いかけてから、すぐにそうだとうなずいていた。隣なのだから、嘘はいつかばれる。

「あら、そうなの。それじゃあ」

やられて当然という呆れた口調になって、それから西川さんはこどもたちに顔を向けた。

「ほどほどにね」

そして塩見さんとわたしをうながしてその場を離れた。よし続きだ、と楽しげに叫ぶこどもの声を背後に聞きながら、わたしはふたりについて公園を出た。わたし自身が止めようとすればできたかもしれない。でも、塩見さんと西川さんの手前、それができなかった。ごめんなさいと胸のうちで幸太郎くんに謝っていた。

「その望月っていう家、ちょっと前に配られた文書に書かれていた家でしょ」

塩見さんが歩きながら尋ねてきた。

「本当のところ、どうなの」

「どうって、特には」

答えを濁すと、横から西川さんが顔をしかめた。

「奥さんがあれこれ町のやりかたに文句つけてるらしいのよ。それで町を訴えるとかって」

「訴えるって、なにを」

塩見さんが眉をひそめた。

「町にいるんだから、町のルールを守るのが当然なのに、この町はおかしいとかなんとか」

「おかしいのはそっちじゃないの」

「とにかくわたしたちが悪者だって言いたいみたいよ」

「でも、わたしの聞いたのは何かの反対運動がどうとかって」

「なに、それ」

今度は西川さんが首をかしげ、塩見さんはしばし思い出そうとしていたが、あきらめたらしい。

「ちゃんと聞いてなかったから忘れたけど、とにかく反対運動」

「嫌な感じね、それ。自分だけは違うっていうわけね」

「そうなのよ。自分は一流大学出てるとか言いふらしてるっていうし」

「そりゃ、わたしたちは、ねえ」

ふたりは顔を見合わせて鼻を鳴らした。

聞いていてわかったが、ようするに良子さんのなにが問題なのかをわかっていじわるしている者などいないのだ。ただ、変な文書が配られて、あまり近しくするとまずいと感じ、それがもとになって「感じの悪い噂」が勝手に広がっている。

「こんな住みやすい町に来られたのに、わがままなのよ」

塩見さんがしたり顔でつぶやき、西川さんがうなずいた。

「そうよ。なんでも反対すれば上に立ててるとか思ってるんじゃないかしら」

「でも、こどもまでいじめられるの、ちょっとかわいそうな気もするけど」

わたしが口を開くと、西川さんがだめだめと言いたげに首を振った。

「同情なんかするからつけあがるのよ。親がやってることでこどもにも迷惑がかかるのが嫌なら、そんなことしなければいいんだし」

「そうね。うちのこどもがそんな人のこどもと一緒に学校行ったり遊んだりは迷惑よ」

言ってしまってから、塩見さんはしまったという顔をちょっとした。口を閉じて沈んでいるわたしの前でこどものことを口にするのは、はばかられたのだろう。貴之のことを思い出させてしまったと勘違いしたようだった。沈んでいたのは、貴之のことを思い出したからではない。幸太郎くんをなぜ助けなかったのか、自分が情けないと感じていたからだ。

「とにかく、変な人には町を出て行ってもらわないとね」

西川さんがそれで打ち切りというつもりらしく、駅前に新しくできた洋菓子店のことに話は移っていった。

わたしはショックを受けていた。それまでは良子さんだけがひどい目にあっていると思っていたのに、幸太郎くんまでもいじわるをされていたなんて。

しかも、わたしはそれを止めもしなかったのだ。

そうやって夏休みが終わったころ、幸太郎くんが誰とも遊んでもらえないらしく、家の門のところでしょんぼりしているのに出くわしたことがあった。いや、遊んでもらえなかっただけでなく、服は泥水にまみれてドブ臭かった。なにをされたのか想像するのも嫌だった。

「あ、おばちゃん」

わたしに気づいた幸太郎くんが見上げて声をあげたとき、それまで良子さんはともかく、幸太郎くんとなら話してもいいのではと思っていたにもかかわらず、その縋るような視線を、わたしは無視して家に入ってしまった。公園で助けなかったことに後ろめたさがあったからでもある。

一度ためらうと、結局それに引きずられてしまうのだと理解したのは、そのときだった。いかに中立だと自分に言い聞かせはしても、なにもしないでいると、徐々に流されていくことになる。

あとで聞いたところによると幸太郎くんは九月から幼稚園に行くのをやめたというのだが、先生から「来ないでほしい」と言い渡されたのが実際のところだった。ほかの園児たちに「悪い影響があるから」というのが理由だった。まさか幸太郎くん本人がなにかをしたわけではなく、良子さんへの反感と敵意が、母親たちに抗議をさせたに違いなかった。

理由もわからず、良子さんが自分たちに「悪い影響」を及ぼすと思い込み、それが広がっていったのだ。

そして、わたしもまた、なにもしなかったことでその一員だった。

しかし、なぜそこまでの反感と敵意が良子さんに向けられるのか、それがどうしても、わたしにはよくわからなかった。たしかに町の方針に反することを言ったりやったりしたのだろうが、それが「町をよくする」ためなら、耳を傾けるべきなのではないか。

そう思っている人はいないわけではないだろう。でも、そういうことを口にすれば、自分もまた良子さんを「かばった」と思われ、標的にされる。それが怖くて、黙っている。黙っているだけでなく、良子さんを標的にしたいじわるに加担までしてしまう。

その年の十月初め、夜になって訪問客があった。

八時を回っていたので誰かと思って出ると、東Cに住んでいる高梨《たかなし》という家の主人と南Aの倉島《くらしま》という家の主人だった。ふたりが名乗るまで、わたしはふたりを知らなかったが、二階から降りてきた夫が呼んだらしく、三人で居間へ行き、わたしは部屋に行っているようにと命じられた。ふたりは防犯係だったようだ。

なにかあると直感した。

訪問したふたりはあたりをうかがうようだったし、夫と三人でこそこそしていることじたい、おかしい。三人は夜中を過ぎるまで居間にいて、それから息をひそめて外へ出て行った。

寝ずに様子をうかがっていたわたしは、明かりを消した部屋から外をのぞいた。

街灯の白い光が、三人の姿を照らし出していた。訪問客のふたりはバケツをそれぞれ手にぶら下げていて、そのまま門を抜けて舗道に出た。夫が道の左右を見渡してから、ふたりに大きくうなずくのがわかった。

ふたりはバケツを両手で持ち、隣の家の方に歩いて行った。

部屋からそちらは見えなかった。一、二分ほどして夫がうなずき、門を入って家に戻ってくるのが見えただけで、ふたりはそのまま帰ってしまったようだった。

なにがあったのか理解したのは、夜が明けてからだ。

制服警官がふたり、駆けつけた。望月家が呼んだのは間違いない。朝起きて新聞を取りに出た望月家の夫が異変に気づいたのだ。まず異臭。そして舗道に出て壁一面に糞尿らしきものがぶちまけられているのを認めた。

それまで良子さんの夫が、自分の妻が周囲から反発を買っていたのを、知っていたのかどうかわからない。けれど、この一件で妻が嫌がらせを受けているのは、はっきり理解しただろう。

しばらくすると警官が来て、玄関に出たわたしと夫に、昨夜怪しい人を見なかったかと質問した。

「わかりませんね。うちは早く寝てしまうもので。おまえはどうだ。なにか気づかなかったか」

夫はわたしの意見など聞こうともしなくなっていたのに、このとき警官を前にしてそう尋ねた。わたしが昨夜のことを知っているのを承知でだ。

試されていると思った。

わたしが望月家に同情しているらしいと夫は見て取っていたのだろう。だから、わたしを巻き込むことで、態度をはっきり示せというつもりだったのだ。

「どうですか、変な物音がしたとか人影を見たとか」

警官がメモを手に、顔を向けてきた。

夫のねぶるような視線を感じ、わたしは目を伏せた。

「よく、わかりません」

口をついて出ていた。夫が大きく息をついたのがわかった。

「そうですか。わかりました」

あっさりと警官は質問を終えた。

「しかし、怪《け》しからん話だ。犯人は何者ですか」

怒りを口にする夫の言い方はしらじらしかった。

「おそらく外部から入り込んで犯行に及んだのだと思います。悪質ないたずらですね」

警官の返事に、夫はさらに声を高めた。

「決まってます。町の住人にこんなことをする人はいませんからね。ちかごろ怪しい者が町の周囲をうろついているのを見たという人も多くて。町の防犯係としては、少し警察にもパトロールを増やしてもらえると助かりますよ」

「はあ」

気のない返事をした警官に、夫は所轄署の署長と延川が知り合いであることをほのめかした。

「ああ、そうでしたか。そういうことなら、署の方でもなんらかの対応を取ると思います」

警官も態度を変えて直立した。

「で、隣はどうすると言ってるんですか」

「被害届を出すというので受理しますが、この手のいたずらは犯人を見つけるのはなかなか」

むずかしいのだというつもりか、肩をすくめて見せ、敬礼をすると帰って行った。

ドアが閉まるのを待って、夫がなにか口にするかと思ったが、なにも言わずに出勤の準備に二階へあがって行ってしまった。

わたしはぐったりと疲れ、そのまま居間のソファに身体を投げ出していた。

それ以前に、町でそこまでひどいいやがらせが起きたという話は聞いた記憶がない。だから、良子さんが最初だったはずだ。そして、そのときついに、わたしはいやがらせに具体的に加担してしまったのだ。

それでもまだ、わたしは良子さんがなぜここまでのことをされなくてはならないのかが、わかっていなかった。

五

「こんな日は酒かっくらって寝るにかぎる」

近藤の言い分も、それなりに納得が行った。横浜周辺とは違い、北関東のあたりは気温の低下幅が大きいようだった。

民宿「源泉館」に戻った真崎と麻希は、近藤の用意してくれていた風呂と食事にありつけた。素泊まり一泊三千円に、これだけサービスがつくのだから申し分ない。

昨夜酒を酌み交わした四畳半に、たっぷり肉の入ったすき焼き鍋が用意されていた。炬燵に身体を埋めつつ、麻希は休む間もなく肉を口に運んでいる。

真崎と近藤はまず酒。昨夜と同じ辛口吟醸だ。

「で、どうだったんだ」

何度か徳利から注ぎ合ったあと、近藤がさりげなく尋ねてきた。

「失踪したわけじゃないと言い張ったが、何かしら事情を知っているのはたしかなようでしたね」

ざっと延川とのやりとりを説明し始めると、最初のあたりで近藤は頓狂《とんきよう》な声をあげた。

「おいおい。鳩羽の地名の由来なんか話したのか」

「話題をそらそうとしたようですよ」

「いや、そういうことじゃなく、鳩が住み着いてねぐらにしていたから鳩羽って呼んでいただなんて」

「違うの」

麻希が肉を口に入れたまま尋ねた。

「違うに決まってるだろう。もともとあそこはおれの土地だったたって話したはずだ」

「ええ」

「うちの屋号は二山《ふたやま》だ。なぜかっていえば、あそこの土地を持っていたからだよ。いまは切り崩されてひと山になっちまったが、あそこは昔から二山と呼ばれてた」

「じゃ鳩羽って地名はどこから来たんですか」

「知らんよ。地名の由来を勝手に作りやがって。歴史の捏造《ねつぞう》だ。そうやって由緒ありげにしようとしてるんだ」

まさかと思いはしたが、試しに訊いてみた。

「残されたひと山の中腹に鎮守様があるのを見ましたが」

近藤は目を丸くした。

「馬鹿な。あんなとこにそんなものあるわけない」

「じゃ、新しく作られたものだ、と」

「決まってる。あそこはただの林だったんだ。おおかた土建屋の松尾に作らせたのさ。馬鹿にしやがる」

どうやら延川の話はどれも信用が置けないようだった。

そこでやっと本題に入り、延川夫婦の様子を話した。

「やはり探られるのは迷惑そうでしたね」

少し落ち着いた近藤が、当然といった顔になった。

「やつらが気に入らない住人を追い出すっていう話は、ちらほら耳に入って来てたからな。きっとほじくられたくないんだ」

「町の評判にキズがつく、というわけですか」

「そういうこった。だから調べ回るなって、この子を脅しつけたわけだろうしな」

肉に食らいついている麻希に目をやって、猪口《ちょこ》を空けた。

「そうか」

真崎は近藤の言葉に、やっと思い当たった。

「延川はあからさまに脅したりするようなことはしない。なのに、松尾たちが彼女に脅しをかけたのは、不自然な気がしていたんです。最初はひとりで調べに来ていると思っていたから、軽く見ていた。しかし」

言葉を切ると、手酌《てじゃく》をしつつ、近藤がつけ加えた。

「そこへあんたが現れ、ふたりで延川のところに会いに行った、と」

「もともとこちらは失踪当時の事情を知りたいだけだった。にもかかわらず、あちらが大げさに身構えて見せた」

「ま、そうなると誰も口を開かないだろうな。たとえ知っていても、やつらはとぼけるだけだ」

「でも、ひとり、見つけたわ」

麻希が二つ目の生卵を小皿に割りつつ、口をはさんだ。

近藤が興味ありげな顔になった。

「ほう、いい度胸したやつがいるんだな」

せっせと肉を小皿に取る手を休めず、麻希はこたえた。

「隣に住んでる人。失踪したときにはいたはずだから、絶対何か知ってる。それに」

小皿と箸を置き、近藤の前に母親が写っている写真を取り出して見せた。

「似てるでしょ」

ちょっと身体をそらした近藤は目を細めた。

「あんたの母親なのか」

「そう」

「たしかに、似てるな」

「その人、わたしを見て、すぐに気づいてくれた。赤ん坊だったころのわたしを知ってたの。携帯の番号置いてきたし、きっと連絡がある」

だが、木本は麻希を「娘ではない」と言ったのだ。

そのことには触れず、かえってそれを否定するように声に力がこもっていた。

その麻希に、近藤がちょっと姿勢を正した。

「真崎さんから大体の話は聞いているが、なぜあんただけ施設に残されたのか、そいつを知りたいんだろう」

口調が少し変わった近藤に、麻希は素直にうなずいた。

「どんな理由があったのか、考えたことあるか」

「もちろん」

「どんな理由だ」

「きっとなにか事情があったんだと思う。わたしだけ連れていくわけに行かない事情が」

「だから、どんな」

繰り出される問いに、麻希はなにごとかを察したらしく、口をつぐんだ。

「本当の理由は、もしかするとあんたの期待しているような理由じゃないかもしれん。知ればつらいことかもしれない。そいつは覚悟しておいたほうがいい」

重い忠告だった。

「わかってる。でも、わたしがどうしてこういうことになったのかを知るまでは、自分が自分だって納得できないの」

たしかに、その言い分は間違ってはいない。だが、麻希は思ってもいなかった点を突かれたらしい。

うつむいて写真を財布に戻し、ひとつため息をつくと、炬燵から出た。

「もう寝る。疲れちゃった」

小皿に取った肉を残したまま、部屋を出て行った。

「余計なお世話だったか」

近藤が苦笑を浮かべた。

「いや、こういう調査のときは、自分が望む結果を、無意識に期待してしまう。希望的観測というやつです。で、期待はずれの結果が出たとき、それを受け入れたくなくなる。それに、話を聞けそうな人に面と向かって、娘じゃないって言われましてね」

「はっきりしないわけか」

「いや、彼女のことは知っているようでした。何かの理由があって否定したようですが、本人にはかなりショックだったんだと思います。だから、言っていただいてよかった」

真崎は徳利を手にした。近藤が応じた。

「悪役を引き受けたってとこか」

「重要な役ということです」

近藤は猪口をひと息にあけ、肩を揺すって笑った。

「まあいい。たまたまあんたがここに来た。そこであの娘とも知り合った。少しは役に立ったと、そう思うことにしよう」

言って近藤も徳利を向けてきた。

少しどころではなかった。近藤がいてくれたおかげで、鳩羽地区の内実が理解できたといってもいい。真崎は素直に感謝していた。

「あんた、あの娘に遠慮してるようだったしな」

口にしかけた猪口を、止めた。

「どういうことです」

「いや、なんとなくそう感じたんだ」

「遠慮か」

真崎自身にはさほど自覚がなかった。小首をかしげつつ、猪口をあけた。

「亡くした娘さん、似てたのか」

ふいに尋ねられ、戸惑った。

「似てるといえば、似てますが」

仕事ではあっても、無意識に絵里とダブらせていたことがなかったとは言い切れない。

「最初見たとき、あんた人の親のようには見えなかった。それがあの娘を救い出してからは、なんとなく違う」

楽しげに近藤は酒を呑んだ。

「自分じゃわからないですよ、そういうことは」

笑いでごまかしたが、絵里に対する引け目が、麻希に向けられているということだろうか。せめてもの償いのつもりか。

生酔いの頭に、絵里の泣き顔が出し抜けに浮かんだ。

小学生のころの顔だ。記憶が素早く甦る。三年生の夏。仕事で休みがなかなか取れず、やっと一日湘南《しょうなん》へ海水浴に連れていくと約束したことがあった。だが、その日は雨が降り、取りやめにした。それが不服で、絵里はだだをこねた。天候をどうにかしようとしても、無理だ。そう説得しても、納得しなかった。

あのとき、ひどく叱りつけたのだった。聞き分けのないことを言うなと怒鳴った。それから十日ばかり、絵里は口をきかなかった。話しかけてもぷいっと横を向いてしまう。妻がなんとか言い聞かせたらしく、やがてもとに戻ったが、こどもを叱るとき、それから少しためらうようになった。そう、腫物《はれもの》に触るように。

そのあと諍《いさか》いがあっても、真崎はまず避けることを先に考えていた。絵里に対してだけでなく、だ。

絵里を失ってからは、そういう考えを改めたはずだったが、麻希を前にして、知らずにそんな対応をしていたかもしれなかった。

「それで、話を聞けそうなのは、ひとりだけなのか」

近藤の声に、真崎は目をしばたたいた。酔いがかなり回ってきたのかもしれない。

「なんですか」

「失踪の件だよ。そのお隣さん以外に、話は聞けないのか」

「いや、その人も話してくれるかどうかわからないし、われわれが訪ねて行くのは監視されていると思っていい」

「なるほど」

「うまく町から連れ出して、目の届かないところで話を聞こうかとも思ったんですが」

「なら、代わりにおれが行って連れ出してやろうか。なんていう人だ」

これ以上近藤を巻き込みたくはなかったが、頼めるのは近藤だけでもあった。

「木本という人で、失踪した望月家の隣に住んでいます。一家が失踪した当時もいたはずですが」

名前を聞くと、近藤は猪口を置き、人差し指で額を横にさすり出した。酔いに赤らんだ目が、テーブルに注がれる。

それでもしばし近藤は顔をしかめて黙っていたが、やがて真崎に目を向け、声をひそめた。

「庭に、梅の木がなかったか」

　真崎は耳を疑った。とっさに返事ができず、先に大きくうなずいていた。

「そうです。白梅。知ってるんですか」

「知ってるもなにも、あの梅の木は頼まれておれが植えたんだ。鳩羽のやつだったが、なんとなく事情がわかったからな」

　なにを言っているのか、よくわからなかった。近藤が言い直した。

「話しただろ。例の誘拐殺人だよ。あの家のこどもが被害者だったんだ。植えるとき、一緒に小さなお守り袋を埋めてくれって言われてな。息子の墓標のつもりで梅の木を植えてほしいと頼んできたらしかった」

　聞きながら、真崎の頭は忙しく働きだした。

　墓標云々《うんぬん》はともかく、あの木本が誘拐殺人でこどもを失った母親だったとは。

　発生時期にズレはあるが、隣合った家で事件が起きている。

　もしかすると、誘拐殺人と望月一家の失踪には、なにか関係があるのかもしれない。

　あるとしたら、それはどういう関係なのか。


【貴之くん誘拐殺人事件】

　埼玉県で起きた誘拐殺人事件。与久那町鳩羽地区に住む小学一年生木本貴之くん六歳が行方不明になり、翌日付近の耕作地で首を絞められ両耳を切り落とされた遺体が発見された事件。遺留品は乏しく、捜査は難航し、犯人は不明のままとなっている。事件後、住民が警察とは別に犯人探しをし、技能実習生として来日していた付近在住のベトナム人を犯人と見込んで自首せよと抗議に押しかけたことがあった。警察はそのベトナム人を身柄保護の名目で三日間留置し事情を聴いたが、逮捕にはいたらず証拠不十分で釈放されている。

翌朝目を覚ますと、布団の中からでも障子の白さが尋常でないのがわかった。

雪が降っている。

真崎は布団の中で腹ばいになったまま、昨夜ネットで調べたいくつかの記事を読み返した。おおむね同じことが記されており、誘拐というより拉致殺害といった方が適切な気もしたが、おおやけには「誘拐」となっているようだった。

犯人と疑いをかけられたのは樽町団地に住んでいた男で、技能実習生だったとされている。細かい経緯はネットではわからないが、たしかに被害者の名前は「木本」となっていた。さほど多い苗字とも思えない。間違いないだろう。

だが、この誘拐事件と望月一家の失踪には二年以上の時間差がある。そこに関係があるとしても、それは直接のものではないはずだ。だとすれば、どういうつながりがあるのか。

寒さを堪《こら》えて布団から這い出し、ストーブの火をつける。

障子を開けると、白いまだらが目に飛び込んできた。庭木や地面はさほど白くなってはいない。白い塊は落ちるとすぐに滲んで消えていた。ただ、一日じゅう降りつづければ、積もってもおかしくはない降り方だった。

障子を閉め、しばらくストーブにかじりついてから、やっと着替えた。

四畳半に向かうと、すでに近藤は朝食の用意を済ませて待っていた。

「きのうの残り物だが、かまわんだろ」

炬燵の上にはすき焼きの鍋が載っている。残った汁で作った雑炊だった。文句のあるはずがない。

「まだ寝てるんでしょうか」

炬燵に潜り込みながら、麻希のことを尋ねた。

「いや。なにか急に必要になった買い物があるとかで、さっき出て行った」

「ほう。なんだろう」

ちらりと近藤の目が笑った。

「若い女に、そこまで訊く度胸はない」

「まあ、そうですね」

「さきに食おう。ちょうどいい具合だ」

近藤は茶碗に雑炊を掬《すく》って手渡してくれた。大半の肉は麻希が食べてしまい、昨夜はほとんどつまむ程度だったが、残っていた肉片と崩れた木綿豆腐がうまかった。

「きょうはどうするんだ」

向き合って箸を手にした近藤が尋ねる。

「雪ですからね」

そうこたえただけで、どうするかは決めていなかった。

しかし、決めるよりも先に、どうにかしなければならなくなった。

食事を終えるころになっても麻希は帰ってこず、どこへ買い物に出たのか尋ねると、近くのコンビニだと近藤は教えてくれた。歩いても片道五分ほどのものだ。すでに一時間は過ぎている。

真崎は携帯にかけてみた。案の定、電源が切られていて、思わず舌打ちが出た。

また消えたか。

鳩羽地区に行ったのは確実だと思われた。おそらく木本のところだろう。

町へやってきたときと現在では、状況が違う。ひとりで勝手に動くのはまずい。

真崎はレンタカーに飛び乗った。積もってはいなかったが、雪のせいで幹線道路は渋滞していた。左折する地点までかなり時間を食ったが、左折してからは一本道で行き交う車もないまま、「美しが丘ニュータウン」の看板を抜けた。

南Bへと走らせるうち、雪が降っているのに傘をさして人がちらほら出ているのに気づいた。しかも真崎が車を走らせる方向に進んでいる。

嫌な予感があった。

南Bの街区に入る十字路を曲がろうとして、制服警官に停止を命じられた。

「迂回して」

覗き込んできた警官の息が白かった。

少しバックして路肩に駐車し、歩いて十字路を曲がった。

目に入ってきたのは、つい手前に集まっている人だかりと、その奥にある救急車とパトカー、それに何台かのワゴン車だった。どれもエンジンがかかったままで、その排気が群れている人の中から白く湧き上がっているように見え、さらに庭の白梅の花をおおっている。

人だかりに近づき、伸びをすると、黄色い規制線が木本家の門の前に張り渡され、制服警官がふたり立っていた。

「どうしたんですか」

そばにいる中年女に尋ねると、振り返ってきて声をひそめた。

「殺人ですって。ここの奥さんが殺されたのよ」

「いったい誰に」

真崎が尋ねるのと、ざわつきが大きくなったのが同時だった。

木本家の玄関が開かれ、ストレッチャーが出てきた。シーツに覆われているが、そこに遺体があるに違いない。野次馬は押し返され、ストレッチャーを載せた警察車両が走り去っていく。

それを見送る間もなく、ふたたび野次馬の中から声がいくつか起きた。

何人かのスーツ姿の男たちが、玄関から出てくる。男たちが囲んでいる小柄な姿がちらりと目をかすめ、真崎は人だかりを掻き分けた。警官が飛び出してきた。

「下がって」

胸を押し返されつつも、男たちに囲まれている姿をはっきり認めた。

「おい、何があった」

うなだれている麻希に向かって怒鳴っていた。声に気づいたのか、顔が上げられ、真崎がいるのを理解したようだった。だが、蒼ざめた顔はかすかに首を振っただけで、そのまま門を出ると、パトカーに乗り込んでしまった。

サイレンがけたたましく鳴らされ、パトカーが走り去る。

事態が把握できていなくとも、なんとかしなければならないことだけは、たしかだった。

ていた。

六

貴之が亡くなってから、精神的なストレスのせいか、貧血をよく起こすようになった。それはかりでなく、定期健診で不整脈も出るようになった。

毎月一回、診療所で診察と投薬をしてもらう。

「寒くなってきましたから、お気をつけて」

十一月の最後の週のことだった。医者にそう言われて処方箋をもらい、併設の薬局で薬をもらって診療所を出た。

昼近くなっていた。小春日和で、このまま家に戻るより、バスで駅まで行って、昼食のついでに買い物でもしようかと思いつつ、歩き出した。

すると、駐車場から車が一台発進し、わたしの行く手を塞いだ。

「お話があります」

運転席から声がして、覗き込むとマスクとサングラスの顔が向けられた。すぐに、良子さんだとわかった。でも、望月家の車は赤い色だったはずだ。いま目の前にあるのは白。良子さんが察したらしく、つけ加えた。

「レンタカーです。わたしと一緒のところを見られたくないだろうと思ったので、ここでお待ちしてました」

あわててあたりを見回した。人影はない。

でも、そこまで用心してわたしと話がしたいというのは、なぜなのか。

じつは、それまでにも良子さんから「話がしたい」と何度か電話があり、わたしはあれこれ理由をつけて断っていた。しまいには電話に出なくなり、そうすると家のチャイムが鳴らされた。それでもわたしは居留守を使って良子さんを避けていた。

「木本さんにとって、大事なことなんです」

電話口で一度そう言われ、そのまま切ってしまったのだが、気にはなっていた。いや、気になりはしたが、そういう口実を作ってわたしに救いを求めたいのかもしれないとも思った。

糞尿の一件のあと、家族でどんな話をしたのかわからないけれど、このままではまずいということになったのかもしれない。町に住めなくなるのは困る、なんとか周辺の者に反感や敵意を向けないようにしてもらうためには、誰かに間に入ってもらってあやまるしかない。

そういうことにでもなって、わたしに仲介を頼もうというつもりなのではないかとも思った。

べつに、それが嫌だというわけではない。良子さんに含むものなど、わたしにはない。かえって仲良くしたいくらいなのだ。ただ、和解のための仲介をするとなると、ほかの人たちからどう見られるか、それが不安だった。でしゃばって余計なことをするとでも思われれば、矛先《ほこさき》がこちらに向かってくるかもしれない。夫が防犯係の役員をやっているからといって、大目にはみてくれないだろう。ことによったら、糞尿事件の犯人が誰なのかを口にしなくてはならなくなるかもしれない。夫はむろん、周囲の者も、そうなればわたしを「裏切り者」と見なすだろう。

そんないろいろな不安が頭をめぐり、良子さんを避けていたのだ。

それがいま、車を借りて人目につかないようにしてまで「話したい」という。

もしここで断れば、それは良子さんと永久につながりを断つことになるのではないかという思いがふと起きた。貴之の件を真剣に聴いてくれて、悲しんでくれたのが良子さんだけだったことも思い返された。

わたしはもう一度あたりに目を走らせてから、素早く助手席にすべり込んだ。

車は用心深く発進し、真っ直ぐ町の出口へ走った。駅行きのバスを追い越し、一本道を幹線道路に出ると、左折する。

「ごぶさたしましたっていうのはお隣どうしでおかしいかもしれないけど、でも、ごぶさたです」

良子さんは片手で運転しつつ、マスクとサングラスを外し、ちらっと視線を送ってきた。言葉に嫌味はなかったし、わたしを恨んでいる感じもなかった。それより、良子さんの顔が一気に十歳、いや二十歳も老けてしまったように感じられ、返事に困った。

「幸太郎くんと麻希ちゃんは、どうしたの」

かろうじて尋ねた。

「きょうは親戚のところに預かってもらってます」

「それって」

「え」

「いえ。こどもには聞かせたくない話ということなのね」

「ええ、まあ」

そこで良子さんは言葉を切り、しばらく互いに黙り合った。

車は見覚えのある樽町団地の横を抜けた。抗議に行ってから一度も来たことはなかったが、当時以上に荒れ果てているのに驚いた。

「あそこに住んでいた人が、犯人だと疑われたんですよね」

わたしの視線に気づいたのか、良子さんは小さくつぶやいた。でも、それきりまた黙ってしまった。

左右の崖《がけ》を抜けると貝塚遺跡を示す看板が左手に見え、やがて幹線道路は樽町に入った。

鉄道駅がない樽町の住人は、その先の網島町《あみしまちょう》にある駅を利用している。だから、幹線道路は流通のための道路ではあっても、住人の行き来のためにはほとんど利用されていない。良子さんが樽町に車を向けたのは、そういう意味もあるようだった。ここなら鳩羽地区の者はまずいない。

良子さんは何度も来ているらしく、迷わず車をカラオケボックスの駐車場に入れた。

「ほかの人に聞かれるとまずいので」

そうこたえて、良子さんは大ぶりのバッグを抱えると運転席から降りた。わたしは黙ってついていき、受付で四人用の部屋に案内された。まだ昼間だったけれど、あちこちから低くこもった声と音楽が響いている。

飲み物を頼むとすぐにアイスコーヒーがふたつ届き、わたしたちは薄暗い部屋で向き合った。

良子さんはアイスコーヒーをひと息に半分ほど飲んで、大きく息をつき、ひとりごとのようにつぶやいた。

「こんなことになるなんて、思ってもいなかった」

それからバッグの中身を取り出して、自分の横に置いた。なにかの書類だった。大きさのまちまちな紙を束ねたらしく、かなり分厚い。

「わたしが法学部を出たって、前にお話ししましたよね」

いったいどんな話なのかわからないまま、わたしはうなずいた。

「仲の良かったともだちは一発で司法試験に合格して、いまではアメリカに研修に行ってます。彼女は優秀だし、自慢のともだちです」

良子さんは、そこでちょっと言いよどんだ。

「二度司法試験に落ちたくらいであきらめるなんて、あなたらしくないって、そう言われました。たしかに司法試験は五、六度受けても受からない人なんてざらなんです。子育てしながらだって、勉強はできる。そうも言われた。でも、父が急死して、わたしはあきらめた」

またひとつため息。そして口もとに薄く笑いが浮かんだ。

「こういうのも、ライバル意識っていうんでしょうね。彼女にはとうていかなわない。司法試験に受かったとしても、能力の差ははっきりしている。経済的にも勉強をつづけるのはむずかしい。それならわたしは別の道を行く。そう思った。それで結婚し、良き母親になろうって」

そこでやっと良子さんはわたしの方を見た。

「だから、こうなったのは全部自分の責任なのは、たしかなんです」

まるで話が見えてこなかった。わたしはいったんためらったが、思い切って尋ねた。

「いまさらこんなことを言うのは変かもしれないけれど、どうしてご近所はあなたをよく思わなくなったの」

薄暗い部屋で、良子さんの目が光ったような気がした。

「ご近所だけじゃありません。町全体です」

きっぱりとこたえた。良子さんの必死な顔つきを目にして、こうなれば話すしかないと思った。わたしは恥を忍んで、あやまった。

「じつを言うと、六月ごろに、変な文章が書かれた紙がポストに入っていたの。あなたが町をかき乱そうとしているって。それがどういう意味なのかわからずに、わたしはあなたを避けるようになった。悪かったと思うわ。あれからいろんな嫌がらせを受けていたのも知っていたけれど、巻き込まれるのが怖かった」

「それじゃやっぱり、木本さんもなにも知らないんですね」

「え」

「町の大半の人も、どうしてわたしが責められるのか、その理由を知らないはずです。知っていたら、一方的にわたしが責められることはないもの」

「いったい、どういうことなの」

良子さんはまたアイスコーヒーを少し飲んでから、口を開いた。

「きっかけは、木本さんなんです」

その言葉にめまいを起こしそうになった。でも、すぐに良子さんは言い直した。

「そうじゃないんです。木本さんからお聞きした話が、きっかけだったんです」

だとしても、自分のせいで良子さんがひどい目に遭ったのだとしたら、いたたまれない。けれど、話が進むうちに、それがどういうことかわかってきた。

「お宅にうかがったとき、貴之ちゃんの事件についてお聞きしたことがありましたよね。あの話を聞いて、いろいろ調べてみたんです。最初は単にどんな事件だったのか知りたいという程度だったんです。たまたまとはいえ、お隣に越してきたわけだし、木本さんのお気持ちを理解できたらと、そんなつもりもありました」

ところが調べて行くうちに、捜査がかなり杜撰《ずさん》におこなわれたのではないかと感じたという。

「誘拐かもしれないと考えたのは、間違いとは思いません。ただ、本当なら事件発生時に付近にいた者は誰でも疑わしいはずです。鳩羽地区にそんなことをする者はいないという思い込みが、外部から入り込んできた者が犯行をおこなったという予断に向かってしまった。捜査はそのときから方向を誤っていた」

良子さんは説明しながら、横に置いてあった書類を何枚か取り上げて、示した。わたしには詳しいことはよくわからなかったけれど、町の中に犯人がいるということなのか。

良子さんはわたしが驚いているのを目にして、ちょっとため息をつき、寂しげに笑った。

「一度あきらめはしたけれど、やっぱりあきらめきれていなかったんですね。弁護士になりたかった思いが、わたしを動かしていたんです。どうもおかしいと思ったら、気になってしまい、けっきょくいろいろと」

最初は新聞や雑誌の記事にあたっていたが、やがて現場周辺の様子を確認したり目撃証言なども調べたそうだ。そのうち、決定的な目撃証言に行き当たった。

「事件当日の夕方、犯人らしき男が大きな荷物のようなものを抱えて町の出入り口を出て行くのを散歩中に見たという目撃証言がありました。新聞にも載っていたし、当時本人が口にするのを町の住人が何度も聞いていました。そこで、わたしはその人にどのような状況だったのか尋ねたんです。ちょうど町の出入り口の近く、道路が東と南に分かれるあたりを歩いていたときに、その姿を見たと言いました。ですが」

ここからが重要だというつもりか、良子さんは書類に目を落とした。

「事件が起きたのは午後五時から遅くとも六時。しかし、そのときその証言者は町の出入り口を散歩などしていませんでした。駅近くにある自分の会社にまだいたんです」

書類から顔を上げ、良子さんはわたしに目を向けてきた。

「犯人が町から出て行ったという目撃証言は、その人だけがしています。それがもし見間違い、あるいは故意になされたものなら、犯人は町から出ていないかもしれない。外部から侵入したという推測も、もしかしたら」

良子さんはまた口をつぐんだ。

やはり町の住人の中に犯人がいると考えているらしい。

「でも、それだけじゃ断定はできないわ」

「たしかに、そうです。ですから、その証言者にもっと詳しく聴き取りをしようと思いました。もしこの証言者が故意に、なんらかの意図をもって嘘の証言をしたなら、なぜそんなことをしたのか。それがわかれば、真犯人を突き止める糸口になるかもしれない」

「その証言をした人って誰なの」

良子さんは、息を整えた。

「松尾和夫さん」

思ってもいない名前だった。けれど、同時にあの日のことが素早く思い出された。

夫が帰宅して松尾に連絡を入れようとしたとき、当の松尾がやってきたのだった。たったいま家に帰ったら警察から連絡があったと口にした。あのときすでに七時を回っていたはずだ。

たしかに時間は合わない。

「けれど、松尾さんが勘違いをしていた可能性もあるでしょう」

「もちろんです。だからこそ話を聞きたかったのに、当の松尾さんはそのあとすぐ、甲府《こうふ》の建設現場の仕事があるとかで、いまだに戻ってきません。わたしを避けるためなのか、本当に仕事なのか、わかりませんが」

一気にしゃべった良子さんは、身体をソファにもたせかけ、大きく息をついた。

「嫌がらせが始まったのは、そのあとすぐなんです。なぜそんなことをされるのか、最初はわたしも不思議で仕方がなかった。町の方針にただ従っているわけでなく、いろいろと注文をつけたりはしていても、それだけで嫌がらせをされるはずがない。だったら、理由はひとつしかない。事件を調べ直されては困る者がいるんじゃないか。だ松尾さんの証言は故意になされていたんだって。そう考えれば辻褄《つじつま》は合う。そうでなければ、調べれば調べるほど嫌がらせがどんどんエスカレートしていく理由がない」

ふとわたしの頭をかすめたのは、「被害妄想」という言葉だった。良子さんは嫌がらせの原因を勝手に貴之の件につなげてしまっているのではなかろうか。

わたしの疑念を感じ取ったのか、良子さんは書類の束から何枚かの紙を取り出した。

「そこで方針を変えました。住人に事件のことを訊くのではなく、類似の事件がなかったかどうかを調べました。まず、この周辺で起きた幼児の死亡事故を十年さかのぼって洗い出してみたんです。明らかに事故で亡くなったのが三件。交通事故です。それ以外が一件。行方不明になり、一週間後に川にはまっている死体が見つかった事件がありました。貴之ちゃんの事件の八年前、この樽町で起きています。夏のことで、遺体は腐乱して死因が特定されていません」

あちこちに赤線が引いてある書類を示して見せた。

「このときは誘拐ではなく、行方不明ということで捜索されています。警察も今回の一件とつなげて考えてはいません。同一人物による犯行かどうかは五分五分だと思います」

良子さんは、犯人が連続して犯行を重ねているのではないかと推測したということらしい。なにか突拍子もない考えのように思えた。都合のいいようにいくつもの事実をつなぎ合わせているような。

「もし、同じ犯人なら、そのあとも事件が起きていておかしくはないわ。でも」

「貴之ちゃんの事件以降、付近では類似の事件はありませんでした」

良子さんは、わたしの言葉を制してこたえた。

「だったら、それは思い過ごしなんじゃないかしら」

書類を一枚めくって、首を振った。

「もし、犯人が鳩羽地区から別の場所に移っていたとしたら、どうですか」

「引っ越していった人の中に犯人がいたっていうの」

少しためらってから、良子さんは口を開いた。

「貴之ちゃんの遺体には、特徴がありました」

わかるだろうというように、真っすぐ目を向けてきた。そう、貴之は首を絞めて殺されただけでなく、両耳を切り取られていた。思い出したくはないけれど、事実は事実だった。

「類似の手口の殺人がないかと調べてみました。すると」

言いさして、良子さんは書類を目の前に突き出してきた。そこにはいまから二年前、別の場所で同様の事件があったことが記されていた。宇都宮《うつのみや》の山林で発見されたこどもの遺体は右耳を切り取られていたとあった。犯人は不明。

「両耳と右耳だけですから、完全に共通しているとは言い切れません。ほかにも宇都宮近辺でこどもが行方不明になったあと殺されて発見された事件が二件ありました。死後に右手首を切断されたこどもと、顔を切り刻まれたこども。警察では連続犯のしわざだと考えているようですが、犯人はいまだにわかっていません」

その数に言葉を失った。もし同一犯なら、突発的なものではないということだ。

良子さんはつづけた。

「そこで宇都宮近辺に移っていった人物が、鳩羽地区にいないかどうか」

べつの書類の束を手に、わたしに示した。

「集会所に保管されていた住民名簿です。あれだけ住民を管理しているのだから、あるとは思っていました。この書類には鳩羽地区の入転居者が記録されています。宇都宮近辺に転居した人は十人。そのうち一家で転居したのがふた組。夫婦とこども三人の家庭と、夫婦とこどもひとりの家庭。それに娘夫婦の世話になることになった八十代の女性。残るひとりが」

マーカーを引かれている名前を示してみせた。

その指先にあった名前を目にすると同時に思わず声が漏れ、あとが続かなかった。

なにかの間違いなのではないか。そんなはずがあるだろうか。いや、でも。しばし頭が混乱していた。見知った顔とはいえないけれど、まるで知らないわけでもなかった。ときたま地区内をぶらぶらしているのを目にしたこともあった。顔を思い浮かべようとしても、はっきりしない。いや、それよりも、貴之の死顔が、あのガーゼで両耳をおおわれた姿が、目の前に迫ってきた。

「はっきりした証拠があるとは言い切れません。ただ犯行の手口に共通点があり、近辺に転居した人物がいる。それをどう考えるか、です」

「小言を聞きたくなかったのかもしれない」

思わず、つぶやいていた。貴之を叱ったとき、両耳をふさいで逃げ回ったことが何度かあった。それと同じなのではないか。よほど嫌な記憶として残っていたのかもしれない。いや、成人してからも同様のことをされていた可能性もある。

いぶかしげな良子さんに向かって、説明した。

「犯人は、親に厳しく叱られ続けたり、嫌なことばかり聞かされていたのかも」

「ああ、そういうことですか。たしかに、そうかもしれませんね。周囲には穏やかに見せていても、家の中では違う人もいますから」

あらためて記された名前にちょっと目を落としたあと、良子さんはつづけた。

「ともかく、これが事実なら、調査を妨害されるのも納得が行きます。同時に、このことを知っている一握りの限られた人たちが、別の理由をこじつけて町の人たちにわたしを責め立てるように仕向けたことにもなる」

「でも、栃木での事件と共通点があるなら、貴之の件に警察が気づいてもおかしくないんじゃないかしら」

さっきの話題に戻るようなわたしの問いに、良子さんはため息をついた。

「栃木県警は貴之ちゃんの件とつなげて考えてはいないようです。あるいは気づいているのかもしれませんが、捜査にどこからか圧力がかかったかもしれません。それに、疑わしいと思われる人物は半年前に交通事故で」

書類には車の暴走により宇都宮市街で死亡とあった。良子さんは考え込みつつ、つづけた。

「交通事故で死亡したのは事実ですが、自殺したという考えもできます。自分のやったことに対する償いというか、幼児を手にかけてしまう性癖を持て余してしまっていたというか」

そうであるなら、犯人も哀れな末路をたどったということになる。

もし貴之の事件の段階で犯人として逮捕されていれば、ここまで繰り返されることはなかったかもしれない。犯人とわかっていながらそれを隠した人たちのせいで、犯人自身も苦しんだのではないだろうか。言ってしまえば、更生の機会を奪われたのだ。

となると、グエンのところへ押しかけたのも、本当の犯人から目をそらすためだったのかもしれない。

「わたしの第一印象は間違っていなかったのね」

良子さんのもの問いたげな目が向けられた。

「グエンのことよ。彼は何もやっていなかったのね」

「彼についても、その後どうなったのか調べました」

また別の書類を取り出した。

「彼は当時、技能実習生としてベトナムのホーチミン市からやってきて、おしぼり製造工場で働いていました。ただその工場は経営者が約束通りの賃金を支払わないということで、グエンは一緒に働いていた仲間とともに会社とトラブルになっていた。そういう経緯もあって、鳩羽地区住人の抗議があったあと会社は馘首され、すぐに帰国してしまっています」

住民が抗議に行ったときのグエンの悲しげな目が、ふいに浮かんだ。わたしたちは無実の人を勝手な憶測で追い込んでしまったのだ。むろん、目の前にいる良子さんのこともだ。

そして、証拠がはっきりあるわけではないにしても、真犯人がいま、わたしの目の前に示された。

と同時に、はっとした。

犯人が誰なのか、夫は知っていたのだろうか。知っていたなら、いったいいつから。

「夫は、これを」

うわごとのように口にすると、良子さんは首を振った。

「わかりません。実は、奥さんもご存じなのかもしれないと思っていました。でも、こうしてお話しして、知らなかったんだとわかりました」

「それで、これをいったい」

どうするつもりなのかと尋ねかかると、良子さんは唇を舐め、しばし言葉をためらった。

「犯人が死亡していたとしても、事件の真相は明らかにしなくてはいけないと考えています」

良子さんの決意は固かった。ここまで町の住人に嫌がらせをされても、真実を突き止めようとした良子さんに、わたしは恥ずかしさを覚えた。と同時に、根本的な疑問が起きた。

「でも、確実な証拠はないんでしょう」

良子さんは、わたしの問いに唇を嚙み締めた。

「たしかに、いまの段階では」

「だったら、どうやって」

尋ねかかったわたしを遮り、良子さんはじっと目を向けてきた。

「その点もふくめて、わたしにすべてをまかせてもらえますか」

それはわたしへの信頼に裏打ちされている目でもあった。わたしはうなずいた。

「ありがとうございます」

そう言って安堵の息をついた良子さんは、メモ用紙を取り出し、なにか書き込み、それを手渡してきた。

「調査結果をどうするかは、わたしにまかせてください。ただ、もし万が一のことがあったら、この人に連絡を」

ローマ字が並んでいて、それが仲の良いともだちの住所らしいことはわかった。

「万が一って」

「つまり、この調査がもみ消されたりした場合、ということです」

そういう可能性もあると考えているらしい。

わたしは、黙ってそのメモを受け取った。

第四章　それは何を引き起こしたか

……父は忙しい人だったので、小さいころにはほとんど家にいなかった。帰ってくれば口うるさいだけで、ことあるごとにいい高校、いい大学へ入れと言った。そのままエスカレーター式に高校へ行けるのに、東京の別な有名私立を受験しろというのだ。それまでは父の期待にこたえようと思っていたが、試験に落ちたせいで、今度は口もきいてくれなくなった。それなのに、父の口うるさい文句が耳にこびりついて離れなくなり、ときたま頭痛と一緒に聞こえるようになりだした。

母は、小さいころからわがままをきいてくれ、父からかばってくれていたが、たぶん、そのせいか根気のない性格になってしまったと思う。生きている実感がないとでもいうか。

休みがちだった高校をなんとか卒業したが、父のコネで入った大学を中退し、有名大学を四回受けても駄目だった。今度も受からないようなら家を出ていけと宣告されていた。

最初のきっかけは小学校四年のとき、母がペットにハムスターを買ってくれたときだったと思う。世話をするという約束だったから一ヵ月ほど面倒をみたけれど、飽きてきた。ある日、ハムスターを手に乗せていると、ふいにその手を握りしめていた。毛におおわれた小さい身体がぴくぴくともがき、やがて動かなくなった。命を奪うことがこれほど簡単だとは思わなかった。それは快感だったが、同時に自分に対する恐怖も引き起こしていた。

なにかのきっかけで取り乱してしまったとき、自分がなにをするかわかったものではない、と思ったのだ。死体は裏庭に気づかれないように埋め、しばらくは同じようなことはしなかった。

けれど、高校に落ち、頭痛とともに父の小言が耳から離れなくなったころから、小動物を殺すようになり、やがては……。

一

所轄の与久那署は駅から少し北に行った町の総合庁舎に接していた。
すでに午後三時に近い。
何もできないまま時間が過ぎていた。

木本の家から麻希が任意同行されるのを目にしてから、すでに六時間は過ぎている。ロビーの椅子に腰を下ろしてからは四時間ほどか。

あのあとすぐに真崎はレンタカーで鳩羽地区を離れ、幹線道路に出たところで電話をかけた。

「いったいどうしたってんだ」

近藤が驚くのも当然だったが、自分にも事情はわからないのだと告げ、家に待機していてくれるように頼んだ。

「雪だしな。少し酒が入っちまったが、まかせてくれ」

それからすぐに横浜の岩田に連絡を入れた。

土曜日だったので事務所ではなく、携帯にかけた。

「早いのね」

岩田の声は寝不足のようだった。

だが、麻希が殺人現場から任意同行されたと告げると、とたんに声から眠気が吹き飛んだ。

「どういうことよ」

望月家の隣に住んでいた女性が失踪の事情を知っているらしいことがわかり、昨日接触して連絡先を置いてきた。その女性のところに麻希が今朝勝手にひとりで出向いた。追っていった真崎は殺人事件があったと知り、その場から麻希が任意同行されるのを見た。ざっとそう説明すると、岩田は確認してきた。

「現行犯逮捕じゃないのね」

「おそらく違います。いまのところ参考人でしょう。ただ事件の様子がまるでわからない」

しばし電話の向こうで部屋を行き来する気配がつづき、それから声が返ってきた。

「わかったわ。そっちに行くから。それまで下手に動かないで。二時には所轄に行けると思う」

そこで電話は切れた。雪の具合にもよるが、車ではかえって時間がかかるかもしれない。電車を乗り継げば、横浜から二時間といったところだ。だが、それまでじっとしていろと言われても無理だった。

真崎は幹線道路から町へ引き返した。

事件現場は警察が捜査しているから手出しはできない。だが、まだ警察は聞き込みをしていないと見当をつけて、診療所へと車を走らせた。昨日、真崎と麻希が立ち去ったあとのことが知りたかった。

やみそうにもない雪の中、昨日と同じ場所に駐車した。

すでに診療時間に入っているから、ほかにも何台か車がある。玄関まで走り、受付に取りついた。昨日とは違う女で、まだ若い。名刺を出して名乗り、大山医師に話を聞きたいと告げると、いま診療中だと言われた。

「事件のこと、知らないんですか」

待合室の方に視線をやりつつ、尋ねた。数人の老人たちがテレビに目をやっているが、こちらに注意を向けてはいない。

「事件、ですか」

女は口を開けて首をかしげた。

「木本さんをご存じですか」

「ええ、毎月いらっしゃってますが」

真崎は声をひそめた。

「何者かに殺されたらしいんです」

開けた口に手をやって目を見開く。

「昨夜、貧血でこちらに運んできたのが、わたしなんです。その後の足取りを知りたい」

女はとっさに立ち上がり、お待ちくださいと言って奥に入っていった。待つ間もなく戻ってくると、待合室とは反対の通路から「処置室」と表示のある部屋に通された。中で診察室とつながっているようだ。大山らしき声が、ではまた来週と言っているのが聞こえ、すぐに見覚えのある顔が部屋に現れた。

「どういうことです」

大山は入ってくるなり、急き込んで尋ねてきた。顔が蒼ざめている。

「まだはっきりしたことはわかりません。ただ、殺されたとだけ」

したたか衝撃を受けたようだ。

「無意味なことを」

低くうなった。

「昨日、わたしたちが帰ってから、木本さんはどうされましたか」

驚きが治まらなかったのか、尋ねるとやっと顔を向けてきた。

「特に何も。豊島さんが車で送っていったはずですが」

「変わった様子は」

大山は首を振った。

ふと、いましがた大山が口にした言葉が引っかかった。

「無意味とは、どういうことですか」

大山の視線がうろつき、顔をそむけた。うっかり口をすべらせたらしい。

「木本さんはどこが悪かったのでしょう」

真崎は木本夫人が重要な人物だったことを強調し、調査している事情を手短かに説明した。

個人の病名を漏らすのは、亡くなったとして守秘義務があるらしく、少し迷った風を見せたが、大山は窓に目を向け、ひとりごとだと前置きして口を開いた。

「警察が調べればわかることですが、もう長くはなかった」

「というと」

「子宮に、癌がありました」

「手遅れだったんですか」

「いや、切除すれば少しはなんとかなったと思いますが、そのままだとあと半年もつかどうかでした。ただ、本人が切除したくない、と」

「なぜでしょう」

「聞いた話ですが、木本さんは以前お子さんを亡くされている。ご主人も十年ほど前に。ですから、なんというか」

口をにごしたが、ようするに生きる気力がなくなっていたと言いたかったのだろう。あるいはこどもを亡くした上に、子宮まで切除されるのが耐えがたかったのか。

「変なことを訊くようですが、木本さんが長くないということを知っていたのは、誰でしょうか」

大山がいぶかしげな顔を向けた。

「どういう意味ですか」

「そのままの意味です」

「身内のかたがいらっしゃればご説明はしますけれど」

「では身内のかたは」

「いま申し上げたように、ご主人もお子さんも亡くなられています。親戚とは疎遠になっていたようです」

「身内同然に親しいかたは」

「そこまではちょっと」

答えてから、大山は顔をしかめた。

「わたしが、誰かに漏らしたとでも」

嘘は言っていないようだった。木本本人が他言していないのなら、癌のことは知られていないだろう。

「先生を疑っているわけではありません。では、木本さんから何らかの秘密めいたことをお聞きになっていませんか」

「なぜわたしに」

「あくまで可能性の話です。木本さんが日ごろから接していた先生になら、何かしら大事な話を漏らしていたかもしれない」

大山はまた考え込み、うなった。

「どうでしょうか」

「何か思い出したら、昨日お渡しした名刺の携帯に連絡をお願いします」

頭を下げて処置室を出ようとすると、呼び止められた。

「そういえば、病状をお伝えしたとき、妙なことを」

「なんです」

「いや。ショックだったからかと思ったんですが、わたしの方が先に死ぬのねって。ご家族をすでに亡くされているのに変だなと思って、頭に残ってるんですが」

「誰より先に、なんでしょうか」

「そこまでは」

大山は顔を曇らせ、首を振った。

失踪と誘拐殺人事件。

このふたつについて、木本は何かを知っていたに違いない。

真崎と麻希が調べようとしていたのは失踪に関してだけだったが、それを知ろうとすると誘拐事件にもつながることになる。そのつながりを知られてはまずい者が、木本の口を封じた。

癌のことを知っていてもいなくても、まさにいま、木本を殺す必要があったのだ。麻希はたまたま現場に行って巻き込まれたのだろう。

そう考えていいように思えた。

昨日木本からもっと話を聞けていれば。

麻希にしても、望月家の娘ではないと否定されたままになってしまったことになる。

車に戻りエンジンをかけようとして、診療所の隣にある集会所に向かって、傘の行列が続いているのが目に留まった。事件を受けていちはやく対応策を話し合おうとしているらしい。安全安心な町を標榜してきたのだから、今回の一件で大騒ぎするのも当然かもしれない。どんなことが話し合われるのか興味があったが、忍び込める状況ではなさそうだった。

あきらめて車を発進させた。

雪の降り方がひどくなってきているように思えたが、気温が高いらしく、地面に落ちるとすぐに溶けていく。

南Bがどうなっているか様子をうかがおうと車を向けると、すでに警察車両はおらず、野次馬も散っていた。木本の家の前には規制線が張られ、制服警官がひとり立っているだけだった。刑事たちは周辺に聞き込みをかけているはずだ。

そ知らぬふりでその前を走り抜け、町から幹線道路へ進んだ。

いったん近藤の家に戻ろうかとも思ったが、まっすぐ所轄署へ車を向けた。

捜査権のない真崎が殺人に関して調べ回るのは、債務者探しと違い、限界がある。手出しができないなら、麻希の近くにいるべきだと思った。何かあったときすぐ対処できるようにしておく必要もあった。

だからこそ岩田は署で落ち合うことにしたのだと思い至った。

所轄署はつい最近新しくなったらしく、外観は立方体の灰色がかったものだった。総合庁舎と共同の一般駐車場に車を停める。

携帯のニュース速報を見たが、まだ事件についての報道はされていなかった。それをたしかめてから、署に入っていった。

警察署にいい思い出はないが、それ以上に麻希の様子が気になる。

カウンターで名刺を出し、望月麻希という女性が事件のことで来ていると思うが会えないかと頼んだ。

むろん駄目だった。それどころか、担当の刑事がロビーに出てきて関係者かと尋ねられ、事情を聴かせてくれと言い出した。

麻希は仕事の依頼人だと告げ、なぜ連行されたのか問い質した。

「第一発見者で、救急に第一報を入れてくれましてね。あくまで参考人です」

口調が丁寧なのはまだ犯人扱いしていない証拠ともいえたが、油断はならない。きっぱりと言っておくべきだった。

「彼女が木本さんを殺すはずがない」

中年の刑事は言葉尻をとらえて目を光らせた。

「というと、何かご存じというわけですか」

「それ以上は、弁護士が来るまでは何も言えない」

真崎はかたくなに言い張り、刑事は疑わしげな目つきで肩を揺すりながら戻っていった。

それからすでに四時間経った。岩田の到着は遅れている。

【速報】鳩羽地区で女性殺害
午前七時ごろ、鳩羽地区で一人暮らしの六十代女性が首を絞められ殺害されているのが発見された。警察は現在、現場にいた女性に事情を聴いている。

昼頃からネットに流れ始めたニュースはそれだけしか伝えていなかった。更新されないのだから進展もないということだろう。

「任意で事情聴取」しているとは記されていない。つまり警察は犯人と断定してはいないのだ。とはいえ、現場にいたことは間違いなく、聴き取りが厳しいことは想像できる。もっとも、したたかなところのある娘だから、警察に振り回されるようなことはあるまい。

ただし、警察が都合のいい筋書きを勝手に思い描き、それに沿った供述を取る可能性はある。

そう考える真崎は、無意識のうちにまたもや絵里と麻希を引き比べているのに気づき、何度か頭を振った。絵里が教師に問い詰められたとき、本当のことを訴えたかどうかはわからない。ただ、都合のいい筋書きが出来上がっていたかもしれなかった。真崎にしても、もしいまのままリコール隠しを黙っていれば、万が一発覚したとき、退職した真崎にすべての罪をかぶせるような都合のいい話をでっち上げられてしまうかもしれない。

それがたとえ警察であっても、組織というのはそういう体質を持っているのだ。

そこまで考えがめぐって、はっとした。

所轄の幹部がもし延川あたりと親密な関係にあったとしたら。

真崎は首をわずかにすくめ、あたりを見回した。雪にもかかわらず、落とし物の受け取りや免許証の更新などで人がひっきりなしに出入りしている。そのロビーにいる自分を監視する目がありはしないか。

考えすぎだと言い聞かせはしたが、真崎は立ち上がった。車に戻って待つべきだと思ったのだ。

だが、その必要はなかった。

立ち上がった真崎の視界に、大ぶりのバッグを手に黒いオーバーコートを着た岩田の姿が入ってきた。同じようなオーバーを身に着けた太った年配の男と一緒だった。

「先生」

つい安堵のまじった声になった。その声に気づくと、寒さで赤くなった岩田の顔が振り返った。怒りを含んだような顔で近づいてくる。

「遅くなったわ。ごめんなさい」

冷気とともに岩田がこたえた。それから後ろについている男を振り返った。

「大宮で法律事務所をやっている朝比奈《あさひな》文彦《ふみひこ》先生。何度か事務所にいらっしゃったことがあるけど」

記憶が一気によみがえった。二度顔を合わせたことがある。全国の弁護士が集って、入国管理局の収容問題に関する連絡会を作っているらしく、岩田とともにその一員だと聞いた。白髪でがっしりした体格が印象に残っていた。

「それじゃわたしはさっそく」

あわただしく挨拶を終えると、朝比奈は受付のカウンターへ行き、事情聴取への立ち会いを申し入れている。

「刑事専門の弁護士じゃないと、こういうのはむずかしいから。それでお願いして来てもらったの」

真崎が質問する前に、岩田が説明した。

「それじゃ、朝比奈さんにあとは任せて大丈夫なんですね。ともかく身柄だけはなんとかしないと」

岩田がじっと視線をあててきた。

「殺してないんでしょ」

はっきりとはわからない。だが、真崎は首を振って、殺すはずがないと告げた。

「だったらきょうのうちには帰してくれる」

視線がさきほどの刑事をとらえた。小走りにやってきて、朝比奈に頭を下げ、話し始めた。岩田とともに、そこへ向かった。刑事がちらりと目を向けてきたが、すぐ朝比奈とのやりとりに戻った。

「立ち会いができなくとも、参考人なら呼び出してもらえるはずですが」

朝比奈の言葉に、刑事は口元だけ笑った。

「第一発見者ですし、捜査の具合によってどうなるかわかりませんので、申し訳ありませんが」

「でしたら、事情を聴いている部屋の前で待たせてもらいましょう。参考人が必要なときすぐに対応できますから」

「そういうことなら、どうぞ」

刑事は不快げに顔をそむけつつ、こたえた。

「動きがあったら携帯に連絡します。お二人はどこかで待機していてください」

真崎と岩田に向かってそう告げると、朝比奈弁護士は刑事について奥へ進んでいった。

「煙草吸える店、このあたりにあるかしらね」

朝比奈を見送ると、ため息をついて岩田が訊いた。駆けつけてきたにしては、呑気だった。

「いいんですか、離れても」

「朝比奈先生にまかせておけば、大丈夫よ。ここにいても、わたしたちには何もできない」

たしかに、手出しができないのは事実だった。

「それに、話しておきたいことがある」

視線をそらしたままつけ加えた岩田の表情には、苦しげな色が浮かんでいた。真崎は察した。アメリカから帰国した岩田が、望月一家の行方を探ったときの件で、何かまだ口にしていないことがあるのだ、と。

車で周辺を探し回り、やっとバイパス沿いにある喫茶店を見つけた。夜はパブになるらしく、カウンターの奥の棚にはスコッチやバーボンのボトルが並んでいた。雪のせいか普段もそうなのかはわからないが、客はほかにいなかった。

道に面したボックスに、ふたりは向き合った。

「まず、どうしてこうなったのか、教えて」

オーバーコートを脱ぎ、腰を下ろすと、岩田はバージニア・エスを咥えた。黒のパンツスーツ姿だった。

「横浜も雪ですか」

火をつけてせわしなく一服した岩田はひとこと、雨だと答えた。

ちょび髭を生やした男が注文を取りに来た。店長だろう。ひとりでやっているようだった。コーヒーをふたつ頼んだ。食欲はない。岩田も同様らしかった。

真崎は町にやってきてからの経緯をかいつまんで報告した。岩田はそのあいだ、立て続けに煙草を三本灰にし、運ばれてきたコーヒーをブラックで飲み干してしまった。

口を挟まずに聞いている岩田は、鳩羽地区の様子に驚いた風ではなかった。そんなことは承知しているといいたげにも感じられた。

真崎が説明を終えると、岩田は四本目の煙草を灰皿に押しつけ、コーヒーをもう一杯たのんだ。

「で、話しておきたいことというのは」

二杯目のコーヒーに口をつけ、また煙草に火をつけた岩田に、真崎は話を促した。

岩田はあきらかに迷っていた。言っていいものかどうか、岩田は煙草の先の焔に、目をやっている。

「真崎さんが町に着いてから、まだ三日よね」

「そうですが」

「たったそれだけのあいだに、町で殺人が起きた」

「彼女とわたしが町に現れたことで、町が過剰に反応を示した。その結果だと思います。それだけ望月一家の失踪が町にとっては重大だということでもある」

岩田は長いままの煙草をもみ消した。そして真崎に向かって姿勢を正した。

「アメリカにいるとき、良子たちがいなくなったって、大学時代の友人から連絡があったわ。親戚や会社の関係者は突然一家が失踪したから、いろいろ調べたみたいだし、警察にも捜索願を出した。あそこを開発した不動産屋に家を売って町を出て、それから行方がわからなくなった」

その不動産屋が、いま与久那町の町議と鳩羽地区長代理をやっている延川善治だ。

「結局行方がわからないまま夫の両親が七年後に申し立てて、家裁が失踪宣告をおこなった。それで終わっていたのよ」

岩田はまだ迷っているようだった。口にすべきかどうか、それがどういう内容なのか真崎にはわからなかったが、事態を左右するほどのことなのだろうという気がしていた。

「しかし、日本に戻ってきてから調べたわけでしょう、先生も」

我慢できなくなったのか、岩田はまたバージニア・エスを取り出した。だが、火をつけずにしばし手の中でもてあそんだあと、ゆっくりと咥えてから、こたえた。

「調べたわ、誘拐殺人の件をね」

そして火をつけた。

真崎は聞き間違えたかと思った。

「どういうことです、それ」

思い切り煙を吐く。

「真崎さんは、父に会っていないわよね」

「ええ。ずいぶん前に亡くなったとお聞きした気がしますが」

「十一年前ね。帰国したあと、わたしは父の伝手で二子玉川《ふたこたまがわ》の法律事務所に所属していたけれど、父の死をきっかけに伊勢佐木町に事務所を構えた。わたしなりに考えたの。少しでも罪滅ぼしをしたいと思って」

わざと混乱させるように話しているとしか思えなかった。肝心なことを口にせず、その周囲をうろうろしているようでもあった。

だが、岩田の言葉は真崎の勘が正しかったことを示していた。望月一家の失踪と、その二年前に起きた誘拐事件はつながりがある。

「なぜ誘拐の調査を」

乗り出した真崎に、岩田は煙草を挟んだ手をかざして制した。

「良子から大量のコピーと手紙がアメリカに送り付けられてきたわ。失踪の半月くらい前だった。誘拐殺人事件に関して調査した文書のコピーよ。良子はできる限りのものを集めて分析していたわ」

岩田が隠していたことをひとつ、打ち明けた。

「つまり、望月良子さんは誘拐事件を調べていたと」

「手紙には、お隣さんが当事者だったって書かれていた。だから最初は何の気なしに概要を知ろうと思っただけかもしれない。でも、弁護士志望の気持ちが残っていた。そして、調べれば調べるほど捜査の杜撰さが見えてきた」

「ネットで概要は見ましたが、犯人は捕まっていない」

うなずきつつ煙草を消した岩田は、コーヒーをひと口飲んだ。

「でも、良子の手紙によれば、犯人の目星がついた」

岩田は持ってきたバッグから封筒を取り出し、中から分厚い便箋の束を突き出した。

それが望月良子からの手紙なのはすぐわかった。読んでみろと目で示す岩田から受け取り、ざっと目を通していく。

意外なことに、誘拐殺人事件だけでなく、前後に付近で発生した類似事件も調べたと書かれていた。本件の八年前に隣の樽町で発生した事件に注目したらしく、そこからどういうわけか宇都宮で起きた事件にも調査の手を伸ばしていた。

なぜそんなことをするのかと疑問が湧いたが、手紙を読むにつれて、理由がわかった。類似の事件が宇都宮で多発していたのを突きとめ、鳩羽地区から宇都宮に移った者の行方をたどるうち、一人の名前に行きついた。望月良子は最後に鳩羽地区から宇都宮に移った、その人物の名前を記していた。

「これは」

思わず岩田に目をやった。

「わたしは帰国して、本当なのかどうか、それをたしかめた」

「どうだったんです」

「良子が犯人と指摘した人物はすでに死亡していたし、決定的な証拠があるわけじゃなかった」

「つまり犯人を確定できる直接的な証拠はなかったが、状況証拠からほぼ間違いない、と」

「彼女の調査では、それが限界だった。だから、決定的な証拠をわたしに調べてほしい、と」

真崎は言葉の続きを待った。だが、岩田は腕組みをし、窓の外へ目を向けてしまった。仕方なく言葉を促した。

「それで」

「それで、終わりよ」

岩田がいらつくように唇を噛んだ。

「何もしなかったんですか」

「何をしろっていうの。できるわけないじゃない」

思いもよらぬ見幕だった。みずからも驚いたのか、ちょっと戸惑いを見せ、それからこちらに向き直り、疲れた声を漏らした。

「何もできなかったのよ」

「どういうことです。誰かに命じられたってことですか」

返事のないまま、岩田はまた煙草を一本咥えた。だが、火をつけずに戻した。

「父よ」

「え」

いまいましそうに頭をひと振りし、あらためて煙草に火をつけた。

「お父上が、事件にかかわっていたというんですか」

「違うわ」

間髪容れず煙とともに吐き出したが、それきり岩田は無言のまま何度か煙草をふかしつづけた。

真崎はせっつかず、岩田の口が開くのを待った。

やがてカップを鷲づかみしてコーヒーをあおり、さらに一服して煙草を灰皿でつぶした。

「ほじくりだすのはやめてくれと言われたわ」

「なぜです。弁護士の本業じゃないにしても、初手柄みたいなものでしょう」

「それがかえって弁護士として干される原因にもなりかねない」

「圧力がかかるということですか」

「そうね」

岩田は苦々しげにこたえた。

「もしかして」

口を開きかかると、岩田は嫌悪をあらわに真崎の言葉をさえぎった。

「ふたりは、国政と地方の違いはあっても、同じ与党の同じ派閥に属していた。しかも、父の大学での先輩だった。ラグビー部の二年先輩だったそうよ。おまけに父が参議院議員になるときには応援もしてくれた。おれの顔に泥を塗るのかって言われたわ」

「だったら、先生がやらずとも、誰か別の者に情報を」

真崎の言葉をさえぎって、岩田はつづけた。

「わたしがやるやらないの話じゃない。誰かにリークしたとしても、良子とわたしとのつながりが知られれば、出所はばれる。事件が明るみに出れば、それは同じ派閥全体の失態になる。もちろん、そうなる前に、どこかでもみ消される」

急に憔悴《しょうすい》したような岩田の顔を目にし、真崎は言葉をのみ込んだ。

真崎自身が同じような立場にいることに思い至ったのだ。

会社の同僚に迷惑がかかるからとリコール隠しを黙っているのは、岩田の父親が菅井地区長をかばうのと、どれほどの違いがあろう。間違ったことだとわかっていても、法律に触れてまで隠蔽しようとする心性は誰にでもあるということか。

岩田が、自嘲するような笑いを短く漏らした。

「最初は嫌がらせだと思ったわ。仲が良くても、良子は自分が挫折したから、わたしを恨んでこんなものを送り付けてきたのかと思った」

「そんなことはないでしょう」

真崎の言葉に、岩田はうなずいた。

「よくよく考えてみれば、たしかにそんなことはない。証拠はなくとも、良子はわたしに告げずに告発しようとすればできた。父が参議院議員なのは知っていたし、同じ派閥だとか先輩後輩だというのは調べればすぐにわかる。それでも、まずわたしに打ち明けてくれた。たぶん弁護士資格のあるわたしを信じてくれたのよ。証拠もはっきり示せると考えただろうし、父に知られても、わたしが事件をおおやけにするって。でも」

岩田はうなだれ、何度か弱々しくかぶりを振った。

「しかし」

真崎はためらいつつ口を開いた。

「しかし、それでいいはずはない」

半ばはみずからに言い聞かせていた。

「わかってるわ。父だっていいとは考えていなかったと思う。でも、けっきょくわたしは調べるのをやめた。誘拐事件が良子たちの失踪の原因だってわかっていながら、口をつぐんだ。いったんそうなると、今度は良子たちがもう二度と現れないでくれればいいと思っているのに気づいて、はっとしたことが何度もある」

いままで押し隠していた思いを吐き出したせいか、岩田は大きなため息をついた。

麻希が目の前に現れたとき、岩田が困惑したのには、そういう経緯があったというわけだ。

これから弁護士としてやっていこうとしていた岩田は、犯人らしき人物を示されていながら、それを隠してしまった。父親の死後、そのことに対する「罪滅ぼし」のために損得を無視して外国人相手の債務者救済などを引き受けていたのだともいえる。

だが、そこへ麻希が現れた。

「最初口がきけなかった。驚きより、不安が起きた。彼女が家族の真相を突き止めたら、どこまで明るみに出てしまうのか。だから真崎さんについていてもらった」

「それは、場合によっては、もみ消すため、ということですか」

警戒しつつ尋ねると、岩田の頰がこわばった。

「たぶん、そうね」

もしそうなっていたら、自分は岩田の頼みに応じていただろうか。不正とは言えないが、またもや隠蔽に加担したか。

断じてない、と思った。同時に、決心がついた。取るべき道が示されたと思った。

この件を片付けたなら、すぐにでも。

真崎は背筋を伸ばした。

「それで、いまはどう考えているんですか」

すっと岩田のこわばった顔が向けられ、首が振られた。

「せめて彼女だけは、守りたい。そう考えているわ」

つまり、もはや隠蔽するつもりはないということだ。ここまで駆けつけてきたことが、それを証明している。

真崎はうなずいてみせた。

「先生のおかげで失踪と誘拐事件がつながりました。今回の殺人もふくめると三つの事件になりますが、それが一線上に並んだことになります。もし、手紙で指摘されている人物が誘拐殺人の犯人だとするなら、それ以降にあの町で起きた事件はすべて連鎖している。連鎖しているとすれば、指摘された人物が真犯人でもある。別の犯人では、おそらくこんな形で連鎖しなかったはずですから」

手紙の束を返しながら、真崎は告げた。

「と同時に、望月一家失踪と今回の殺人の責めを負うべきは、あの町の住人全員ということになります」

一瞬目を見張った岩田だったが、納得したようだ。

「見方によっては、たしかに」

岩田の携帯が振動を伝えてきたのは、そのときだった。

「帰されるそうよ」

携帯に耳をあてた岩田が、真崎に伝えた。

麻希のことだと理解した真崎は、すぐさま立ち上がった。

二

誰が見ていたのか、良子さんと樽町で会って話したことは、その晩には夫の俊樹の耳に入っていた。

「あいつと会って、何を聞いたんだ」

帰ってくるなり、居間のソファに座っていたわたしの前に立ちはだかり、怒りに蒼ざめた俊樹は声を荒らげた。

「ただお話をしただけよ。最近体調はどうなのかって心配してくれたわ」

「それだけのはずがない」

「そりゃ、読んだ本のこととか、ハンバーグをおいしく作るコツとか、いろいろ話したわ」

「おい」

「なによ」

「おれたちを舐めるな」

おれではなく、「おれたち」だった。

「どうして女同士の話がそんなに気になるの」

「あの女だからだ」

「わたしに聞かれるとまずい話があるのかしら」

夫はいったん口をつぐんだけれど、すぐに吐き捨てた。

「あいつらの国籍は日本じゃない」

言うに事欠いて、つづけて差別的な言葉まで口にした。

「だから、でたらめなことを言って、おれたちを混乱させる」

国籍が日本じゃないから、でたらめを言って混乱させる。

夫の理屈は、そうなる。馬鹿げた理屈だった。たとえ望月一家の国籍が日本でなくとも、それとこれとは別問題だということくらい、中学生でもわかる。

「でたらめなのは、どっちよ」

「なんだと」

「そうやって気に入らない人をいい加減な嘘で貶《おとし》めて、何が楽しいのよ」

「黙れ」

言葉と同時に、持っていた鞄でわたしの頬をはたいた。一瞬目がちかちかして、それからソファに横倒しになっているのに気づいた。

「偉そうな口を叩くな。おとなしく言うこときいてりゃいいんだ」

呆然とした。夫はわたしを殴ったのだ。それまで一度もそんなことはなかった。痛みよりも、そのことがわたしを傷つけた。

そこまで必死に良子さんに近づけまいとしている理由は、ひとつしかない。良子さんが貴之の事件を調べているのが、迷惑なのだ。

本当の犯人を知ったわたしには、それがわかる。

そこまで思ったとき、ふいに睨みつけている夫の顔が目に留まった。心を決めると、ソファの上で身体を起こして、まっすぐ見上げた。

「わたし、聞いたわ」

意味を解しかねたのか、夫の眉がひそめられた。

「教えてもらったのよ、貴之を殺した犯人が誰なのか」

自分でも声が震えているのがわかった。夫はそれでも何を言っているのかわからないようだ。

「なんでやつがそんなことを知ってるんだ。だいいち、関係ないことだろうが」

馬鹿らしいと言いたげに吐き捨てた夫の様子に目をやり、すぐさま思い当たった。

夫も、真犯人を知らされてはいなかったのだ。わたしは尋ね返した。

「だったら、防犯係は、なぜ良子さんを邪魔者扱いしてるの」

「地区の方針に反対することばかりしているからだ。おまけに執行部や役員が金を不正に流用している証拠があるとかいって探り回っている。やつはいまの執行部を蹴落として自分が町を牛耳ろうとしているんだ」

口にしながらも、夫はそれをあまり信じていないように聞こえた。

「誰がそう言ったの」

「それは、延川さんが」

わたしは首を振ってみせた。

「違うわ。あなたは本当の理由を知らない。良子さんは、貴之を殺した犯人が誰なのか、それを調べていたのよ」

夫の顔に戸惑いが浮かび、口ごもった。

「馬鹿な。だいたい、それがなぜ」

町にとって迷惑なことにつながるのか。

そう続けかけたに違いない。そして口をつぐんだとたん、うろたえる色が走った。

わたしは良子さんから聞いた犯人の名前を口にした。

夫が目を見開き、あえいだ。その身体から力が抜けていくのがわかった。鞄を取り落とし、立っていた姿がふらついたと思ったら、がくりと膝をついた。

「だから町としては、犯人を知られては困る。そういうことよ」

両手で頭を抱えた夫は、小刻みに首を振った。その手が震えつつ顔をおおい、何度か低く嗚咽《おえつ》した。

どれくらい時間が過ぎたのか、わからなかった。

やがて夫は顔から両手を離し、わたしを睨み上げてきた。そして苦しげに声を絞り出した。

「だめだ」

なにが、だめなのか。

尋ねようとすると、こわばった口調でつづけた。

「おれたちはここで生きている。犯人が知られたら、この町は、どうなる。めちゃくちゃになるのはわかりきっている」

「そのためなら貴之を殺した犯人までかばうっていうの」

「それとこれとは別だ」

「別じゃない。あなたは、貴之を裏切ってる」

一瞬、夫の目が怯んだ。視線を外すと弱々しく立ち上がり、大きく息をついた。

「おれたちはこの町の一員だ。町を守るのがそこで生きる者の役目だ」

そんな理屈が納得できるはずもない。

「役員にしてもらったからなのね。だから」

「ああ、そうだ」

開き直ったのか、声が高くなった。

「だから町を守るのが最優先なんだ」

「役員にしておけば口止めできると思われたのよ」

「なに」

「口封じするために、取り込まれただけよ」

言いながら、背筋が寒くなった。もしかすると、良子さんがいなければ、わたしだとて夫と同じように取り込まれていたかもしれないのだ。でも、いまは違う。

夫の顔が蒼ざめていた。わたしはさらにつづけた。

「お隣とつき合って、知らないうちに伝染病にかかったらどうするんだって、前にあなたは言った。でも、知らないうちにかかっているのは、あなたの方よ」

落ちている鞄を拾い上げた夫がみずからを嘲るように口もとをゆがめた。

「だとしても、もうどうしようもない。引き返せない。わかるだろう」

「なぜよ。なぜ引き返せないのよ」

「秘密を知ってしまったんだ。いったん知ったら」

そこで言葉を切ると、今度は夫の表情に脅えが浮かんだ。

「おまえ、まさか」

「なによ」

「バラすつもりじゃないだろうな」

しまったと思った。わたしが口を開いたばっかりに、良子さんがどこまで調べ上げているのかを夫に、つまり町を取り仕切っている者たちに知られてしまうことに、やっと気づいた。

「だったら、どうだっていうのよ」

夫が何か口の中で言ったような気がしたけれど、そのままゆるゆると居間を出て二階にあがっていってしまった。

わたしは震えがきて、ソファに倒れ込んだ。

たったいまのやりとりが、取り返しのつかないことを引き起こすのではないか。まさかそこまでは、とも思うが、良子さんが真実を暴露しようとすれば、なりふり構わず妨害しようとするはずだった。

どうにかしなければ。でも、どうすればいいのか。

いや、良子さんどころか、わたし自身もまた、どうなってしまうのかわからなくなったというべきだろう。町の秘密を知ってしまった者を、たとえ夫が防犯係だとはいえ、放っておくはずもない。

翌日、わたしは良子さんに電話をかけた。一晩中不安で寝つけず、夫が弁当も持たずに会社に行ったあと、すぐに電話したのだ。

昨夜の夫とのやりとりを話し、わたしたちの身の安全をまず考えたほうがいいと告げた。すると、電話の向こうで考えている気配がわずかにあってから、良子さんは口を開いた。

「もう引き返せません」

「え」

「きのう、帰りに木本さんを途中で降ろしたあと、郵便局に行って資料のコピーを友人に送りました」

淡々とした口調が、かえってわたしを愕然とさせた。

「真実がおおやけになれば秘密は秘密でなくなります。だから、大丈夫です」

「おともだちのかたは、信じられるの」

「もちろん。だから、わたしを信じてください」

一瞬だけ間があったように感じたのは、気のせいかもしれない。

安心させようとして平気な調子でこたえているとも思えたけれど、その言葉でわたしは少し安堵した。その友人がすぐにでもおおやけにしてくれれば、身の危険はなくなる。だが、それまでは注意しなくては。

でも、一週間しても、十日過ぎても、なにごとも起きなかった。

あの晩以降、夫はわたしから隠れるように夜遅く帰宅し、朝はいつもより早めに出ていった。十二月に入って、防犯係は恒例の「年末火の用心」でいくつかのグループが毎晩町を拍子木を叩いて歩くのに忙しくなったようだったから、そちらに気をとられているのかもしれない。

そう思いもした。ただの思い過ごしだったかと、気の緩んだこともあった。

まさか、そんなことはない。「火の用心」と良子さんやわたしが知った真実とでは、比べものにならない。いつまでも好きにさせておくはずはない。

そして、その夜は突然やってきた。

三

近藤の家に戻るころには雪もやみ、あたりは暗くなりだしていた。

前もって連絡しておいたので、岩田と朝比奈を伴っていても、近藤は戸惑いもせず四人を案内してくれた。

「かなり絞られたみたいだな」

麻希のぐったりした様子を見て眉をひそめた近藤に、真崎は頼んだ。

「なにか温かいものでも作って食べさせてやってもらえれば助かります」

近藤は二つ返事でこたえると、台所の方に入っていった。

ひとまず麻希を昨夜泊まった部屋で休ませ、三人は真崎の部屋で顔を突き合わせた。

車で戻ってくる途中、おおよそのことは朝比奈から説明を受けていたが、あらためて三つの事件のつながりを検討する必要があった。

「さきほども言いましたが、警察はあくまでも参考人という形をとっています。ただ、まだ疑問点があるというスタンスです。死亡推定時刻が午前六時から八時。麻希さんが木本家に着いたのが午前七時すぎ。部屋は物色もされていないし、物盗りではない。怨恨の線という見方です」

朝比奈は何も見ずに、説明した。すべて頭に入っているようだ。

「真崎さんに、確認したいのですが」

向けてきた顔を見返し、真崎はうなずいた。

「昨日麻希さんは木本さんが倒れたのを救い、真崎さんと一緒に診療所に運びました。そのとき自分が失踪した一家の娘だと打ち明け、木本さんが失踪について何か知っていると思った」

「おそらくその通りだと思います。ですから彼女が朝いなくなったとき、木本さんのところへ行ったのだろうと思い、わたしも行ったわけです」

「警察で、彼女は昨夜のうちに携帯に木本さんから連絡があったと言っています。朝七時に来てほしいと言われたそうです」

たぶん夕食を途中で切り上げて部屋に戻ったあとに電話があったのだろう。木本の枕元に真崎の名刺と並べて麻希が携帯の番号をメモした紙を置いてきたから、それを見てかけてきたのは間違いない。麻希の携帯に通話記録はたしかに残っていたという。午後九時二十一分着信。通話時間は三分二十秒。木本の家の固定電話からだったそうだ。

「診療所では彼女のことを望月家の娘ではないとこたえたが、どうしても謝りたいことがあると言ったそうです。心当たりはありませんか」

真崎は首をかしげた。何を謝りたいのか、まるでわからない。

「あなたも場合によったら参考人として話を聴かれるかもしれませんから、できるだけ正確にお願いします」

昨日のことは思い出すまでもなかった。たしかに木本は麻希をひと目見て覚えている気配をうかがわせたが、その後、診療所では望月家の娘ではないと否定した。

「木本さんが彼女に何かを打ち明けたと考えて、その内容が彼女に怒りを抱かせるようなものであった可能性はあるでしょうか」

それもわからない。だが、何かを聞き出したとして、それが麻希の予想していたものと違った場合、怒りにまかせて殺すかと言えば、それはないと思えた。

そこまで一気に真崎に尋ねた朝比奈は、背筋を伸ばした。

「遺体は細紐のようなもので絞殺。仏壇の前で倒れていたようですが、彼女は発見して遺体と思わず、救急車を呼びました。救急隊員が駆けつけ、首に絞殺の痕跡があるとのことで警察に通報。その場にいた麻希さんが参考人として任意同行に応じたという流れですが、周辺の聞き込みでは怪しい人影を目撃したという証言はないようです。土曜日なので通勤通学の者はいなかった。おまけに雪でしたから」

「家の鍵はあいていたのでしょうか」

真崎の問いに、朝比奈は困った色を一瞬浮かべた。

「彼女はそう証言しています。警察としては、そこが引っかかっているらしい。麻希さんが被害者宅を訪ねていき、鍵をあけさせて中に入ったのではないかと考えている。その点をはっきり証明できないので、参考人というより容疑者に近いと見ている」

「それを言うなら、あの町の住人全員が容疑者です」

真崎は朝比奈の前に身を乗り出した。意外そうに目を見張った朝比奈は岩田に視線を走らせた。

「この事件は単独でなく、ほかに二つの事件とかかわりがあるんです」

岩田が答えると、朝比奈はまた真崎に目を向けた。

町に来ることになった経緯を話していくにつれ、朝比奈にも誘拐事件と望月一家失踪の線上に今回の殺人があるらしいと理解できたようだ。

「つまり今回の被害者が、二十一年前に起きた誘拐殺人の被害者の母親だった、と」

確認するように、朝比奈はつぶやいた。

「その事件を調べていた望月良子さんと一家が失踪したわけです。しかも、その直前に真犯人を特定した可能性があった」

真崎の言葉に、岩田は望月良子から来た手紙をふたたび取り出し、朝比奈に事情を説明した。苦しげな口ぶりの岩田だったが、朝比奈は批判もせずに黙って聞いていた。

「たしかに、つながっているようですが、だとしたらいったい何のために」

朝比奈の声が、途中で考えようとして途切れた。真崎はそれを受けて口を開いた。

「目的は町の安全を守るため、とでもなりますか。そのために動いた者が町にいるはずです」

「誰ですか、それは」

「地区長代理の延川善治、防犯係長の松尾和夫。ほかにも町を仕切っている者がいるはずですが、彼らは表立って動いたり、ましてや命じたりはしないと思います。鳩羽地区は、先代の菅井地区長の時代から安全安心な町作りをモットーにしています」

敷きっぱなしの布団の枕元にあった冊子「鳩羽地区のあゆみ」を持ってきて、朝比奈と岩田に示した。

「じっさいには誰が命じたのか、誰が動いたのか、それはわからない。しかし、住人が関与している」

「なるほど。真崎さんが住人の全員が容疑者とおっしゃるのは、そういうことですか」

「生前の菅井も、いま鳩羽の地区長代理をしている延川も与久那町の町議会議員です。ふたりとも防犯を名目に所轄署とつながりがあってもおかしくない。つまり、歴代の所轄署幹部も、あるいは見て見ぬふりをしていた可能性がある」

朝比奈がうなって腕組みをした。そこまではどうだろうかと言いたげだった。

「ともかく、そういった背景があって今回の事件が発生したことは、間違いないようですが」

「が、なんですか」

「望月一家は失踪して、どうなったと考えますか」

そこが疑問だと言いたげに真崎に尋ねてきた。

真崎は岩田に視線を走らせてから、低くこたえた。

「おそらく、亡くなっていると思います」

「それは殺されたということですか」

朝比奈が確認する言葉に、岩田はうなだれた。いままで考えないではいなかったはずだが、あからさまに口にされると、やるべきことをなさなかった後悔が押し寄せたのだろう。

真崎はため息とともにこたえた。

「失踪する理由がないですからね」

「では、殺したのは住民ということですか」

当然の疑問を朝比奈がつぶやいたとき、障子の外に気配がして、近藤が声をかけてきた。応じると障子が開いて顔をのぞかせた。

「卵酒を作ってやったらうまそうに飲んで、そのまま眠った」

三人のただならぬ様子にちょっと怯んだらしいが、近藤はそう告げた。

真崎が礼を言うと、握り飯でも作ってくるとこたえ、ふたたび障子が閉まった。

「殺した住民の特定は」

三人になるとすぐ、朝比奈が尋ねてきた。

「実行者と指示者はちがうでしょう。ただし、指示者は指示を出していないかもしれない」

「というと」

「さっき言った安全安心な町作りってやつです。そいつを大義名分にしているから、住民の中にも安全安心な町を作るためならと、勝手に暴走する者がいるかもしれない」

「そこまでになると、常軌を逸しているな」

「言い出した菅井はそんなつもりじゃなかったんでしょうけれどね」

「言葉が独り歩きしたか」

朝比奈の感想は的確だった。

「町のためなら何をやってもいいんだという考えが広がって、そう思わない者も反論することができず、声の大きい者に従っている。そういう状況だと思います」

「しかし、本当に殺害したとして、遺体はどうしたんだろう」

朝比奈の問いに、一瞬真崎の頭をかすめるものがあった。

だが、そのとき遠くからガラスが割れる音が届き、それは遮られた。

耳を澄ます間もなく、割れる音はさらに立て続けに起きた。

三人は目を見合わせ、何事かと息をつめた。

「おい、来てくれ」

近藤がこわばった表情で甲高い声を上げながら、座敷に駆け戻ってきた。

三人が立って座敷の前の縁側から窓越しに夜の闇を見やると、玄関の方に人だかりがしているらしく、口々になにか怒鳴っている。

「やつらだ」

近藤の声には憎しみが込められていた。真崎と麻希が近藤の家に泊まっていることは、昨日近藤に助けに来てもらったから、知られている。ここへ押し寄せてきたのはそのせいだろう。

そのあいだにもガラスの割れる音と家の壁に固いものがぶつかる鈍い音がつづいた。

「先生は、彼女のところへ行っていてください」

真崎はそう言い置いて玄関に走った。

玄関の明かりは灯っていたが、照らし出された引き戸は格子のガラスがあらかた割れ、拳ほどの石が玄関の中にまで飛び込んできていた。

「出てこい」

「人殺し」

「町をかき乱すな」

ここまで来ると、怒鳴っている声がはっきり聞こえる。

「いったい何だ」

遅れて玄関にたどり着いた朝比奈が、あきれた声をあげる。近藤が壁にかけてあった鎌を手にするのが見えた。

あわてて真崎は近藤を制した。

「話してきますから」

「ばかな。あいつらおかしいんだ。話なんか聞くと思うか」

「ここは、ともかくまかせて」

いきり立つ近藤をなだめ、真崎は靴を履いて玄関の戸を引き開けた。

投石がやみ、闇から浮かび上がった青白いいくつもの顔が真崎に向けられた。

何歩か前に出て、立ち止まった。白い息を吐きつつ、集団を見渡す。

三十人はいるだろう。昨日の昼間、延川の家から出てきたときのことが甦った。あのときは女たちが遠巻きに真崎と麻希を睨んでいた。だが、いまは男の方が多いようだった。年齢もまちまちだ。しかも、石を投げつけてくるほどに敵意が高まっている。

「犯人を出せ」

誰かが怒鳴った。何人かの声がつぎつぎと和した。

「誰のことだ」

真崎はつとめて声を抑えて尋ねた。

「決まってんだろう、あの女だ」

若い声が飛んだ。

「だから誰なんだ。名前を言ってほしい」

わずかに間があった。誰も知らないようだ。名前も確かめずに押し寄せたということか。

「名前なんかどうでもいい。木本さんを殺した女だ」

また応じる声がいくつも上がる。

「まず、誰の命令でここに来たのか、それを教えてくれ」

「誰でもない」

「わたしたちは自分の考えで来たのよ。馬鹿にするな」

「われわれは町の意思を代表している」

口々に罵声が浴びせられた。しばし真崎はなすがままにして聞き流した。それから、両手を開いた。

「よし、あんたたちが自分の意思でここへ来たなら、よく考えてみるといい。第一発見者の彼女以外に、殺人の前後に町の外から入った者はいない。あんたたちはそう証言している。だったら、もし彼女が犯人じゃないなら、どうなる」

真崎はちょっと間をあけた。集団の中に息をつめる気配が起きた。

「町の誰かが木本さんを殺した。その罪を他人になすりつけようとしている。そうなるはずだ」

わずかの動揺があり、さらに激しい罵声が飛んできた。と同時に石が真崎めがけて投げつけられ始めた。

「言い逃れだ」

「町を悪く言うな」

「われわれの中に犯罪者などいない」

正面の闇から飛んでくる石を、真崎はよけなかった。いくつかは腹や腕、それに顔をかすめたが、受けて立った。石を投げて気が済むなら、投げればいい。だが、おまえたちの犯した罪は消えない。

真崎は歯を食いしばって耐えた。

見かねたのか、ふたたび騒ぎ出した集団に向かって、真崎の背後から近藤が飛び出してきた。鎌を手にしていた。短く悲鳴が起き、投石がやんだ。

「いい加減にしろ。おまえらが町の外でみみっちい悪さをしているのはわかってるんだ。売春、万引き、薬物、そういう話はいくらでも耳にする。町の中で上っ面だけとりつくろってりゃいいと思うな」

鎌を持った手で、ひとりの中年女を指し示した。

「おまえ。若い男と毎週ラブホテルにしけこんでるじゃないか。いくら払ってんだ」

女がぎょっとした顔になった。

「ばか言わないでよ」

近藤は相手にせず、別の男に目を向けた。

「それから、そこのおまえ。ゴルフ道具かついで毎月ラブホテルだ」

言い返そうとして、男は口ごもっている。

そのあともめぼしい何人かの「みみっちい悪さ」を数え上げた。万引きを見つかった主婦。暴走行為をして免停になりかかった若い男。それらは松尾が出て行ってどれももみ消したらしい。しかし、そういった者がこの集団にすべているというのは解せない。おそらく近藤は適当に口にしているのだろう。もっとも、それで動揺するのだから、それに近い後ろ暗いことをしているに違いなかった。

あらかた吐き出した近藤は、長年の鬱憤が晴れたといった顔で振り返り、真崎に目配せしてきた。順番交代だというつもりか。

真崎は一歩前に出て口を開いた。

「もし町の誰かが犯人だったとしたら、あんたたちは間違ったことになる。わたしたちを気に入らないというのは仕方がない。しかし、気に入らないから悪いことをしていると決めつけるのは、大きな間違いだ」

近藤が鎌を手に横に立っているせいか、先ほどまでの勢いは感じられなかった。真崎はつづけた。

「今回の事件は、過去の事件とつながりがある。単独で起きたわけじゃない。十九年前、あの町で一家が失踪した。その事情を知っていた木本さんが殺されたんだ」

「嘘だ。そんな事件はなかった」

誰かが叫んだ。真崎は声のした方を睨みつけた。

「あんたが知らないだけだ。知らないだけで、なかったことにはならない。事実あった。その失踪の原因が、さらにそれ以前に起きた誘拐殺人だ」

年長の者に訊いている姿がいくつかあった。それすら知らない者が加わっているらしい。

「こどもがさらわれて殺された。その母親が木本さんだ。そして、あんたたちが木本さんを殺したと言い張る女性は、失踪した一家の娘だ。三つの事件はつながってる。そういう事実が明るみに出ては困る者がいる。町が隠してきた何かがそこにある」

すべてを口にするつもりはなかった。ひとりひとりに疑念をいだかせればいいと思った。

「駄目だ。こいつの口車にのせられるな。われわれは犯人を捕まえるんだ」

怒鳴る声に目をやると、昨日松尾と一緒に麻希を連れ去ろうとしていた若い男だった。

「やってみなさい。やれば、きみも逮捕だ」

甲高い声が響き、朝比奈が前に出てきた。

「わたしは弁護士だ。すでに警察に通報した。わかっていないようだが、きみたちはこの家の敷地へ不法侵入している。器物損壊、傷害も加わっている。警察が来てからでは遅い。帰るなら、いまだな」

何人かが後じさったようだった。

「犯人を引き渡すまで、何度でも抗議に来るからな」

若い男はさらに言いつのった。

真崎は、首を振った。

「何度来ても、ここに犯人はいない」

そして住人全員に顔を向けた。

「本当の犯人を知りたいなら、町を探せ」

遠くからサイレンの音が聞こえてきた。本当に警察を呼んだようだ。若い男はいらだたしげな表情で地面に唾を吐き、踵を返した。ほかの者もそれにつづいてつぎつぎと背中を向けて去っていく。

「なんとか追い返せましたね」

朝比奈が安堵の吐息をついた。

「お願いがあります。力を貸していただけませんか」

真崎は朝比奈に目をやり、息を整えてから告げた。

「わたしは鳩羽地区の全住民を、告発します」

「え。全員を、ですか」

声に戸惑いがあった。

「犯罪行為があったことを証明します。そのためには告発が受理され、裁判所の令状が出されることが必要です」

真崎が自分の推測を説明すると、朝比奈も納得し、大きくうなずいた。

「わかりました。では、今夜のうちに手続きをしましょう」

「ありがとうございます」

気づくと、朝比奈の肩越しに、玄関に出てきていた岩田と麻希が不安げな顔を並べていた。

四

クリスマスまで五日。

その日がどうして選ばれたのかは、わからない。たぶん金曜日だったからかもしれない。

その日、夫は夕方には帰ってきた。思いがけず早かった。何かあるとは思った。でも、尋ねても教えてはくれないだろう。そもそも尋ねる間もなく二階にあがっていってしまった。

言い合いをしてから半月以上経っていたけれど、夫はずっとわたしを避けていた。顔を合わせればうっかりなにごとかを口にしてしまいかねないと用心しているように感じられた。良子さんとわたしに対して何かを企んでいるのだろうとは思ったが、こしばらくは何事もなく、ひっそりとしていた。それが不気味でもあったけれど、良子さんのともだちが動いてくれるのを待つしか、わたしたちにはできなかったのだ。

夕飯をひとりで済ませたのが午後七時。

携帯で誰かと話しながら、ちょうど夫がおりてきた。上下とも運動用の灰色のトレーナーに着替えている。

「一緒に来るんだ」

携帯を閉じてポケットに入れると、夫は目をそらしたまま命じた。

「こんな時間からどこ」

「黙ってついて来い」

言葉をさえぎって、夫は顎を突き出した。

わたしはダイニングの椅子から立ち上がった。

玄関を出ると、門の外に何人かの男が立っていた。防犯係のメンバーだろうか。全部で八人。町のどのあたりからやってきたのか知らないが、ラフな服装でみんな手ぶらだった。気温がかなり下がってきているのに寒くはなさそうだった。

男たちは夫のあとから出て来たわたしを見ても挨拶をせず、気づいたら周りを囲むように立っていた。

「こんばんは、奥さん」

中のひとりがひそめた声でわたしに目を向けてきた。金壺眼が暗闇の中で光った。延川善治だった。

いったい何なのかと問い質そうとしたとき、十字路を曲がって小型トラックが入ってきた。ゆるゆるした速度で、端にどいたわたしたちの前に停止する。「松尾建設」と横腹に文字が読めた。

トラックはエンジンを切り、運転席から降りてきたのは松尾和夫だった。たしか甲府に行っているはずだったが、いつの間にか戻ってきたらしい。

松尾は幌のついた荷台をたしかめるように後ろから回り込んできて、男たちと目配せし合い、最後に延川にうなずいて見せた。

延川が助手席に近づき、ドアを開くと、うなだれた姿が降りてきた。街灯の光に照らし出された表情はこわばり、苦しげにも見えた。

言葉を交わしたことはなかったけれど、見たことは何度もあった。地区長の菅井昭次郎。よりによってここに現れるとは。

ふいに左腕を強く引っ張られ、目の前に夫の顔が来た。

「声を出すなよ。もし出したら、おまえも」

そこで口を閉じて周りの男たちに目をやった。わたしもつられて視線を向けた。そのときになって、男たちがこれからしようとしていることに気づいた。

「ばかなことはやめ」

思わず声をあげかかると、夫の冷たい手が口を封じた。

「おまえのためだ。おとなしく言うことをきけ」

わたしのため。そう言った夫から、震えが伝わってきた。わかったかと訊かれ、うなずくと、やっと口から手が離れた。

すっと延川が横に立った。

「奥さん、旦那さんから聞きましたよ。あなたは余計なことを吹き込まれてしまった」

夫に視線を走らせたが、わたしの方を見てはいない。

「そういうわけで、あなたにもご一緒願うことになった。べつに手伝えなどとは言いません。その場にいるだけでいいんです」

わたしを同行させて、共犯に仕立てるつもりなのだ。たとえその場にいるだけでも、止めに入らないなら同罪だと言いたいのだ。秘密を知った者は殺されるか仲間に加わって共犯者になるか、どちらかだ。

そのとき、理解した。まだ夕飯時だから、叫び声や物音で近所に気づかれることを考えれば、手荒なことはしないと思っていた。しかし、それは間違っていた。近所が異変に気づいても、誰も警察に通報などしないだろう。この町で生きていくために見て見ぬふりをし、すすんで「共犯者」の立場に身を置くことを、延川は確信しているのだ。

ぽんとわたしの肩を叩いたあと、延川は望月家のインターホンを鳴らした。

すぐに良子さんの声で返事があり、延川が名乗る。

「夜分に申し訳ありません。お話があって」

断って。わたしは胸の内で叫んだ。でも、声は出ない。それにたぶん断ったところで、延川たちは引き下がらないだろう。今夜が駄目なら明日、明日が駄目なら明後日。もう流れは止められない。

しばしの間があってから、良子さんの声がどうぞとこたえるのが聞こえた。

延川たちは門を開けて入っていく。わたしも誰かに背中を押されてつづいた。

玄関を開けた良子さんは、大人数なのに驚いたようだった。

「すみませんね。遅くに」

へつらうような延川の声を聞きつつ、わたしは良子さんの顔から隠れるように目をそむけていた。けれど、わたしがここにいるのを気づかれないはずはない。

ふいに懐かしい匂いを感じた。

ハンバーグ。今夜はハンバーグだ。わたしがコツを教えたとおり、蜂蜜が少し入ったハンバーグ。貴之がいなくなってからは作らなくなってしまったハンバーグ。

キッチンの方から幸太郎くんのはしゃぐ声が聞こえる。

「それで、お話というのは」

良子さんが用心深く尋ねる声がする。菅井も来ているのはすぐに見て取ったはずだけれど、おくびにも出さない。

延川がごまかし笑いの混じった口調で告げた。

「いや、大したことじゃないんですがね。あなたがずっと調べていた件、なかったことにしてもらえないかと」

呆れたような、蔑むような目で、良子さんは向かい合っている全員を見渡した。最後にその視線が松尾に留められた。

「松尾さんの目撃証言が嘘だったとお詫びにみえられたわけではないんですね」

「わたしは嘘などついてない」

松尾は悪びれもせず、こたえた。

「あなたがたのやったことは、もうすべてわかっているんです。なかったことになどできません」

そして低く短く答えた。

「お断りします」

延川が薄ら笑いを浮かべた。

「町としても、これ以上いろいろと迷惑をかけられるのは困るわけですよ。あなたも町に住む一員なんだし」

「一員だからこそ、なかったことにはできないと申し上げてるんです」

ちらりと良子さんの視線がダイニングの方に走った。そして、声を細めてつづけた。

「どういうつもりか知りませんが、あなたたちのやったことは犯罪なんですよ」

延川の声がこわばった。

「ご挨拶ですね。われわれはよかれと思ってやっただけですよ」

「それがおかしいことだとは思わないんですか」

「考え方の違いですな」

「そういう問題じゃありません。とにかくお断りします」

「駄目ですか」

「当然です」

「残念ですな」

延川の言葉が終わる前に、三人の男たちが動いていた。良子さんの腕を左右から摑み、ひとりが口を塞いだ。驚いて目を見開く良子さんがもがくのを三人で床に押し倒し、座敷の方にひきずっていきながら首に紐を巻いている。その隙にほかの男たちが家にあがり、ダイニングへ向かった。菅井は頭をかかえて玄関にしゃがみこんでしまった。

その菅井を横目に入れつつ、男たちのあとに続こうとした夫の腕を、わたしはあわててつかんだ。

「なにする。離せ」

ふりほどこうとする夫にしがみついた。

「だめ」

必死に叫んだ。

「そんなことさせない」

なにを言い出すのかと、夫の顔が向けられた。蒼ざめている。本当は手にかけたいとは思っていないのだ。

「貴之を」

とっさにその名前が口をついた。

「貴之を殺した犯人を守るために、なぜあなたが人を」

急に顔をゆがめた夫の腕から力が抜けた。

ダイニングから怒鳴り声が聞こえ、幸太郎くんが泣き出したようだ。続いて茶碗やグラスの割れる音。

それを耳にした夫は、ふたたび腕をふりほどこうとした。

「離せ」

「やめて」

わたしが叫んだとき、ダイニングから顔を出した男が睨みつけてきた。

「赤ん坊がいない」

男の言葉に、わたしはとっさに夫の腕を離し、奥に通じる廊下へ走った。いつも寝かしつけている部屋は知っていた。

せめて麻希ちゃんだけは助けなくては。

そう思った。何もわからない麻希ちゃんまで手にかけることはない。手を下さないまでも、この場にいて助けようとせず傍観しているだけなら、犯行を黙認したことになる。わたしが責められるのは、仕方がない。だとしても、せめて麻希ちゃんだけは。

いちばん奥、東側に面した小部屋にベッドがあるはずだ。明かりをつける余裕もないまま、ベビーベッドに走り寄った。

何も知らずに寝入っている姿が浮かびあがり、わたしは抱え上げた。以前抱いたときより確実に大きくなっている。この命まで渡すわけには行かない。

「おい」

背後から夫の声がして、わたしはとっさに麻希ちゃんをかばうように身体をまるめた。

逃げようがない。

夫はすぐ後ろに来て立ちはだかった。廊下の明かりで、夫の姿は黒く大きかった。

五

午前十時。

横浜から書類を持って小久保由紀が駆けつけた。

「これでいいと思うんですけど」

岩田と顔を合わせると、自信なさそうに茶封筒を差し出した。

中を確かめた岩田はうなずいた。

「そう、これよ。悪かったわね」

「いえ」

どうということはないと言いたげだったが、きょうは日曜日だった。本来なら事務所は休みだから、時間外勤務をしたことに違いはなかった。

「なんか豪華なとこ、泊まってますね」

書類に目を通している岩田を横に、小久保は真崎に小声でささやいてきた。

「一泊三千円」

信じられないというように目を丸くした。これからとんぼ返りで横浜に戻るのも癪《しやく》なのだろう。探し出すのに一苦労して、疲れちゃいましたよなどと愚痴りだした。

「あなたは麻希さんと一緒にここにいてもらいたいの。明日横浜に戻ってもらうことになるわ」

「あ、はい」

現金なもので、小久保は背筋を伸ばして返事をした。

「襲撃には気をつけてくれよな」

なんだそれはと小久保が目で尋ねてくる。

「ここはたまに石が飛んでくる」

真崎は昨夜額を石がかすめてついた傷を示した。むろん小久保には意味がわからない。しかし、真崎と岩田が留守のあいだに同じことが起きないとは言い切れなかった。

「それじゃ、行きましょう」

岩田が書類をバッグに詰めなおして立ち上がった。真崎もそれにつづく。

「ちょっと様子を見て行くわ」

岩田が廊下を麻希の寝ている部屋に向かった。障子戸の外から声をかけると、すぐに返事があった。

麻希は水色のスウェット姿で布団の上に起き上がっている。

「これから真崎さんとでかけてくるけれど、横浜から小久保さんが来てくれたから。

何かあったら彼女に頼んで」

「はい」

顔色は悪くない。だが、身体から力が抜けている様子だった。参考人とはいえ警察で事情を聴かれれば、たいていの者は精神的に参ってしまう。

開いた障子のところで待っていた真崎は声をかけようとしたが、その前に岩田が、それじゃと言って部屋を出て廊下を戻り始めていた。

目を合わせただけで行こうとしたとき、麻希の方から声をかけてきた。足を止めて閉めかけた障子の間から目をやった。

「ありがとう」

こくりと頭を下げてきた。

「気にするな。仕事だ」

それだけ言って障子を閉めると、待っていた岩田に追いついた。

「仕事だけじゃないわよね」

岩田の問いは、べつにからかう調子ではなかった。だが、真崎はまともにこたえた。

「仕事ですよ」

「まあいいわ。わたしからもお礼を言わなくちゃ。ありがとう」

「まだなにも解決したわけじゃありませんよ。問題はこれからだ」

岩田は黙ってうなずいた。

「おう、行くか」

玄関のところまで戻ると、外から帰ってきた近藤が声をかけた。手にミカンをいくつか手にしている。

「すみませんが、彼女をお願いします。事務所から来た子をつけますから」

「さっき外で見かけたよ。なんだか頼りなさそうだったが」

岩田にこたえてから、真崎に苦笑を見せた。

「玄関以外に、被害はどうでした」

「車やられちまった。屋根がへこんでた。請求は延川に出せばいいかな」

「まあ、そうなるでしょう」

真崎がこたえると、肩をすくめた。

「とにかく早く戻ってきてくれ。今夜は水炊きにでもする」

「彼女にも朝食お願いします」

「わかった。飯は食わないとな。うちでとれたミカンのジュースもある」

手にしていたミカンを掲げてみせた。

よろしくと頼んでレンタカーの前へ向かうと、岩田は車の様子を確認していた。

「こっちは無事なようね」

「そうでもないですよ。おとつい傷をつけられてね」

横腹を示してみせた。

「動けば問題ないわ」

その通りだと思いつつ、車を出した。

朝からまた雪が降りそうな曇り空で、予報では夕方から雨だということだった。

「きのう、あれから話したわ、彼女に」

幹線道路から町への一本道に入ると、岩田がぽつりとつぶやいた。

だから今朝は一度も顔を見せず、麻希は部屋に閉じこもっていたのかもしれない。

「かなりショックを受けていたみたいだけれど、わたしの気持ちもわかるって言ってくれた」

真崎は黙ってうなずいた。

「でも、弁護士失格よね」

「そんなことはない。二十年近くもかかったが、ちゃんと事件に向き合った。彼女はそれをわかってくれたんですよ」

返事はなかった。だが、バッグを抱え直し、強く握りしめているその手が、岩田の決意を代弁しているように思えた。

やがて車は町の入り口を抜け、東公園の横を進み、延川の屋敷に到着した。おととい同様に横づけすると、岩田がインターホンを押した。延川の妻の声が応対し、岩田は肩書とともに名乗った。

「ちょっとお待ちください」

真崎とのかかわりはすでに知っているだろうが、乗り込んでくるとは思っていなかったらしい。しばらく間があってから、延川本人の声が聞こえた。

「どういったご用ですかな」

「うちの真崎が、この町の全住民を告発しました。それについてご相談したいと思い、うかがいました」

「告発だって」

驚いたというより呆れた調子だった。だが、地区長代理としては断れなかったらしく、入るように言われた。

潜り戸を抜け、玄関にたどり着くと、妻が不愉快の色をあらわに迎えた。

「こちらへ」

真崎を憎々しげにひと睨みして、応接間へ通す。

すでに延川は待ち構えていた。岩田が名乗ろうとすると、それを遮った。立って迎えるでもなく、ふたりに正面に座るよう片手で示してみせた。

「告発とは穏やかじゃありませんが、どういうことでしょう」

差し出した名刺を延川は受け取ろうともせず、仕方なく岩田はポケットに戻し、そのまま腰を下ろすと、おもむろに切り出した。

「望月一家失踪の件です。わたしが調査員の真崎に調べるよう依頼しました。その結果、真崎が鳩羽地区の住民全員を告発しました。理由は、住民が殺人等の犯罪行為およびその隠蔽にかかわっているというものです」

金壺眼が小馬鹿にした笑いを浮かべた。

「勘違いも甚だしいですな。住人がそんなことをするはずがない」

「安全安心な町の住人だからですか」

真崎のわざとらしい問いにも、延川は至極当然といった顔で応じた。

「むろんです」

「確認したいのですが、十九年前に望月さん一家が失踪したのは事実ですね」

岩田の問いに、延川は首を振った。

「おといこちらの、真崎さんでしたか、そのとき簡単にお話ししましたが、失踪ではありません。土地と家屋を買い戻してほしいと頼まれ、わたしが買い取ったあとに出て行かれた。それからどうなったのかは知りませんが、この町から失踪したのではありません」

「そうでしょうか」

「土地建物の売買契約書は、まだ残っていると思いますよ」

延川に目をじっと向けた岩田が声を低めた。

「望月良子さんという名前に、覚えは」

「奥さんでしたかね、たしか」

思い出す風を見せつつ、延川はこたえた。

「彼女はこの町で起きた誘拐殺人の件を調べていました」

「ほう」

「ご存じありませんか」

「どうでしょう。土地を購入されたときと、あとで何回か顔を合わせただけですから ね。わたしが土地と家屋を買い取ったときはご主人おひとりでしたし」

「誘拐殺人事件についてはご存じですよね」

「当然です。あのときは町が大騒ぎでしたから」

「付近の団地に住んでいたベトナム人の青年を犯人と決めつけて抗議に行ったようですが、いまだに解決していません」

岩田の声はそこで少し途切れたが、すぐにつづけた。

「望月良子さんは、事件について、できるだけの努力で資料を集め、調べ直し、犯人にたどり着いていました」

延川の視線がかすかに泳いだ。

「ほう。しかし、それは公的な調査結果なのですか」

岩田は重々しく首を振った。

「もちろん、違います。しかし、この調査が裁判所に取り上げられれば、捜査は再開されると思います」

「なるほど。しかし、それが住民とどうかかわりがあると」

「望月良子さんは真犯人を鳩羽地区の、ある住人だったと指摘した。そこで住民は発覚をおそれ、隠蔽した」

待ち構えていたように声を立てて延川がひとしきり笑った。

「でたらめですな。参考までに、誰が真犯人だと結論づけているんでしょうか」

「当時の地区長菅井昭次郎氏のひとり息子である輝夫《てるお》氏です」

岩田が淡々とこたえると、延川は鼻で笑った。

「妄想もいいところだな。たしかに息子さんは大学受験に何度か失敗し、いまでいう引きこもりのような状態だった。親が立派すぎたせいもあるでしょうがね。母親が亡くなったあと、結局家を出て宇都宮あたりに行ったと聞きましたが」

「菅井氏の妻は、息子の犯した罪に耐えかねて自殺されたようです」

「いい加減な噂だ」

岩田はさらにつづけた。

「その後、輝夫氏は宇都宮に移った。その宇都宮でも、類似の事件が起きています。樽町でも誘拐殺人事件の数年前に、不審死をしたこどもがいます。望月さんは同一犯による犯行ではないかと考えました。そこで浮かんできたのが輝夫氏でした」

「証拠があるとは思えませんな」

「あんたたちが隠滅したからだ。そのために、わざとベトナム人の青年を犯人だと言いふらした」

真崎の声に、延川が睨みを向けた。

「だったら隠滅したという証拠は」

岩田が身体を乗り出した。

「望月一家が失踪したのが、証拠です」

「ほう」

「良子さんが事件について調べていることを知り、あなたがたは公表されてはまずいと判断した」

「さきほどからお聞きしていると、調べた書類でも残っているような口ぶりですが」

岩田は口を閉じ、延川にあらためて目をやった。勝ち誇ったような色が、延川の顔に浮かんだ。岩田はわざとらしくため息をついた。

「おそらく原本は処分されてしまったでしょうけれど」

こたえつつ、岩田がバッグから書類の束を取り出してテーブルに置いた。小久保にわざわざ持ってきてもらったものだ。

「これは二十一年前の誘拐殺人事件について、望月良子さんが調べた書類のコピーです」

延川は書類に目も向けず、唇をちょっと舐めた。

「彼女は失踪する前、大学時代の友人であるわたしにこれを送ってきていました。いままでおおやけにならなかったのは、わたしの責任です」

「しかし、それが本物であるとは思えませんな」

「本物かどうかは関係ありません。これがたとえ良子さんが調べたものではなくとも、調べた結果には信憑性があります。間接的とはいえ、証拠は用意できるはずです」

真崎は岩田の代わりに口を開いた。

「誘拐殺人と失踪はつながっている。当時赤ん坊だった娘が現れたのがきっかけで、それがはっきりした。その結果、三つ目の事件が起きてしまった。木本さんが殺された件だ。どれも町の中で事件は起きている。まず疑うべきは町の住人だ」

「いい加減にしてもらいたいな」

「それはこっちのセリフだ。望月一家が家を引き払ってこの町を出て行ったなんて嘘だ。町の住人に殺されたんだ」

延川は顔をそむけた。

「ひとりでは無理だろうが、町の住人が協力すれば、殺して隠蔽することはできるし、遺体がどこに埋められているかも見当がついている」

「馬鹿な」

延川が苛立たし気に真崎を見た。

「木本さんが教えてくれたんだが」

まさかという表情になり、首を振った。むろん、木本ははっきりとは口にしなかった。ただ、その場所を示してくれただけだ。

「望月良子さんは、梅の花が好きだったそうだ」

意味を解しかねたように、延川の視線が宙に向けられた。

そのとき岩田の携帯が振動したのが聞こえ、朝比奈からだと真崎に告げた。

昨夜から朝比奈は告発の手続きを取るために動き回ってくれていた。その結果が出たのだろう。

「朝比奈先生がうまく説明してくれたらしいわ。裁判所の令状が出て、さっそく県警が動いてくれるそうよ」

それから延川に視線を向けた。

「きょうの午後、県警が裏山にある鎮守の祠の周辺を掘り返します」

金壺眼が見開かれた。

「望月一家を殺したあと、死体を遠くへ運んで始末するとは思えない。かえって人目につくしな。埋めるとすれば、この町のどこかだ。違うか」

延川の顔が土気色に変わるのを目にしつつ、真崎はつづけた。

「木本さんはおととい、あそこへ庭に植えてある梅の花を何本か剪《き》って持って行き、祠に供えていた。たぶん季節ごとに咲いた花を供えていたんだろう。にわか作りの祠に木本さんが花を供える理由は、ひとつだけだ。殺されてあそこに埋められている三人への手向けだ」

それを耳にした延川が、鼻を鳴らした。

「あんなところになにもあるはずはない。頭がおかしいんじゃないのか」

「なんだと」

「くだらん妄想にはつきあっていられない」

「いい加減にしろ」

真崎は怒鳴っていた。そこに遺体が埋められているはずだと推測できても、確実かどうか自信はない。だからこそ、声を荒らげてしまった。

「もし遺体が見つかったら、どうするつもりだ」

「そんなものが見つかったとしても、外から入り込んできた何者かが埋めたに違いない。わたしたちには関係がない。いや、かえって被害者だ」

「きさま」

思わず真崎は延川の襟首をつかみ上げた。とっさに岩田が割って入った。

「とにかく、掘り返してみればわかることよ」

岩田が真崎を引き戻しつつ説得した。だが、真崎の口は止まらなかった。

「いいか。全部菅井のためにやっただけだなんて言い逃れはさせない。やりたくてやったわけじゃない。あのときは、ああするしかなかった。そんなことで逃げられると思うな」

それでも延川の不敵な笑いは消えなかった。

真崎は一瞬怯んだ。投げつけた言葉が、自分に向けられたもののように思え、延川の表情が自分のもののように感じた。だが、すぐさまそれを打ち消した。そんなことはない。この件が片付いたら、きっと。

「たとえ嫌々ながら命令に従っただけだとしても、手を下した者は罰せられるんだ」

さきほどの勢いはなく、みずからに言い聞かせるような調子でうめき、真崎は引き下がった。

そこへドアがノックされ、開かれた。

蒼ざめた顔をした延川の妻がなにか口にしようとして戸惑っているのを尻目に、背後から何人かのスーツ姿の男たちが部屋に押し入ってきた。その中のひとりが前に出て尋ねた。

「延川善治さんですね」

「なんだ、きみたちは」

延川が居丈高《いたけだか》に胸をそらした。

男は内ポケットから手帳を取り出した。

「埼玉県警の者です。お話をお聞きしたい」

それから男は真崎と岩田に目を向けてきた。

「あなたがたもです」

六

背後から両肩を強くつかまれた。

わたしは麻希ちゃんをかばい、身体を丸めた。

「この子だけは」

助けてあげてと叫びかけたが、夫の手が口を押さえた。

「逃げろ」

震える声が耳に届き、わたしは振り返った。夫の表情は暗くてわからない。

「ここは、なんとかする」

言ったなり部屋の窓へ走り、カーテンとサッシを開き、夫は雨戸に手をかけている。

「早くしろ」

冷気が引き開けられた窓から入ってきた。寒さを感じた麻希ちゃんがむずかっている。

「なにしてる。急げ」

夫のせかす声に、わたしは窓際へ走った。窓の外は家の裏手で、壁とのあいだが通路になっていた。そこを伝っていけば、家の正面に出られる。

またぎ越そうとしたとき、麻希ちゃんが泣き出した。すると、夫が両手を差し出した。麻希ちゃんをいったん預けろというのだ。一瞬ためらったけれど、わたしは麻希ちゃんを夫の手に渡した。

「おい、なにしてる」

奥から誰かの声がかかり、とっさに夫が麻希ちゃんをわたしの手に戻し、部屋に入り込んできた姿に飛びかかっていった。どうしたらいいのか、わたしはその場に立ち尽くしているだけだった。

ふたりが揉み合ううち、またひとり部屋に飛び込んできて、あっけなく夫は腕をねじあげられてしまった。

無言のまま、ひとりがわたしの前に駆け寄り、麻希ちゃんを奪い取ろうとする。ひときわ甲高く麻希ちゃんが泣く。渡すまいとしてもがいたわたしの襟首に手がかかった。男はわたしが倒れ込んでも、その手を離さない。息が苦しい。それでも麻希ちゃんは抱えて離さなかった。

やっと息ができるようになったと思ったときには、そのまま廊下を引きずられて玄関まで引き戻されていた。

両腕でかばっていた麻希ちゃんはまだぐずっていたが、泣き止みかけていた。素早くたしかめたが、怪我はなかった。

夫に抱え起こされ、大きく息をついた。

明るい照明の下で、良子さんもその夫も、幸太郎くんも、そのときにはぐったりした姿で玄関口に横たえられていた。ハンバーグの匂いがまだかすかに残っている。

わたしは死体から目をそらし、震えているしかなかった。取り返しのつかないことをしてしまったのだ。このうえ麻希ちゃんまで殺そうというのか。

「こいつら、赤ん坊を逃がそうとしてました」

わたしを引きずってきた男が死体を見下ろしていた延川に告げた。

「赤ん坊か」

ちょっと顔をしかめたが、男たちにうなずいてみせた。

じわりと寄ってきた男たちがわたしと夫を囲む。どの顔もまるで無表情で、同じに見えた。言われたことをただこなそうとしている。自分の感情などこれっぽっちも感じさせない。何本かの腕が伸びてきた。

「待ってくれ。頼む」

横に立っていた夫が男たちを遮るように立った。

「黙れ」

誰かが低い声で言い、どけと夫に命じた。夫はためらいがちに口を開いた。

「この子だけは、助けてやってくれないか。こどもを殺された自分には、これ以上耐えられない」

ふっと男たちが我に返ったように感じられた。

食い下がる夫の言葉は、わたしにとって意外だった。貴之が亡くなってからというもの、まるで別人になってしまったと思っていたのに、真犯人を知ったことでやはり気持ちが変わったのだ。最後のぎりぎりのところで踏みとどまろうとしている。

「わたしからもお願いしたい」

男たちの背後から声が起き、こちらを向いていたどの顔も振り返った。

菅井昭次郎だった。

昔のような潑溂《はつらつ》としたものはなく、ここ数年めっきり歳をとったように感じていたけれど、それが自分の息子が貴之を殺し、それを隠しつづけていた後ろめたさのせいだとわかってから、なぜ本当のことを言わなかったのかと憎んだ。隠そうとしなければ、後ろめたさだけはなかっただろうに。

その菅井が、麻希ちゃんを救おうとして、延川に顔を向けている。

「すべてはわたしの息子がしでかしたことが原因だ。いや、それをなんとか隠し通そうとしたわたしが間違っていた」

「いまさらそんなことを言われても、困る」

延川の押し殺した怒声がおきた。

「あんたは二年前、なんとかしてくれとわたしに泣きついた。町の顔である菅井昭次郎だからこそ、わたしは力を貸した。かかわった者は全員墓の下まで秘密は持っていくと決めたじゃありませんか」

「それで終わりのはずじゃなかったのか」

「もちろん、それで終わりにするつもりでしたよ。だが、秘密を暴こうとする者が出てきたら、なんとかしなくてはならない。それにもう引き返せない。違いますか」

延川は横たわる三人の姿をあらためて菅井の目にさらすように片手を振った。

「一家で失踪したことにすると決まったんだ。いまさらだが、もうこれは菅井さん個人の問題ではなくなっている。町全体の問題なんですよ」

菅井は歯を食いしばって身体を震わせていたけれど、やがて顔を上げた。

「わかった。もし、この赤ん坊を助けないというなら、わたしはすぐに警察に連絡する。二年前の一件もすべて説明し、裁きを受ける」

男たちが身じろぎした。敵意が菅井に向けられている。

「馬鹿を言わないでもらいたい。そんなことをしたら、われわれはどうなる」

「わたしたちも菅井さんと行く」

夫がかすれた声をあげた。

延川たちの視線がわたしたちに向けられた。

「おまえら、手を汚してないからって」

男の中から誰かがうめいた。

菅井が声をあげた。

「そうじゃない。わたしたちも責任を、罪を負う。だからこそ、なにも知らない赤ん坊を殺して、これ以上罪を重ねるのはやめてほしいと言っているんだ。わたしは自分の立場を守るために、二年前に道を間違えた。間違えたまま道を進んでも、元に戻ることはない。それどころかさらに道を踏み間違える。それがこの結果だ。延川さん、あんただって平気で人を殺せるような悪人じゃないはずだ。わたしの頼みを引き受けたせいで、あんたにもひどいことをさせてしまった」

頭を下げた菅井に、延川は納得の行かない様子だったが、しばし考えてからわかったとこたえた。

「菅井さんがそこまで言うなら、赤ん坊はどこかに捨ててくるしかない。ただし、これ以上この件で秘密が暴露されるようなことは、避けてもらいたい」

「約束する」

菅井がきっぱりこたえると、延川がわたしの方を睨みつけた。

「わたしだって鬼じゃない。あなたたちが口を閉ざしているかぎり、その赤ん坊のことは忘れますよ。しかし、ちょっとでも口をすべらせたりすれば、どこに捨ててきても見つけ出します。ここにいる全員が、今夜の件では共犯なんです。それを忘れないように。いいですね」

引き取って育てることしか頭になかったけれど、延川に言われて初めて思い至った。麻希ちゃんをこの町に置いておけば、何をされるかわかったものではない。

わたしは黙ってうなずいてみせた。

それをたしかめた延川は男たちに指示を出し始めた。一家を失踪したように見せかけると言っていたはずだ。遺体をトラックで裏山に運ぶのだろう。

ぼんやりとその様子を見ていたら、菅井がわたしと夫の前によろよろと歩み寄り、ひざまずいた。

「あなたがたには謝りもしていなかった。許してください、この通りだ」

深々と頭を下げた。声が震えている。

「妻は、息子のしでかしたことに耐え切れず、首を吊りました。最初から隠すことに反対していたんです。隠し通すことが精神的に苦痛だとわかっていたのかもしれない。息子は七ヵ月前に事故で亡くなっています。ここに置いておくわけには行かないと引っ越させた所でも同じようなことをしでかしてしまったようです。遺品整理で遺書めいた文章をノートに書き残しているのを見つけ、それでわかりました。あれは事故ではなく、自殺だった。もしかすると、自分のことを調べられていると、どこかで気づいていたかもしれない。そこでやっとわたしは目が覚めた。隠せば隠すだけ、罪を重ねるんだと。いまさら何だと言われても仕方がない。何度自分の命で償おうと思ったか知れない。いまここであなたがたに殺されても、文句は言えません」

菅井は、涙を溜めた目を向けてきた。

殺意を抱いた。でも、それはすぐに消え去った。いましがたおこなわれた殺人のむごさが、わたしの殺意を打ち消した。

夫の俊樹は拳を握り締め、震わせていた。が、それもまた、すぐに力が抜けて行くのがわかった。

いっときの気の迷いで、菅井は間違いをしでかした。それは決して許せはしないけれど、いまは麻希ちゃんを救うことが大事だった。

わたしは麻希ちゃんを抱えたまま、菅井の前にかがみ込んだ。また静かに寝息を立て始めた麻希ちゃんを、菅井に見せた。

「いまやるべきことは、この麻希ちゃんを守ることです。そのためには、菅井さんの力が必要です」

綺麗ごとではなく、このあとずっと、菅井の存在が延川たちを牽制する力になってくれると思っていた。

菅井の顔がゆがみ、手で口元をおおうと、短く嗚咽した。だが、それを抑え込み、ふたたび顔を戻した。

「約束します。わたしは死ぬまでこの子を延川たちから守ります」

「ありがとうございます」

「とにかく、このままこの子をどこかへ逃がしてください。あなたがたが連れて行って、行先は誰にも告げないことです。わたしにも」

そう言われて、戸惑った。いったいどこへ行けばいいのか。

菅井が、あわただしく動き回っている延川の方に視線をやりつつ、声をひそめた。

「さっきはああ言っていたが、いつ気が変わるかわからない」

ぞっとした。思わず麻希ちゃんを抱える手に力が入った。

わたしは立ち上がって俊樹に目をやった。

だが、夫は首を振った。

「おまえだけで行け。おれはみんなと後始末をしなくてはならない」

それこそが仲間を裏切らないという証明になるとでも言うような口調だった。

そして夫は、眠っている麻希ちゃんの頭をひと撫でした。

その麻希ちゃんこそが、夫を一瞬のうちに以前の夫に戻してくれたのだ。わたしはそう思い、菅井と夫へ交互に目をやって玄関から外に出た。

小型トラックの横をすり抜け、いったん家に戻った。

目まぐるしく頭は働かせていた。万が一、麻希ちゃんの居所を知られれば、延川たちが命を狙うかもしれない。誰にも気づかれず、安全な場所はどこか。

良子さんから渡されたアメリカの連絡先が思い浮かんだ。誰に麻希ちゃんを託したとしても、良子さんの友人と連絡が取れるようにしておくことは大事だと思った。

ほかにも思いつく荷物をバッグに押し込み、それから麻希ちゃんを毛布にくるみ、玄関を出た。

とたん、街灯に梅の木が浮かび上がっているのが目に入った。

一度だけ、夫が花をつけた木に見入っていた姿を見かけたときのことが、よみがえる。

たぶん、ここに貴之がいることを、夫は心の片隅にとどめていたのだ。

わたしたちを守って。

貴之にそう言葉をかけ、めったに運転しない車をガレージから出すと、助手席に麻希ちゃんをそっと寝かせ、家を離れた。

バックミラーに、男たちがトラックへ毛布でくるんだ遺体を運び入れるのが見え、一瞬麻希ちゃんの口元に手をやってたしかめた。息はしている。眠っているだけだ。

駅まで運転して、そこから電車でどこかへ。

わたしは震える手で、暗い道を運転していった。

七

昼過ぎまで、真崎と岩田、それに延川夫妻は、べつべつの部屋で事情を聴かれ、その結果、県警の捜査一課は延川夫妻を重要参考人として任意同行していった。

朝比奈弁護士の奔走で、これは重要案件であるという判断を裁判所が下したからこそ、県警も素早く動いたということだろう。

ただ、すでに延川夫妻が事情を聴くために任意同行に応じたという話は町に広がっており、聞きつけた住人たちが屋敷前に押し寄せてきていた。五十人はくだらないと見えた。

延川たちがそんなことをするはずはない。

事件は捏造《ねつぞう》だ。

町のために尽力した人を侮辱している。

そういった言葉が住民の口から警察に浴びせかけられ、あげくに延川夫妻が乗せられた覆面パトカーの前に何人かが飛び出し、行く手を塞いだ。クラクションとサイレン。それに怒号がまじり、一時周辺は騒然とした。

それを目にして、岩田は愕然としたようだった。

延川たちが連行されるのを見送ったあと、鎮守の祠へ向かうために、真崎と岩田は乗ってきたレンタカーではなく、パトカーに乗り込んだ。

「何が真実なのか、あの人たちはわかっていない」

パトカーが走りだすと、岩田はさきほどの住民の様子を思い出すように、つぶやいた。

そのつぶやきが、引っかかった。

そうだろうか、と真崎は思った。

「ブレーキがかけられるかどうか、ですかね」

真崎の言葉に、岩田はどういう意味なのかと問う顔になった。

「運転している車の少し前方に、信号が変わって赤なのに横断歩道を渡り切れなかった老人が歩いている。短気なドライバーなら、まあ少しは怒鳴るかもしれないが、停止して横断するのを待つでしょう。しかし、連中はブレーキをかけなかった。ルールを破っているのはその老人の方だ。こっちはルールを守っているんだから、撥ね飛ばしても構わない」

岩田が口を開きかけるのをとどめて、つづけた。

「もちろん、そんな理屈は通らない。町を仕切っていた連中は、それを一見まともそうに言いくるめて押しつけていた。一般の住人は何も考えず、ただそれに従った。だから、単に自分たちのルールを守っただけと思っている。それがそのうち、ルールを守るためなら、なにをやっても構わない、犯罪すらいとわない。そういう理屈にひっくり返る」

岩田はあきれたように首を振ってみせた。

「もっとも延川だとて根っから邪悪な人間ではないでしょう。善悪の判断より何かを、つい優先してしまった。その挙句にみずからの行為を糊塗《こと》しつづけた。住民の中にだって、これはまずいとわかっていた者はいたと思いたいが、となると真実がわかっていたらこんなことにならなかったと、言い切れるかどうか」

「同じかもしれないわね」

わずかな間を置いてぽつんとつぶやいた岩田の言葉に、真崎はそれが岩田にもあてはまることに気づいた。父親の都合で望月良子の調査資料を公表しなかったのは、父親を優先した結果だった。

しかし、それは絵里にも言えることだったし、真崎自身にも言えることだった。絵里は友人とのつながりが切れることを恐れ、それを優先した。真崎は製品の安全よりも会社の都合を優先したのだ。

「誰もがそうなんですよ。ただ、そんな場面に直面したとき、ブレーキをかけることができるかどうか」

「そうね。そうかもしれない」

岩田は納得したらしく、小さくうなずいた。

じきにパトカーは鎮守の祠へ向かう坂道に到着した。道は封鎖されていたが、ここにも住民が押し寄せている。二百人はいるだろうか。スピーカーを持ち出し、警察が予断で延川夫妻を連行したことに対する抗議の声をあげている。

パトカーから降り立つと、警察に同行していた朝比奈がこちらに気づいて歩み寄ってきた。

「重機が入れられないので、手作業で始めましたよ」

舗装されていない坂道だし、昨日の雪でぬかるんでいるから、たしかに重機は無理だった。スコップを手にした課員たちが何人も坂の上へあがっていくのが見える。

そのあいだも集まった住民たちは怒声をあげて警察の横暴を非難しつづけた。だが、その一方で、ずっとこの町はおかしいと思っていたなどと反論する者も出てきて、住民同士でもみ合いも始まった。

「祠をどけて掘ってみれば、すべてがわかる。そのときになっても、そんなことはなかったと言い張る者が出てくるでしょうがね」

朝比奈は住民たちの方に目をやりつつ首を振って、ため息をついた。それから思い出したようにつけ加えた。

「さっき近藤さんのお宅に連絡して、麻希さんにも来てもらうようにお願いしました」

残酷ではないかと真崎は思ったが、はっきりと向き合うことでしか解決しないものごともある。それを避けようとすれば、間違った選択をすることにもなるのだ。自らにも言い聞かせるつもりでそう思い返し、納得した。

そのとき、警官たちと揉み合っている住民の中から飛び出してきた人影があった。真崎がそれに気づいたときには、すでに拳が左頰めがけて飛んでくるところだった。かわそうとして身を引いたが、見事に命中した。視界がゆがみ、そのまま尻餅をついた。さらに襲いかかってくる気配を感じたが、攻撃はなかった。

「いいか、これで終わりじゃねえぞ」

声のする方に目をやると、昨夜の若い男が両腕を警官に取られて離れていく。その顔には薄ら笑いが浮かんで、真崎に向けられていた。

「大丈夫ですか」

朝比奈が腕を取って立たせてくれた。

口元をぬぐったが、血は出ていないようだった。歳から見て、十九年前の犯行に加わってはいないはずだが、自分たちは一切間違っていないと信じているのだろう。あの手の者がいるかぎり、たしかに「これで終わり」ではないということだ。

暗澹《あんたん》たる思いが起きた。

それを察したのか、朝比奈は真崎の肩を軽く叩いた。

若い男は傷害罪で制服警官に連行されていった。手を出せば逮捕されるとわかったのか、住民たちは怒声を張り上げるだけで、それ以後一定の線を越えて押し寄せてはこなかった。

やがて近藤の運転するバンが乗りつけたときも怒声を張り上げてはいたが、それだけだった。

小久保と一緒にやってきた麻希の表情は蒼ざめ、こわばっていた。誰もが声をかけるのをはばかったが、現場の指揮官は麻希を直接知らないせいか、淡々と事実を説明していた。

道の下で待ったのは、それから十分ほどだった。

上から声がかかり、それが下にいる真崎たちのところまでつぎつぎに課員を通じて伝わってきた。

「発見しました」

現場の指揮官が麻希と朝比奈に向かって告げた。

岩田が麻希の背に手を置き、ささえるようにして坂をあがり始める。

真崎もそのあとにつづいた。

下草にはまだ点々と雪が残り、すぐに足元が冷たくなってきたが、気にかけている余裕はなかった。

坂をあがりきると、祠があったあたりに何人もの姿があった。

「こちらです」

指揮官がせかすことなく導いた。

ブルーシートが広がっているのが見えた。指揮官の指示で、それがゆっくりとめくられる。

岩田と麻希は、ともに口元に手をやり、とたんにその表情がゆがんだ。

そこにはばらばらになり、茶色に変色した人骨が三体ぶん、並べられていた。かろうじて死体だとわかるのは着衣のためだ。一体は真ん中にあって、ひときわ小さかった。

周囲にいる警察関係者は一様に両手を合わせ、瞑目している。

低く嗚咽が届いた。

膝をついた麻希が、声をあげて泣き出した。まるで赤ん坊が泣くように。

それは寒空の中に、延々とつづいた。

下にいて怒声をあげる住民に、麻希の泣き声は届いただろうか。

八

眠りから覚めた麻希ちゃんは泣き出した。

電車に乗っているのはわからないにしても、わたしに抱かれていることには気づいた。

誰か知らない人に抱かれている。

何度も抱いたことはあっても、他人に過ぎないわたしを覚えてはいないだろう。

駅に降りて、寒いホームでなんとかなだめすかすと、やがてまた泣きつかれて眠ってしまった。

どうやってここまで来たのか、記憶はなかった。遠くに来たことだけはたしかだと思い、そこでやっとあたりを見回した。

旗の台という駅だった。来たこともない場所にたどり着き、そこで降りたのも何かの縁だ。

時刻は十一時を回っていた。クリスマスが近い金曜日だから、忘年会の酔っぱらいも目立った。

あてがあるわけではなかったけれど、駅の近くで泊まれる場所を探そうと思った。

今夜はこれ以上無理だ。

ふとホームに出ている看板に目が行った。近くに児童養護施設があるらしい。

たぶん、そこなら。

わたしは立ち上がった。「清心園」という名前を頭に入れ、改札で駅員に道順を尋ねた。

人の行き来が途絶えた商店街を抜け、教えられたとおり住宅街に入ってしばらく進むと、ネオンが目に飛び込んできた。クリスマスの飾りだろう。もみの木とサンタをかたどったネオンが大きくきらめいている。

そこが施設の入り口だった。明かりはどの窓にも見当たらず、寝静まっているようだった。きらきら輝いているのは、その鉄の門だけだった。それでも、頼んでみるべきだと思った。

通用口につけられたインターホンを押しかかり、わたしはいったんとどまった。

抱えている麻希ちゃんの顔を覗き、それから口の中で告げた。

わたしはあなたのことを決して忘れはしない。大人になったときにどこかで会っても、わたしにはあなただとすぐにわかる。

でも、今度会ったときには、わたしはあなたを知らないと答える。あなたの命を守るために、そうする。

わたしはあらためてインターホンに指先をあてた。

さようなら、麻希ちゃん。

終章　それはどうなったのか

……以上が、わたしが調べ上げた結果です。

これだけでは状況証拠にすぎないのはわかっています。ですが、これが限界でした。

ただし、あなたの助けがあれば、間接的かもしれませんが、物的証拠は手に入れられると思います。

証拠になるはずのものを知っていながら、どうしても手に入れられない。

このもどかしさを、わかってもらえるでしょうか。もしわたしが弁護士になれていれば、そんな思いはしなくとも、手に入れられたのだと思うと、いまさらながら司法試験をあきらめたのが悔やまれて仕方がありません。

この調査結果をあなたに送ったのは、その証拠を確かめてほしいからなのです。

貴之ちゃんが殺されるときに抵抗して爪の間に犯人の皮膚片が残されていたのは新聞の報道にもありました。不思議な話ですが、その続報は確認できませんでした。調べたのかどうかもはっきりしません。両耳に当てられていたガーゼも犯人が施したと考えられていたようですが、これも同様でした。しかし、事件は迷宮入りしているから、皮膚片もガーゼも警察に保管されているはずです。

それらのDNA鑑定をしてほしいのです。同時に宇都宮付近で発生した幼児殺害事件の遺留品と、亡くなった輝夫氏の遺品のDNA鑑定も。それらをつき合わせれば、犯人が同一人物であることが証明できると、わたしは確信しています。

考えてみれば、大学でともに学んだあなたという存在があったからこそ、わたしはこの事件をここまで調べたのだと思います。あなたとの友情を信じられたからこそ……。

遺体が発見されたことで、事態は一挙に動き出した。

なぜ祠の下に遺体があったのか、それは誰なのか。それを調べるのは警察の仕事だった。

その結果、誘拐殺人の犯人隠蔽、失踪に偽装した殺人、木本夫人殺害の件がすべて明るみに出た。

連行された延川夫妻が供述したところによれば、菅井が息子の犯行に気づいたのは、木本貴之が誘拐されたとされる夜のことだった。菅井は動転しつつも、どうしたらいいか延川に相談を持ちかけたという。そこで延川は防犯係を内密に集め、犯行の隠蔽を命じた。菅井の息子である輝夫が実際にこどもを殺したのは自宅の裏手にあった物置だったそうだ。

これに関連して、菅井夫人が事件からしばらくして死亡したのは、息子が犯した殺人を気に病み、みずから命を絶ったのだという事実も、はっきりした。

延川たちは、その夜のうちに遺体を運び出して切り取った耳と一緒に耕作地に放置することにし、翌日の昼近くになって捜索を装って発見させたらしい。両耳のガーゼは菅井昭次郎が貼りつけたものだったが、それをわざわざ取り払って放置するのはむごいと思い止まったのだと延川は証言した。一方で、松尾をはじめ、真犯人を知っている者には目撃証言をするよう指示し、木本宅に外国人を装って電話を何度かかけさせた。

松尾が町から出ていく不審人物を見かけたと口にしたのは、防犯係の長として決定的な証言をしようという思惑があり、当日の自分の動向などごまかせるという思い上がりだった。いちいち調べなおすような者が出てくるとは思ってもいなかったのだろう。

そうやって「外部から侵入した犯人」という印象を作った延川たちは、それで満足はしなかった。

それだけでは警察の捜査は続くため、延川は捜査を攪乱する意味もあって、犯人を仕立てることにした。

それに選ばれたのがグエン・タン・ミンだった。この点ではグエンが働いていたおしぼり製造工場の経営者が力を貸したようだ。賃金を払わずにいた経営者にグエンが抗議し、ほかの外国人労働者たちと不穏な動きを見せていたところだったため、経営者がグエンを「売った」のだ。

犯人をでっち上げるまではいかなかったが、「外部から侵入した犯人」のイメージは、グエンの一件で定着したともいえる。

さらに防犯係だった木本の夫を役員に取り立て、自分たちの「仲間」に引き込んだ。万が一真犯人を知ったとしても、そのころには裏切ることができないように組織にがんじがらめにしたわけである。

すべてはそれで終わったはずだった。

ところが、そこへ望月良子が現れた。

良子が松尾の目撃証言の誤りに気づき、事件を調べ出したと知った当初、延川たちは周辺住民に「町をかき乱す一家だ」というあらぬ噂を流し、出ていくように仕向けた。

それにもかかわらず、ついに真犯人を突き止められてしまった。

二年前の一件が発覚するのを阻止するには一家の口を封じるしかない。ただし、こういうことになった元凶は菅井だから、菅井も共に「失踪」の工作をおこなった。そのとき木本夫妻も同行したという。

もし岩田に調査のコピーを送る前に犯行がおこなわれていたら、良子が事件の調査をしていたことは知られないままだったかもしれない。

望月一家を始末した延川たちは調査結果の書類を焼却し、土地建物の売買契約書を偽造した。それで問題は解決したと思っていたのだ。

木本夫人は良子から真実を知らされていたため、犯行の場に連れていかれ、夫とともに「共犯」の立場にさせられたようだ。

延川に決定的な計算違いがあったとしたら、ここだろう。

自分たちの息子を殺され、それを隠蔽した「組織」に、木本夫妻は唯々諾々と従うことはなかった。

夫妻と菅井昭次郎の懇願で、麻希は命だけは救われ、施設に連れていかれたことになる。

延川たちは麻希がどこへ連れていかれたのか、まるで知らなかったらしい。

菅井は死の直前、事件の経緯を書き留めたメモをしたためていたのだが、それは延川によって廃棄されていたこともわかった。ただ、そのメモにも、麻希の行方は記されていなかった。十年前に脳溢血で亡くなった木本の夫も知らないままだった。

つまり、木本夫人だけが麻希の居場所を知っていたのだ。

また、これほどの事件があっても木本夫妻が町を離れなかったのは、どこへ行こうとも延川たちの監視が続くと思ったからだろう。「共犯」という意識が木本夫妻を縛っていたともいえる。

ただ、これには別の解釈をする余地もある。

そう、息子の思い出がある家を離れたくなかったのだ。近藤に頼んで植えてもらった梅の木は木本夫妻にとって、息子同様だったのだから。


ところが十九年経って望月一家の「失踪」について調べに来た者がいた。真崎と麻希だ。しかも麻希は望月家の娘だという。

延川の屋敷に行ったとき麻希はみずから娘だと口にしたが、延川には信じられなかった。偽者ではないかと疑ったようだ。しかし、その後木本夫人が貧血で倒れたのを助けたのが麻希たちだと豊島から連絡が入った。

そこで木本夫人を訪問して問い質すと、夫人は麻希が十九年前の赤ん坊だと確信を持っていた。

まさか望月一家の件を打ち明けたのかと尋ねると、話してはいないが、やはり自分たちのしでかしたことを謝りたいと考えていると答えた。

それを聞いて、延川は隠蔽してきた過去を暴かれてしまう危機感を抱いた。とっさに、ならば自分も一緒に詫びたいとこたえた。そこで木本夫人は麻希に電話を入れ、翌朝七時に来てくれと告げた。

延川からしてみれば、麻希が生き残った娘かどうか、確信があるわけではない。麻希も始末したかったが、あとで無関係だったとわかった場合まずいことになる。だから、秘密を暴露しようとしている木本夫人だけを、ともかくも殺してしまう決断をくだした。

この点について、真崎は疑問を持った。

どうしても、延川の言葉を木本夫人が鵜呑みにしていたとは思えなかったのだ。一連の経緯からみて、延川が秘密を打ち明けて詫びるなどとは考えにくい。木本夫人がそれに気づいていないはずはない。

自分を殺すつもりだ。おそらく、木本夫人はそれに感づいていた。秘密を知っている自分が殺されてしまえば、もはや誰も秘密を暴露しようとする者がいなくなる。秘密などなかったことにされてしまう。

木本夫人は賭けたのだ。もう長くはない命とわかっていたからこそ、みずからが殺されることによって、延川を巻き込んで過去の秘密を暴露しようと。

そうすれば延川たちを道連れにできる可能性もある。

延川は供述で「外部からの侵入者のせいにすればいいと思った」と口にしたそうで、誘拐殺人のときと同じように、今度も「外部」から来た麻希を犯人に仕立てて処理できると考えたのだろう。

だが、今回は真崎たちがいた。

木本夫人がそこまで見越していたかはわからないが、結果として事件は明るみに出た。

診療所で大山医師に漏らした「わたしの方が先に死ぬのね」という木本夫人の言葉は、延川に対するものだったに違いない。決して延川たちを許してはいなかったのだ。

最後の最後に、延川は木本夫人の策略にはまったというべきか。

翌朝、延川から連絡を受けた松尾和夫が防犯係を動かし、メンバーが木本家に行って夫人の首を絞めたわけだが、むろん、延川たちは木本夫人が末期癌だということは知らなかったそうだ。

延川夫妻が警察で自白したことをざっとまとめれば以上のようなものだった。

ここまで話したのだから、二人はすでに観念したとみていい。

望月良子が依頼していたＤＮＡ鑑定は、輝夫が十九年前に亡くなっているため、遺品も残されておらず、鑑定は不可能と思われた。だが、五年前に亡くなった菅井昭次郎の遺品の中に、輝夫の臍《へそ》の緒があるのが発見された。桐の小箱に入れられ、名前も記されていた。それがどこから発見されたかといえば、木本家の仏壇からだった。菅井の亡くなる際、臍の緒が木本夫人に渡ったということらしい。

どちらから申し出たのか、いまとなってはわからないが、結果として木本夫人は自分の息子の貴之と、殺害した犯人をともに供養していたことになる。菅井にしても、息子の臍の緒を残していたことを考えれば、決して息子を見放したわけではなかったということだ。

その結果鑑定がおこなわれ、皮膚片のＤＮＡが一致した。

そのころには延川夫妻につづいて防犯係長の松尾和夫とメンバーも連行され、それぞれの件にかかわった者がつぎつぎに明白になっていった。松尾と一緒に麻希を尾行し、近藤の家に押しかけ、さらには真崎を殴った若い男も木本の殺人にかかわっていたようだ。大学浪人中の十九歳だったらしい。

また、菅井が地区長の時代から所轄の与久那署と「不適切に懇意な関係」を持っていたことも判明し、誘拐殺人と望月一家失踪に関して所轄署が隠蔽に加担した可能性も浮かんだ。むろん与久那署長は言下に否定したが、疑念は残っている。

住民たちの多くは、最初のうち「殺人も隠蔽もなかった」と言い張り、マスコミへのインタビューなどでも顔を見せずに息巻いている者がいたが、事実がわかってくるにつれ、それも静まりはじめていた。

だが、本心のところで住民たちがどう考えているのかは、誰にもわからなかった。

どたどたと降りてくる足音は、小久保に違いない。

「あら、早いですね」

階段の下で待っていた真崎に気づいた小久保は、手にした財布を掲げて見せた。

「おつまみ、買ってこいって」

「裂きイカはやめてくれよ。歯に挟まって面倒だ」

「先生にも言われましたよ、それ。でも定番でしょ」

呆れた笑い声を短くあげてから、小久保は商店街に出て行った。

三月の末になり、日が長くなったのを実感する。午後五時を過ぎても、まだ明るい。少し肌寒さは感じても、これくらいが真崎にとってはちょうどよかった。

手にしていた紙袋を抱え直し、左手で壁に手をつきながら階段をあがる。

事務室を抜け、いつものようにドアをノックしてから開いた。

いつもは味気ない応接室がどこか華やいでいると感じるのは、テーブルに置かれた缶ビールとジュースがあるからか。

「いつもお酒だけだから、おつまみなんか思いつかなくて」

ソファで煙草をくゆらせていた岩田は恥じ入るように笑った。

「缶詰用意しておくと便利ですよ」

「今度からそうするわ」

真崎は紙袋から取り出したボトルをテーブルに置いた。

「きょうはこいつを開けようと思って」

身を乗り出した岩田がボトルを手にして、そのラベルに目をやりつつ、つぶやいた。

「この赤ワイン、もしかして」

「死んだ娘が生まれた年のやつでね。一緒に飲もうかな、と」

コートを脱ぎ、岩田の正面に腰をおろしながらこたえ、仏壇から持ってきた絵里の写真をバッグから取り出すと、テーブルに立てかけた。相変わらず三つ編みの絵里はまぶしそうに微笑んでいる。

その写真に目をやった岩田は、苦笑した。

「まだ未成年でしょ」

六年しか経っていないからまだ十九歳のはずだ、と言いたいのだ。

「そうだったかな」

わざとらしく真崎はとぼけた。

「でも、いいと思うわ」

岩田は納得した顔でボトルをテーブルに戻した。

事情を知っている岩田に説明は不要だった。

この六年、開ける機会を失っていた。いまこそ開けるべきときなのだと真崎は感じ、麻希の歓迎会のために持ってきたのだった。

遺体が発見されたあと、真崎は麻希に会っていない。すべて岩田に任せる形になっていた。

岩田は、麻希を守るために朝比奈とふたりでマスコミ対応などに奔走し、しばらく通常の業務ができなかったため、真崎にとってはかえって都合がよかった。

そのあいだに真崎はフィリピンの現地社員に電話をし、会社のリコール隠しを告発するつもりだと告げた。会社を辞めて五年も過ぎているが、現地社員は真崎をなじりもせず、礼を口にした。本来なら自分がやるべきだったと謝られたが、誰が告発したから偉いとかいう問題でもない。そもそも隠すべきではなかったのだ。たとえ念書を書いたとしても、真崎の真情を縛りつけることはできなかった。

それから国土交通省に連絡を入れ、聴き取りに応じて知っているかぎりのことをぶちまけた。抜き打ち監査は素早くおこなわれ、問題は明るみに出た。

事情を知った岩田が電話をしてきて、必要なら企業犯罪に詳しい刑事弁護士を紹介すると言ってくれたが、結果的に真崎は罪に問われずに済みそうだった。

そんなひと月のあとだったせいもあり、ワインを持ってきた真崎の思いは岩田に通じているらしい。

「ワインは本番に残しておいて、先に少し、どう」

岩田が缶ビールを一本、手渡してきた。テーブルにはジュースとビールがそれぞれ五、六本並んでいた。事務所で軽く乾杯したあと、行きつけの中華料理店に予約を入れているそうだ。

真崎は缶ビールを受け取ってプルトップを開け、ふたりで乾杯をした。

一気に何度か喉を鳴らしたあと、岩田が口を開いた。

「この前、近藤さんが白菜とニンジンを送ってきてくれたわ」

「先生のところにもですか。こっちにも来ました」

「気をつかわせちゃったわね」

近藤とはあれから連絡を取っていないが、相変わらず民宿をやっているのだろう。近藤がいなければ、今回の件はもっと難航していたかもしれない。それを考えると、こちらの方がお礼をするべきところだった。

「何か送っておきますよ」

そう答えたが、近藤のほしいと思うような物が浮かばない。自足しているといえばいいか。特に何かをほしがらず、毎日農作業に明け暮れ、酒を飲んで寝る。そういう生活がうらやましかった。

「ところで、あの町はどんな具合ですか」

尋ねると、岩田は軽く首を振ってみせた。

「住民は事件があったことは認めているみたい。でも今度は、自分たちは知らなかった、被害者だって言い出してる者もいるらしいわ。ネットでは町をバッシングする書き込みが大量にあるし」

ネットは真崎もいくつか目にしたが、それもやりきれない話だった。自分だけは違うという傲慢がなにをもたらすのか、まるで自覚がないというべきか。

ふいに真崎を殴ってきた若い男が吐いた捨て台詞が浮かぶ。

これで終わりじゃねえぞ。

むろん、そうたやすく終わるとは思えない。同じような町がいたるところから現れないともかぎらなかった。

「じつはね」

鬱陶しい気持ちを振り払うように、岩田が声をあらためた。

「この前、彼女に養子にならないかって、持ちかけたの」

「ほう」

初耳だった。事件に責任を感じているのはわかるが、麻希を養子にしようとまで考えていたとは思わなかった。それだけ望月良子と岩田の友情が深かったのだともいえる。

「でも、あっさり断られた」

真崎はビールをひと口飲んで、うなずいた。

「わかる気がしますね」

「わかるの」

「なんとなく、ですが」

「そういうのは嫌だ、その代わり仕事を手伝いたいって」

「だから歓迎会か」

小久保から連絡をもらったとき、小久保にありがちな言い間違いかと思っていたが、そういうことだったかと理解した。

岩田が含み笑いを浮かべて続けた。

「真崎さんみたいになりたいらしいわ」

「そいつは買い被りだ」

戸惑いを隠して笑った。

「教え甲斐はあるでしょ」

「まあ、そうかな」

「立ち直ってくれてよかったわ。いっときは沈み込んでいたから」

「自分が本当は何者なのか、知ることができたからでしょう」

「名前も正式に望月麻希にする手続きを取ったし」

真崎はボトルを手にして、そのラベルに目をやった。「ＥＲＩ」と書き込まれたラベル。

いつかこれを開ける機会が来る。いつか開けねばならない。

自覚していたわけではないが、自分自身に決着をつけたときこそ、これを開けるときだと思っていた。

それがいまだった。

鳩羽地区の住民が近藤の家に押し寄せたとき、真崎は絵里が自分とともにあった気がした。むろん錯覚なのだが、ここで怯んでは駄目だと、絵里が励ましてくれたのだ。

強がる人間はいても、じっさいの人間は弱い。弱いとわかった上で、周囲に流されずに立ち向かっていけるかどうか。

絵里は自分の失敗を通じて、それを真崎に教えてくれたように思う。絵里を忘れることはないが、縋ることはこれで終わりだ。そして、絵里の励ましを皆で分かち合う。

「どうしたの」

岩田がからかうように顔をのぞいてきた。

「いや、うまいのかなと思って」

ボトルを示してみせた。

「おいしいに決まってるわ」

そのときドアがノックされ、麻希が笑顔をのぞかせた。

真崎はその顔を久々に目にし、絵里のことを無性に話したくなっている自分に気づいた。

主要参考文献

・「冤罪　女たちのたたかい」里見繁（インパクト出版会）
・「芝園団地に住んでいます　住民の半分が外国人になったとき何が起きるか」大島隆（明石書店）
・「民衆暴力　一揆・暴動・虐殺の日本近代」藤野裕子（中公新書）
・「〈凡庸〉という悪魔　21世紀の全体主義」藤井聡（晶文社）
・「寛容論」ヴォルテール　斉藤悦則訳（光文社古典新訳文庫）
・「10代から知っておきたい　あなたを閉じこめる『ずるい言葉』」森山至貴（WAVE出版）
・「犯罪の世間学　なぜ日本では略奪も暴動もおきないのか」佐藤直樹（青弓社）

解説　すでに染み込んでいる

武田砂鉄（ライター）

どんな場所にも「空気」がある。その空気を作り上げる一人がいるわけではなく、そこにいる人たちが無自覚に作り上げるからこそ空気なのだ。やがて、その空気を察知した人が外から入ってくるようになると、その空気を壊してはならないと忖度《そんたく》が生まれ、空気がより強まっていく。空気のくせに、いつの間にかルールと同義となってしまう。

新型コロナウイルスの感染が拡大した頃、私たちはとにかく他者を監視し続けた。やってはいけないとされていることをやっている人を見つけ、みんなでこんなに大変な思いをしているのに、どうしてあなたはそれを守れないのですか、と強い口調で迫った。結果的にひたすら謝らされている人を見て、まずい、自分はこうやって謝る側に回らないように気をつけなければいけない、と緊張した。感染するのも怖かったけれど、あの緊迫した空気に飲み込まれ、そこで吊し上げられるのも怖かった。

誰かを排除すると、排除を決めた人たち同士は結託できる。これ、典型的なイジメの論理だ。「おまえもあいつのこと嫌いだよね」「うん、もちろん大嫌い」、このやり取りを済ませると、取り急ぎ〝絆〟が結ばれる。やがて、自分が嫌われないようにするためにはどうすればいいのかばかり考えるようになる。結託が足かせとなり、自由に身動きが取れなくなってしまう。日本の政界で「忖度」なる言葉が繰り返し報じられていた時、海外メディアはその言葉をどのように翻訳すればいいのか悩んだという。「conjecture（推測）」、「surmise（推測する）」あたりが近いとされたようだが、忖度って、推測とはニュアンスがだいぶ異なる。推測は、率先して事態を探って独自に捉えていくイメージだが、忖度って、決して声高には主張せずに、ここはこういう感じにしておいたほうが良さそうと一歩引いている感じがある。波風を立てないようにするために、目の前の微妙な変化を読み取ろうとする。隣でズカズカと歩いている人を睨《にら》みつけながらも黙り込むのだ。

この作品で描かれているのは、ひとつの街に流れている、なんとも言えない「正しさ」をまとった空気だ。郊外のニュータウン、この地区は「安全で安心な町」を目標にしており、ちょっとしたトラブルの芽でも許されない。許されないというか、その存在を認めようとしない人たちがいる。なにかあれば、強いつながりで結ばれている（とされている）コミュニティ以外の人のせいにしてみせる。

殺人事件が起きた。でも、犯人はこの町の住民であるはずがない。だって、ここは安全安心なのだから。ならば誰の仕業なのか。ここから離れたところにある古びた団地に住む、東南アジアから出稼ぎにきた労働者たちが怪しい。調べてみたら、「すぐさま疑わしい男が浮かんだ」。なぜ疑われたか。「町の入り口あたりをうろついていたという証言も出てきた」から。町の防犯係で団地に押しかけると決める。「そんなこととして大丈夫なんですか」と尋《たず》ねても、返ってくる答えは「大丈夫もなにも、町のみんなが抗議しようと言ってるんだ。そういう善意を大事にしないと」。善意の暴走は、それが善意であるがゆえに放置されやすい。

その町に流れる「正しさ」の規範が、それぞれの家族のあり方を軋《きし》ませていく。この町では、こういう形に収まらなければならないらしいと察知すると、その形に収まるように体を強引に曲げていく。異変に気付いた家族が忠告しても機嫌を損ねるだけ。いつしか「人間らしさが欠けてしまった」。この町にとって、正しい人間、正しい家族であろうとするなかで、個人の間に亀裂が走る。軋みは隠蔽され、蓋《ふた》をされる。長い年月が経ち、蓋を開けようとすると、そこにはまだ立ちはだかる存在がいた……。

街中に張り巡らされているカメラを、防犯カメラと捉えるか、監視カメラと捉えるか。これで見張ってくれていると考えることもできるが、これで見張られていると考えることもできる。この町には「防犯カメラも見当たらない」。なぜなら、「自分たちの手で」町を守ろうとしているから。「とにかく、変な人には町を出て行ってもらわないとね」、こんな言葉が平然と飛び交う。一緒になって誰かを排除すれば、私とあなたはこれまで通り一緒でいられる。そんな現代社会の病理が不気味に蠢《うごめ》いている。

以下に挙げる6項目は、あるイベントに向けて例示された「不審者識別のポイント」なのだが、いつのことだかわかるだろうか。

「同じ場所を行ったり来たり」「見かけない車が長時間駐車」「ビデオ・双眼鏡等の不自然な使用」「防犯カメラの設置場所や撮影方向を確認・記録」「施設内をのぞき込んで中の様子をうかがう」「関係者以外立入禁止場所を興味深そうに眺めている」

これは、結果的に無観客での開催となった東京オリンピック・パラリンピック、この開催に合わせて、JR東日本が提示したセキュリティ向上の取り組みを並べたリリースの一部だ。一見、どれも必要で、正しいように見えるのだが、冷静に考えると「同じ場所を行ったり来たり」する用事って生まれるものだし、誰かと待ち合わせをしていて相手が来なければ「施設内をのぞき込ん」だりもする。特定の人種や風貌の人ばかりが職務質問をされる「レイシャル・プロファイリング」の問題もようやく議論されるようになってきたが、この社会には、疑われるのは疑われるほうが悪いのであって、特に問題がなければ、それくらいの厳しいチェックは受け入れなければならないという、誤った寛容が力を増してきている。

個人の権限より集団の論理や空気が力を増すと、そこで隠された物事はなかなか表に出て来ない。日々流れてくるニュースの大半がそうだし、それこそ、この小説に描かれている世界もそうだ。正しくなければならない、という考え方は、正しくないのは誰だと裏切り者を生み出し、正しくないものを近寄らせるなと部外者を作り出し、たとえ自らの正しさを守れなくなっても、その事実を認められない状態に陥る。同じ考えを持って、同じ行動をとらなければならない、その空気が強まり、異物の排除だけが結託の材料になっていく。

町から、ある人がいなくなる。そして、人が死ぬ。それでも何食わぬ顔で暮らす。私たちの社会には、感じの良さそうなコミュニティがいくつもある。どうしてこんなに感じが良いのだろうかと考えると、そういう人しか寄せ付けないようにしている仕組みがあるのかもしれない。この小説に染み込んでいる不穏さは、これを読んでいるあなたのすぐそばにもある。いや、あなた自身にもすでに染み込んでいる、じんわりと、あるいはじっとりと。

本書は二〇二二年一月に小社より刊行されました。

|著者|佐野広実　1961年、神奈川県生まれ。1999年、第６回松本清張賞を「島村匠」名義で受賞。2020年、『わたしが消える』で第66回江戸川乱歩賞を受賞。乱歩賞受賞後第一作の本書が'24年にWOWOWで連続ドラマ化される。他の著書に『シャドウワーク』などがある。

誰《だれ》かがこの町《まち》で
佐野広実《さのひろみ》

講談社文庫
定価はカバーに
表示してあります

2024年11月15日第１刷発行

発行者――篠木和久
発行所――株式会社　講談社
東京都文京区音羽2-12-21　〒112-8001
電話　出版（03）5395-3510
　　　販売（03）5395-5817
　　　業務（03）5395-3615
Printed in Japan
KODANSHA

デザイン―菊地信義
本文データ制作―講談社デジタル製作
印刷―――TOPPAN株式会社
製本―――株式会社国宝社
ISBN978-4-06-537619-5

講談社文庫刊行の辞

二十一世紀の到来を目睫に望みながら、われわれはいま、人類史上かつて例を見ない巨大な転換期をむかえようとしている。

世界も、日本も、激動の予兆に対する期待とおののきを内に蔵して、未知の時代に歩み入ろうとしている。このときにあたり、創業の人野間清治の「ナショナル・エデュケイター」への志を現代に甦らせようと意図して、われわれはここに古今の文芸作品はいうまでもなく、ひろく人文・社会・自然の諸科学から東西の名著を網羅する、新しい綜合文庫の発刊を決意した。

激動の転換期はまた断絶の時代である。われわれは戦後二十五年間の出版文化のありかたへの深い反省をこめて、この断絶の時代にあえて人間的な持続を求めようとする。いたずらに浮薄な商業主義のあだ花を追い求めることなく、長期にわたって良書に生命をあたえようとつとめるところにしか、今後の出版文化の真の繁栄はあり得ないと信じるからである。

同時にわれわれはこの綜合文庫の刊行を通じて、人文・社会・自然の諸科学が、結局人間の学にほかならないことを立証しようと願っている。かつて知識とは、「汝自身を知る」ことにつきていた。現代社会の瑣末な情報の氾濫のなかから、力強い知識の源泉を掘り起し、技術文明のただなかに、生きた人間の姿を復活させること。それこそわれわれの切なる希求である。

われわれは権威に盲従せず、俗流に媚びることなく、渾然一体となって日本の「草の根」をかたちづくる若く新しい世代の人々に、心をこめてこの新しい綜合文庫をおくり届けたい。それは知識の泉であるとともに感受性のふるさとであり、もっとも有機的に組織され、社会に開かれた万人のための大学をめざしている。大方の支援と協力を衷心より切望してやまない。

一九七一年七月

野間省一

講談社文庫　目録

下村敦史　白　医
九把刀　阿井幸作／泉 京鹿 訳　あの頃、君を追いかけた
神護かずみ　ノワールをまとう女
四戸俊成　芹沢政信　神在月のこども
篠原悠希　霊獣紀
篠原悠希　霊獣紀〈獲麟《かくりん》の書〉(上)
篠原悠希　霊獣紀〈獲麟《かくりん》の書〉(下)
篠原悠希　霊獣紀〈蛟龍《こうりゅう》の書〉(上)
篠原悠希　霊獣紀〈蛟龍《こうりゅう》の書〉(下)
篠原悠希　霊獣紀〈鳳雛《ほうすう》の書〉(上)
篠原美季　古都妖異譚〈三手筋・シール オブ ザ ゴッデス〉
潮谷　験　スイッチ〈悪意の実験〉
潮谷　験　時空犯
潮谷　験　エンドロール
潮谷　験　あらゆる薔薇のために
島口大樹　鳥がぼくらは祈り、
島口大樹　若き見知らぬ者たち
杉本苑子　孤愁の岸(上)(下)
鈴木光司　神々のプロムナード
鈴木英治　大江戸監察医
鈴木英治　望みの薬種〈大江戸監察医〉
杉本章子　お狂言師歌吉うきよ暦
杉本章子　大奥二人道成寺〈お狂言師歌吉うきよ暦〉
ジョン・スタインベック　齊藤 昇 訳　ハツカネズミと人間
諏訪哲史　アサッテの人
菅野雪虫　天山の巫女《みこ》ソニン(1)　黄金の燕
菅野雪虫　天山の巫女《みこ》ソニン(2)　海の孔雀
菅野雪虫　天山の巫女《みこ》ソニン(3)　朱鳥《あけがらす》の星
菅野雪虫　天山の巫女《みこ》ソニン(4)　夢の白鷺
菅野雪虫　天山の巫女《みこ》ソニン(5)　大地の翼
菅野雪虫　天山の巫女《みこ》ソニン　巨山《コザン》外伝〈予言の娘〉
菅野雪虫　天山の巫女《みこ》ソニン　江南《カンナム》外伝〈海竜の子〉
鈴木みき　日帰り登山のススメ〈あした、山へ行こう！〉
砂原浩太朗　いのちがけ〈加賀百万石の礎〉
砂原浩太朗　高瀬庄左衛門御留書
砂原浩太朗　黛家の兄弟
ラーナ・サリ・デヴィ・スカルノ　選ばれる女におなりなさい〈デヴィ夫人の婚活論〉
砂川文次　ブラックボックス
瀬戸内寂聴　新寂庵説法　愛なくば
瀬戸内寂聴　人が好き［私の履歴書］
瀬戸内寂聴　白　道
瀬戸内寂聴　寂聴相談室人生道しるべ
瀬戸内寂聴　瀬戸内寂聴の源氏物語
瀬戸内寂聴　愛する能力
瀬戸内寂聴　藤　壺
瀬戸内寂聴　生きることは愛すること
瀬戸内寂聴　寂聴と読む源氏物語
瀬戸内寂聴　月の輪草子
瀬戸内寂聴　新装版　寂庵説法
瀬戸内寂聴　死に支度
瀬戸内寂聴　新装版　蜜と毒
瀬戸内寂聴　新装版　花《か》怨《えん》
瀬戸内寂聴　新装版　祇園女御《ぎおんにょうご》(上)(下)
瀬戸内寂聴　新装版　かの子撩乱
瀬戸内寂聴　新装版　京まんだら(上)(下)
瀬戸内寂聴　いのち
瀬戸内寂聴　花のいのち
瀬戸内寂聴　ブルーダイヤモンド〈新装版〉

2024年9月13日現在